KB245179

무옥이

무옥이

이창숙 장편소설 · 김재홍 그림

사이아이의힘

• 차 례 •

제1부

책 보는 아이

1

아침밥도 못 먹고 이십 리를 걸어 학교에 다닌 지 한 달쯤 지났다. 무옥이는 학교에서 설사가 나와 쉬는 시간마다 변소를 들락거렸다. 금방 다녀왔는데도 자리에 앉기도 전에 또 신호가 왔다. 나중에는 똥구멍이 쓰리고 아픈데도 설사가 멈추질 않았다.

급기야 수업이 끝날 때쯤에는 속바지에 노란 물똥을 조금씩 지리기 시작했다. 온몸이 덜덜 떨리고 식은땀이 났다. 그런데도 무옥이 이마를 짚어 본 순자는 펄펄 끓는다며 깜짝 놀랐다.

"무옥아, 아직두 아퍼?"

공부 시간이 끝나자 순자가 무옥이 책보까지 허리에 두르고 자꾸만 물었다. 무옥이는 고개를 저으며 어서 가자고 힘없이 손짓만 했다. 절반쯤 왔을 때 순자는 책보를 풀고 무옥이 앞에 등을 대고 앉았다.

"업혀."

"아니, 괜찮아."

"빨리."

무옥이는 한사코 업히지 않고 대신 천천히 앞서 걸었다. 식은땀을 흘리며 기다시피 이십 리를 걸어 집까지 왔다. 순자는 집 앞에서 무옥이 책보를 주며 자기 집으로 갔다. 무옥이 할머니가 자신을 못마땅해 하는 걸 알고 있기 때문이다. 무옥이는 들어오자마자 대청마루에 새우처럼 구부리고 누워 버렸다.

"무옥이 왔니?"

방에서 엄마 소리가 들렸다.

"응."

무옥이는 억지로 대답만 하고 다시 눈을 감았다. 온 세상이 노랗게 보이다 못해 나중에는 하얗게 바래 보였다. 간신히 눈을 떠 안마당과 울타리 쪽을 바라봤다. 처음엔 마당이 없어지더니 점차 울타리도 흐릿해지며 백지처럼 텅텅 비어 갔다. 엄마 옆에 있던 무창이가 마루로 뛰어 나왔다.

"누나. 누나."

할머니도 안방에서 나오며 호통을 쳤다.

"이런 고집불통 같으니라구. 핵교고 뭐고 고만두랬지? 내일 또 갔단 봐라. 다리몽댕이를 분질러 놓고 말지.”

무슨 말인가를 더 하려던 할머니는 무옥이 얼굴을 보고는 흠칫 놀랐다.

“아침두 안 먹구는……. 이 할미가 너 진흙탕길루 빠지라구 그러 겄냐?”

할머니는 목소리를 낮춰 부드럽게 타이르다 기진맥진해 있는 무 옥이를 보고는 혀를 차며 부엌으로 가 상을 들고 나왔다.

무옥이는 얼른 일어나 허겁지겁 된장국에 밥을 말았다. 비잉 머 리가 어지러워 상을 짚고 한참을 가만히 기다렸다. 오한이 나서 숟 가락을 든 손이 덜덜 떨렸다. 아침도 제대로 못 먹고 가서 하루 종일 설사를 했더니 속이 쓰릴 정도로 배가 고팠다. 하지만 막상 밥을 입 에 넣으니 소태같이 쓰고 모래알처럼 깔깔해서 통 넘어가지 않았다. 겨우 국에 말았던 것만 삼키고 간신히 밥상을 부엌에 들어다 놓았 다. 그러곤 비틀비틀 건넌방으로 들어가 엄마 옆에 누웠다.

“무옥아, 왜 그러니? 응? 어디 아프니?”

이마를 짚어 본 엄마는 깜짝 놀라 끙 소리를 내며 일어나 앉았다.

무옥이가 누워 있는 건넌방을 들여다본 할머니는 다시 한 번 소 리를 쳤다.

“무옥아, 내일부터 절대 핵교 가믄 안 된다. 알겠지?”

“…….”

아무 대답도 하지 않자 할머니는 더 큰 소리로 말했다.

"기집애는 그저 바느질 잘 허고 밥 잘 허믄 그만이다. 여자 팔자 뒤웅박 팔자라구 안 허든? 신랑 잘 만내믄 되는 거지, 공부는 뭔 공부냐. 공연히 팔자만 사나워진다."

마루에서 할머니가 무옥이를 향해 소리를 쳤다.

"아, 애비도 읎는데 집에서 심부름이나 허지 뭐 한다고 핵교는 기를 쓰고 가누? 늬이 애비를 봐라. 배웠으믄 배운만치 부모 공경허구 처자식 멕여 살릴 생각을 해야지, 그러지는 않구 어디루 저리 싸돌아 댕기기만 허는지 원."

할머니는 아들을 생각하는지 아무 말이 없었다.

팔탄 사범학교 역사 선생이던 무옥이 아버지가 집을 떠난 지 벌써 오 년이 넘었다. 담당 과목이 일본 역사로 바뀌면서 학교를 그만뒀다고 한다. 일 년에 두어 번 가뭄에 콩 나듯 편지가 올 뿐이라 식구들도 아버지가 어디 있는 줄 모르고 있다.

"역마살이 씌웠나. 흐이유."

할머니는 깊은 한숨을 쉬었다. 할머니 한숨 소리를 듣고 엄마도 고개를 돌리고 가만히 한숨을 내쉬었다.

"늬이 당숙 좀 봐라. 일자무식이라도 사람이 해야 헐 도리 다 허구 잘만 살지 않디? 하물며 여자야 더 말해 뭐 허겄냐? 그러니 이 할미 말 들어라. 내가 살어 있는 한 너 핵교 안 보낸다. 배워서 팔자 사나워지는 건 늬이 애비 하나로 족해."

하지만 무옥이는 내일도 꼭 학교에 갈 거라고 속으로 옹골차게 다짐했다.

하룻밤 푹 자고 나니 다음 날은 아무 일 없었던 듯 거뜬했다. 아마 뭘 잘못 먹고 탈이 났던 모양이다.

무옥이는 살그머니 방문을 열고 밖으로 나가 세수를 하려고 두레박으로 물을 떴다.

꼬꼬 꼬 끼오오오옥.

장닭이 힘차게 울었다.

"무옥아."

할머니의 고함에 무옥이는 우물가에 털썩 주저앉았다.

"하, 할무니."

"핵교 가지 말라고 혔지? 너 참말로 이렇게 할미 말 안 들을 텨?"

"할무니. 제발, 제발 학교 가게 해 주세요."

"글쎄 안 된대두."

할머니가 댓돌에 있는 신발을 신고는 발을 굴렀다. 싸리 빗자루를 찾는 시늉을 했다. 할머니가 지금껏 무창이나 무옥이를 때린 적은 단 한 번도 없었다. 그렇지만 할머니는 늘 어려웠다.

"할무니, 제발."

무옥이는 두 손을 싹싹 빌었다.

"순해 빠진 게 어디에 그 고집이 들어 있는 게냐? 씨도둑질은 못헌다는 옛말이 하나 그른 게 읎구나. 즤 애비 닮아 저리 고집이 세지, 원."

할머니는 혀를 차더니 다시 굳은 얼굴을 했다.

"어디. 아침밥두 굶구 을매나 더 댕기나 보자."

할머니는 속상한지 그대로 마당을 지나 밖으로 나갔다. 아마 텃밭에라도 일찌감치 나가는 모양이었다.

무옥이가 눈을 비비며 부엌으로 가니 부뚜막 위 작은 대소쿠리에 삶은 보리가 소복이 담겨 있었다. 아침밥에 섞으려고 할머니가 어젯밤에 애벌 삶아 놓은 꽁보리다. 보리밥을 대접에 덜어, 물을 부어 한 숟갈 입에 넣었다. 보리알은 씹히지 않고 미끄덩미끄덩 입안을 굴러다녔다. 억지로 꼭꼭 씹어 삼켰다.

밥그릇을 헹궈 놓은 뒤, 무옥이는 얼른 순자네 집으로 달려갔다. 할머니가 늘 하는 말이 떠올랐다.

"우리는 양반이니까 중인 딸허구 놀지 말어라."

할머니는 무옥이가 순자와 어울리는 걸 못마땅해 했다.

'피, 지금 세상에 양반, 중인이 어디 있나? 순자 엄니는 여자도 배워야 한다고 무슨 일이 있어도 중학교까지 보내 준다고 했다는데. 우린 양반이면 뭘 하나? 국민학교도 가지 말라고 야단하면서.'

무옥이는 할머니가 원망스러웠지만 감히 말대꾸를 할 수 없었다. 할머니만 허락하면 엄마는 아무 말 없이 학교에 보내 줄 텐데. 아니, 아버지만 집에 있어도 아무 문제없이 학교에 다녔을 거라고 무옥이는 생각했다.

'아무 탈 없이 살아 계실까?'

식구들은 늘 아버지 걱정을 했지만 드러내 놓고 걱정할 처지도 못 됐다. 가끔 순사가 집에 찾아와 아버지 소식을 캐물었다. 그럴 때마다 무옥이네 식구들은 말실수라도 해서 아버지에게 화가 미칠까 봐 주눅이 들어 오금을 못 폈다.

너무 일찍 왔는지 순자는 아직 나와 있지 않았다. 무옥이는 순자네 집 대문 앞에 쪼그려 앉아 기다렸다. 언덕에 있는 순자 집에서 내려다보니 온 마을이 한눈에 들어왔다.

서근리는 가운데 작은 개천을 바라보고 반원형을 그리며 집이 들어서 있고 그 아래쪽으로는 논이 길게 연달아 있다. 그래서 옛날부터 사람들은 무옥이 동네를 '가마솥골'이라 했다.

다 자란 벼가 새벽빛에 비쳐 검푸르게 보였다. 여기저기 들에 일하는 동네 아저씨들 모습이 보였다.

마을 한가운데에는 오백 년 된 느티나무가 있다. 무옥이 또래 아이들 다섯이 양팔을 벌려도 닿지 않을 만큼 우람하고 뭐라 표현할 수 없이 아름답다. 지금도 느티나무는 자고 있는 황새를 눈처럼 희끗희끗 이고 있다. 저 논을 지나 이십 리쯤 가면 서해 바다가 있다는데 무옥이 마을에서는 보이지 않는다.

집집마다 굴뚝에서 아침 짓는 연기가 나와 안개와 섞여 하늘로 올라가다 사라졌다. 안개가 걷히며 보이는 마을은 제법 평화스러워 보였다.

무옥이는 문득 할아버지가 생각났다.

할아버지는 서당 훈장이었다. 글 배우러 오는 사내아이들 틈에 끼어 무옥이도 천자문과 동몽선습, 소학을 떼고 명심보감을 배웠다. 무옥이는 다른 사내아이들보다 더 빨리 책을 뗐다. 할아버지는 표내지 않으려 애썼으나 야윈 양 뺨에 기뻐하는 기색이 역력했다.

"할아부지, 이 글자가 무슨 글자예요?"

무옥이가 모르는 글자를 물어볼 때마다 할아버지는 어디 보자 하며 책을 들여다봤다. 무옥이의 작은 손가락이 가리키는 곳을 보고 빙그레 웃기부터 했다. 바로 무슨 글자라고 일러 주지 않는 건 할아버지의 교육철학이며, 무옥이에 대한 무한한 애정이었다. 지금까지 배운 책 어느 구절쯤에 나오는지 넌지시 일러 주고는 무옥이 입을 들여다봤다. 무옥이는 기억을 더듬어 그 글자를 알아낸 뒤 또박또박 대답을 했다. 그러고는 양쪽 입귀가 살짝 말려 올라가기 시작하는 할아버지 얼굴을 득의양양하여 올려다봤다.

원래 약골이었다지만 할아버지는 얼마 앓지도 않고 갑자기 세상을 떠났다. 지난 늦가을이었다. 무옥이는 할아버지의 죽음을 제대로 이해할 수가 없었다. 할아버지는 어디로 간 것일까?

할아버지 장례 때, 하나뿐인 아들 무옥이 아버지가 어디 있는지 몰라 연락도 할 수 없었다. 무옥이 당숙이 할아버지 장례와 삼우제를 도맡아 치렀다. 할아버지 장례 내내 일본 순사들만 눈이 벌건 채 교대로 무옥이네를 감시했다. 장례식에 잠깐이라도 무옥이 아버지가 다녀갈 것이라고 판단한 모양이었다. 할머니는 장례도 장례지만 아들이 소식을 듣고 왔다 잡혀갈까 두려워 애간장을 녹였다. 장지까지 졸졸 따라다니던 순사는 삼우제 때에도 나와서 눈을 까뒤집고 들고 나는 사람들을 살폈지만 아무 소득 없이 돌아갈 수밖에 없었다.

할아버지가 세상을 뜨자 올 봄 무옥이는 집에서 이십 리 가까이 떨어진 석포국민학교에 입학했다. 할아버지에게 배울 수 없는 마당에 더 이상 집에만 있을 수는 없었다. 무엇보다 윗집 순자도 학교를 간다는 데 용기를 얻었다. 다른 아이들보다 서너 살 많은 나이지만 무옥이와 순자만 그런 건 아니었다. 장가를 들어 수염이 덥수룩한 애아범도 한 반에 두어 명이나 됐다.

학교는 무슨 학교냐고 펄쩍 뛰던 할머니도 막상 무옥이가 기를 쓰고 학교를 다니자 모르는 척 내버려 뒀다. 그러던 할머니가 무옥이가 학교 가는 것을 결사반대하게 된 건 학예회날 다음부터였다.

무창이를 낳은 뒤 몸이 안 좋아 몇 년째 앓고 있는 엄마 대신 할머니는 무옥이 먹을 점심을 들고 학교 구경을 왔다. 조금 구경을 하던 할머니는 점심밥을 내던지고 화를 내며 집으로 돌아갔다. 무옥이는 할머니가 왜 그러는지 짐작도 할 수 없었다.

무옥이가 학예회를 마치고 저녁에 집에 돌아오자 할머니는 불같이 화를 냈다.

"핵교서 그런 요상시런 것만 가르친다냐? 사내 지집이 손을 잡고 침을 추다니, 망측해라."

무옥이는 어리둥절했다.

"할무니, 춤이 아니고 무용이에요. 남자애들이라지만 나보다 훨씬 어린애들인데요, 뭐."

나이가 든 애아범들은 아무리 하라고 해도 무용을 하지 않았다. 무옥이와 손을 잡고 무용을 한 남자애들은 모두 일고여덟밖에 안 된 어린애들이었다.

"어리믄 사내 아니냐? 어디 양반 집 딸래미가 상놈 자식덜허구 침을 추구 있냐?"

"할무니."

마땅치 않게 생각하면서도 막상 무옥이가 학교에 다니자 새벽에 이십 리를 걸어가야 하는 손녀딸을 위해 날마다 새벽밥을 해주던 할머니다. 그러던 할머니가 그 이튿날부터 당장 아침밥을 해주지 않고 월사금도 주지 않았다.

담임인 이마무라 선생은 자꾸만 월사금 못 낸 아이들을 따로 불렀다. 무옥이는 소식도 없는 아버지가 곧 돌아올 것처럼 거짓말을 했다. 월사금을 못 냈지만 늘 조행 갑만 받는 무옥이에게 담임도 심하게 다그치지는 않았다. 가끔 일본인 교장 선생이 월사금을 못 낸 전교 아이들을 모아 놓고 일장 훈계를 한 뒤, 운동장을 앉은걸음으로 걷는 벌을 세우기도 했다. 무옥이는 창피하고 힘들었지만 할머니한테 그런 내색을 할 수는 없었다. 할머니는 오히려 잘됐다고 그만두라고 할 게 뻔했기 때문이다.

생각에 빠져 있던 무옥이는 순자네 방문이 열리고 순자와 순자

오빠 정수가 나오는 소리가 나자 얼른 일어났다. 쪼그려 앉아 있었
더니 발이 저렸다. 무옥이는 얼른 콧등에 침을 세 번 발랐다.

순자와 정수가 마루에서 내려서며 신발을 신는 게 싸리 울타리
너머로 보였다.

"어, 무옥아. 이제 안 아퍼?"

순자와 정수는 근심스럽게 무옥이 얼굴을 살폈다.

"응. 어제는 체했나 봐."

"들어오지 왜? 많이 기다렸어?"

"아니. 금방 왔어."

세 아이는 신작로를 향해 달려갔다. 작년에 마을 사람들이 총동
원 되어 닦은 이 길은 수원과 인천을 잇는 중요한 군사도로라고 했
다. 아버지가 없어 부역을 할 수 없었던 무옥이네는 대신 곡식으로
공출을 했다. 그러고도 두어 번은 무옥이네 대신 당숙이 신작로 닦
는 데 나가야만 했다.

한 시간쯤 신작로를 걸은 뒤 학교로 들어가는 산골짜기로 접어들
었다.

"야, 요즘 여기서 늑대가 나타난대."

"늑대?"

"하이고, 무시라."

무옥이와 순자는 서로 얼싸안았다. 허리에 두른 책보 때문에 한
아름에 안아지지 않았다. 무옥이와 순자는 마주 보고 하하하 웃었

다.

"복숭아 나뭇가지로 늑대를 두드리면 도망간다구 그러드라. 이게 늑대 쫓는 방편이래. 자, 이거 하나씩 들고 가자."

"하, 진짜?"

정수는 개복숭아 나뭇가지를 세 개 꺾어 무옥이와 순자에게 하나씩 나눠 주었다. 무옥이와 순자는 혹여 복숭아 가지를 잃어버릴까봐 손에 꼭 쥐고 정수를 따라갔다.

푸른 하늘 은하수

하얀 쪽배엔

계수나무 한 나무

토끼 한 마리

학교에서는 부를 수 없는 조선 노래를 부르며 셋이 복숭아 나뭇가지를 쳐들고 걸었다. 무옥이는 순자와 정수와 함께 가는 학교 길이 마냥 신났다. 학교 운동장에 들어가기 전에 복숭아 가지를 풀숲에 숨겨 두었다. 이따 집에 갈 때 다시 가져가자고 말은 했지만 막상 집에 갈 때는 또 잊어버릴지도 모른다.

"산머루 익은 데 알아났는데 이따 가다가 따 먹자."

정수 말에 순자와 무옥이는 손뼉을 쳤다.

"벌써 익었어?"

"양지바른 곳에 있어서 그런지 벌써 거므스름한 것도 있더라."

새콤한 산머루 말이 나오자 셋 다 자신도 모르게 침을 꿀꺽 삼켰다.

학교에 도착할 때쯤에는 안개가 말끔히 걷히고 등 뒤에 따가운 햇볕이 내리쬐기 시작했다.

교실에 들어가니 이마무라 선생이 서 있었다.

"오하이오 고자이마스."

"오하이오 고자이마스."

자그마한 키에 머리가 하얀 이마무라 선생은 웃는 낯으로 고개를 끄덕이며 아이들을 하나하나 맞이했다. 온 학교를 통 털어 일본인 중에 제일 좋은 선생이라고 소문이 났다. 이마무라 선생이 조선인이면 얼마나 좋을까, 무옥이는 가끔 아쉬운 마음이 들었다. 아버지에게서 연락이 왔나 이따금 조사하러 오는 일본 순사와는 전혀 다른 종자 같았다.

히라가나와 가타카나를 배웠고 이제 인사말도 다 배웠다. 일본 건국신화를 배우고 있는데 신들이 너무 많이 나와 복잡하고 헷갈렸다. 아버지가 만약 집에 있었다면 조선 역사를 가르쳐 줬을 거라고 무옥이는 속으로 아쉬워했다.

전날과 달리 학교에서도 아프지 않고 기분이 좋았다. 몸도 가볍고 머리도 차고 맑아진 느낌이 들었다. 수업이 끝나고도 순자와 함께 정수를 기다려 같이 산머루를 따 먹고 얼굴이 빠알개지도록 놀며

왔다.

그런데 하룻밤 자고 나자 다시 또 설사가 나고 열이 올랐다. 오히려 그 전날보다 더 심했다. 온몸이 불덩이처럼 펄펄 끓는데도 무옥이는 오한이 들어 두꺼운 이불을 뒤집어쓰고도 덜덜 떨었다. 입술이 퍼렇게 질렸다. 입안이 바짝바짝 마르고 조금만 움직여도 물똥이 찔끔 나왔다. 뒷간에 가서 속곳을 내리기도 전에 설사가 좍좍 나왔다. 무옥이는 아무것도 먹지 못하고 밥 끓인 물만 마시고 누워 있었다.

엄마가 창백한 얼굴로 물수건을 갈아 주며 눈물을 흘렸다. 무창이도 작은 손으로 무옥이 얼굴을 만지며 울먹였다.

"누나, 죽지 마."

"걱정 마. 누나 안 죽어."

무옥이는 억지로 손을 뻗어 무창이 머리를 쓰다듬어 주었다. 하지만 속으로는 이러다 정말 죽는 게 아닌가 하는 생각이 들었다. 그만큼 몸을 가누기가 힘들고 기운이 없었다. 무옥이는 자꾸만 까무룩 정신을 놓았다.

학교를 마친 순자가 무옥이를 보러 온 것도 모르고 정신이 오락가락할 정도로 심하게 앓았다. 할머니는 학교 간다고 혼냈던 건 잊어버리고 밤새워 무옥이를 돌봤다.

그렇게 죽을 둥 살 둥 앓고 난 다음 날은 또 아무 일 없는 것처럼 멀쩡했다.

그런 날이면 무옥이는 새벽같이 일어나 부엌으로 갔다.

무옥이가 앓고 난 뒤부터 할머니는 하얀 쌀밥을 해서 보자기를 덮어 놓았다. 무옥이 고집을 꺾을 수 없을 바에는 밥이라도 먹고 가라는 거다. 하지만 입맛이 떨어진 무옥이는 따뜻한 쌀밥도 먹을 수가 없었다. 그대로 보자기를 다시 덮고 학교로 갔다.

학교에서는 더욱 기운을 차릴 수 없었다. 하루가 게으름뱅이처럼 느릿느릿 지나갔다. 순자가 무옥이를 업고 오는 일이 잦아졌다. 처음에는 완강히 거절했지만 차츰 업히는 날이 많아졌다. 순자가 무옥이보다 키도 크고 몸도 튼튼하다지만 무옥이를 업고 이십 리를 걷는 일은 보통 일이 아니었다. 쉬다 내려서 걷다 다시 업었다. 집에 도착할 때쯤에는 둘 다 진이 빠졌다.

학교에서 돌아오자마자 쓰러져 한숨을 자고 나도 개운해지기는커녕 더 몸이 까브라져서 끙끙 소리를 내며 앓았다.

"이 고집불통아. 아무래도 하루거리에 걸린 듯싶다. 까딱하단 죽는다. 고만 고집 피우고 제발 핵교 그만둬라."

엄마는 무옥이 손을 잡고 눈물을 흘리며 말했다.

그렇게 무옥이는 하루는 멀쩡하고 하루는 앓기를 한 달간 했다. 나중에는 안 아픈 날도 기운이 없어 꼼짝없이 누워 있어야만 했다. 머리를 들면 머릿속이 제멋대로 빙빙 돌아가는 것 같았다. 무옥이는 머릿속에 물이 가득 들어차 있을 거라고 생각했다. 조금만 움직여도 머리가 출렁거렸다.

"무옥아."

학교에서 돌아오는 길에 순자는 무옥이 집에 꼭 들렀다. 학교에서 배운 걸 알려 주러 오는 거였다.

"저, 저, 저. 시키지 않는 짓은. 무옥이 아프니까 집에 오지 마라."

순자는 할머니 눈치를 보면서도 날마다 무옥이 집에 찾아왔다.

"무옥아, 기운 내. 얼른 일어나 같이 학교 다니자."

순자는 할머니가 들어오면 얼른 일어나 자기 집으로 갔다.

"학교 가야 하는데……, 학교."

헛소리를 하는 무옥이 옆에서 엄마가 미음을 떠먹여 주었다.

"이것아, 이러다 너 죽겠다. 핵교 그만둬라. 무옥아, 제발. 이것이 왜 이리 고집을 피울까?"

엄마는 눈물을 흘렸다.

"내가 하나밖에 없는 딸내미 죽는 꼴을 봐야겠니? 공부고 뭐고 일단 니가 살고 봐야지."

의원이 왔다 가고 할머니가 달여 준 약을 먹고 무옥이는 한 달 보름 만에 일어났다. 하지만 조금만 움직여도 식은땀이 줄줄 흘렀고 얼굴도 참외처럼 노래졌다. 살이 빠져 바람만 세게 불어도 날아갈 듯 허깨비가 되었다.

"이제 다시는 핵교 간단 말 마라, 알었제? 그렇게 먼 데로 댕기믄 담박에 또 병난다."

할머니는 몇 번이고 다짐을 받았다.

무옥이는 마루에 걸터앉아 툼벙툼벙 눈물만 흘렸다. 공부하고 싶

다고, 학교에 다니고 싶다고 소리치고 싶지만 말은 안 나오고 눈물
만 나왔다. 옆에서 무창이도 덩달아 엉엉 울었다. 무옥이는 말없이
무창이를 가슴에 꼭 안았다.

2

"큰엄니, 저 좀 당분간 워디 좀 댕겨 올게요."

당숙이 인사를 하러 무옥이 집에 들렀다.

"워디를?"

할머니 물음에 당숙은 머리를 긁적였다.

"저, 먼 바다로 괴기 잡으러 가는 배가 있는디 메칠만 댕겨 올라구요. 벌이가 좀 된다구 허네요."

"그려. 어여 댕겨 와."

당숙이 인사를 하고 나갔다.

"부지런두 허지."

할머니는 당숙 뒷모습을 한참 보더니 혼잣말을 했다. 무옥이는

구부정한 할머니 등을 바라봤다. 할머니는 또 아버지 생각을 하고
있을 것이다.

십여 일 뒤, 무옥이 당숙과 당숙모는 큰 함지박을 맞잡아 들고 무
옥이 집에 왔다.

"아니, 그게 뭔가?"

"예, 큰엄니. 무헌 애비가 잡어온 괴기여요. 맛 좀 보시라구 가져
왔구먼요."

"괴기? 물괴기?"

"예."

당숙모는 함지를 덮고 있던 채반을 걷었다. 안에 있던 물고기들
이 퍼더덕 안마당 여기저기로 튀었다.

"애, 무옥아이. 저, 저, 저놈들 좀 잡어라. 어이구 어이구."

무창이는 엄마야 소리를 지르며 무옥이 치마꼬리를 잡고 늘어졌
다.

간신히 마당에 뒹구는 고기를 잡아서 함지 안에 넣고 나니 당숙,
당숙모, 무옥이 모두 땀이 비 오듯 했다. 마른 흙에 뒹굴다 잡힌 고
기는 꼭 콩고물을 묻혀 놓은 것 같았다.

"그놈들. 좀 가만히 있지."

"뭐라는 괴기여?"

"예. 숭어하구 도미래요. 여기 왕새우두 있구요. 무창이허구 우
리 무옥이 좀 구워 주세요."

"아이구, 이 귀헌 걸. 아무튼 고맙네."

"고맙긴 큰엄니두 참."

당숙은 새우 한 마리를 집어 들고 무창이 코앞에서 흔들었다.

"무창아, 이 새우 한번 만져 봐라."

당숙이 손짓을 해도 무창이는 멀찍이 떨어져 고개를 저었다.

남양만 개펄 동네 아줌마들이 새벽에 비린 갯것을 함지에 이고 곡식과 바꾸러 서근리까지 오곤 한다. 새우도 가져오지만 이렇게 큰 새우는 없고 모두 자잘하고 거무튀튀한 보리새우뿐이다.

"무창아, 이거 수염 좀 봐라. 새우가 할아부진가 보다."

"어? 진짜네, 히히히."

무창이는 재미있는지 웃으며 다가왔다. 그래도 선뜻 만져 보지는 못하고 무옥이 치마 뒤에 숨어 넘겨다보기만 했다.

"그런데 큰엄니."

당숙이 허리를 숙여 할머니 귀 가까이 손을 대고 소리를 죽여 말했다.

"해방이 될 거래요."

무옥이는 무창이와 새우를 갖고 장난을 치는 척하며 어른들 말에 귀를 기울였다.

"뭐? 해방? 큰일 날 소리."

할머니는 얼른 대문 밖을 살펴보았다.

"아녀요, 큰엄니. 일본이 지금 불바다가 됐대요."

"으응? 아니, 왜?"

무옥이 할머니는 못 믿겠다는 얼굴로 깜짝 놀랐다.

"몰러요. 무신 원자라든가 반자라든가 아무튼 폭탄이 터졌다는디요."

"폭탄 하나 터졌다구 일본이 망헐까? 그 독헌 종자덜이?"

"보통 폭탄이 아닌가 벼요. 저두 뭔 소린지는 모르지만 배 타구 가다 중국 배를 만났어요. 그란디 그 중국 사람덜이 그런 말을 허는 거 같다구 선장이 그러대요. 선장이 중국말을 거진 알아듣거든여."

"참말일까?"

"그러길 빌어야쥬. 큰엄니, 해방이 되야 성님이 돌아올 거 아녀요?"

"그려 그려. 암 그렇지."

당숙이 돌아간 뒤에도 안절부절못하던 할머니는 물고기를 내려다봤다. 할머니는 숭어와 도미 비늘을 긁어낸 뒤 배를 따 손질을 하고선 굵은소금을 홀홀 뿌렸다. 꼼꼼하게 새끼줄로 줄줄이 엮어 뒤뜰 배나무와 앵두나무 사이에 줄을 치고 주르륵 널어놓았다. 한 마리만 저녁 반찬으로 지져 놓고 왕새우에 소금을 뿌려 석쇠에 구웠다. 누르꺼멓던 새우가 빨개지며 허리를 구부렸다.

"누나, 새우가 진짜 할아부진가 봐. 수염두 있구 또 저렇게 허리가 구부러졌잖아."

"그러게, 호호호."

입이 짧은 무창이가 새우를 꽤 여러 마리 집어 먹자 할머니는 흐뭇하게 웃었다.

"어이구, 내 강아지."

할머니는 무옥이 아버지가 곧 돌아올 거라는 말도 들은 터라 더욱 기쁜지 무창이 엉덩이를 연신 두드렸다.

며칠 뒤, 일본 천왕이 무조건 항복을 선언했다는 소문이 밀물처럼 마을을 휩쓸었다. 어리둥절 반신반의하던 마을 사람들은 오후가 되어서야 제암리 예배당으로 모였다. 무옥이 집에서 반 시간 가량 걸어가면 야트막한 언덕에 예배당이 있다. 기미년 만세운동 때 일본 경찰들이 불을 질러 마을 사람들을 몰살시켰던 곳이다. 그때 불타 없어진 자리에 얼기설기 건물을 짓고 목사 한 사람이 근근이 목회를 이어오고 있었다.

무옥이가 무창이를 업고 할머니와 앓고 있던 엄마까지 일어나 모두 예배당으로 갔다. 순자네 식구들도 다 함께 갔다. 다들 어디서 왔는지 교회 근처에 사람들이 구름처럼 모여 있었다. 처음에는 실감이 나지 않아 머뭇머뭇 서성거리며 사실이냐고 서로 묻기만 했다.

"해방이 됐어요. 천왕이 항복을 했다구 라지오에 나왔대요."

청년들이 소리를 지르며 나타나자 어른들도 만세를 부르기 시작했다. 성난 젊은이들이 학교와 면사무소에서 걸어 온 일장기에 불을 지르고 찢어 버리기도 했다. 목사와 청년들이 태극기를 나눠 주었다. 무옥이와 무창이와 순자와 정수도 하나씩 얻어 들고 흔들었다.

"일장기만 봤지 태극기는 태어나서 처음 봤다. 그치?"

순자 말에 무옥이는 고개를 끄덕였다.

시간이 지나자 태극기를 그릴 종이가 부족했다. 불태우려던 일장기 아래쪽에 파란 물감을 칠하고 사괘를 그려 나눠 주었다. 파란 물감이 떨어져 검정 물을 들이기도 했다. 사람들은 그걸 휘두르며 목이 터져라 만세를 불렀다. 모두들 자신들도 느끼지 못하는 사이에 뜨거운 눈물을 흘렸다.

무옥이는 솔직히 해방이 얼마나 좋은 것인지 알 수가 없었다. 그래도 어른들은 일본이 지배하기 전 시절을 살았으니 그 차이를 알 것이고 그러니 저렇게 좋아하는 걸 거라고 생각했다.

젊은 남자들은 조암이나 발안 장터, 수원까지 만세를 부르겠다고 몰려갔다. 저녁이 되자 사람들은 목이 쉬어 더 이상 소리를 지를 수가 없었다. 모두들 집으로 돌아가지 않고 교회 앞 오래된 은행나무 아래 앉아 이야기꽃을 피웠다. 집이 가까운 사람들이 감자를 삶아 오고 옥수수도 쪄 왔다. 제사 때 쓰려고 숨겨 놓았던 곡식을 꺼내 밥을 짓고 김치를 꺼내 오는 사람도 있었다. 주먹만 한 참외와 그보다 조금밖에 더 크지 않은 수박을 가져오는 사람도 있었다. 변변찮은 음식이었지만 모두들 사이좋게 나눠 먹었다. 일본 순사에게 당한 이야기와 만주로 떠난 사람들 이야기가 끊이지 않았다. 얘기하다 땅을 치는 할아버지도 있었고 엉엉 목 놓아 울다 코를 팽 푸는 아주머니도 있었다. 집집마다 가져온 호롱불을 나무 여기저기 걸었다. 예배당 앞 은행나무 아래는 대낮처럼 환했다.

"이야, 개미도 다 보인다."

아이들은 모두 땅바닥에 얼굴을 들이밀고 꼬물거리는 개미 떼를 봤다.

"야, 개미 똥꾸멍 핥아 봐. 엄청 시다."

"어디, 어디."

아이들은 그중 커다란 개미를 한 마리씩 잡고 뒤꽁무니에 혀를 댔다.

"아이고, 진짜 시다. 헤헤."

방공훈련 때문에 조그만 불빛도 새 나가지 못하게 꼭꼭 닫아걸고 살아온 나날이었다. 대명천지로 환한 밤 때문에 아이들은 마냥 신이 났다. 은행나무 주위를 뛰어다니고 술래잡기를 하며 하하호호 웃었다. 나방들도 신이 나는지 자꾸만 호롱불 둘레를 빙빙 돌았다. 초여름보다는 많이 줄었지만 꽤 많은 반딧불이가 공연을 하듯이 밤하늘을 날아다녔다.

"애기들아, 느덜 창가 좀 불러 봐라."

"그려 그려. 이리 나와서 한번 불러 봐라."

"거 핵교서 배운 일본놈덜 창가 말구 조선 창가루 불러라."

순자가 나와서 노래를 부르자 어른들은 다들 칭찬을 했다. 순자는 정말 노래를 잘 불렀다.

"우리 무옥이두 한번 해 봐라."

할머니가 옆구리를 꾹 찌르자 무옥이는 얼른 할머니 뒤로 더 숨었다.

"아니 숨긴 왜 숨어?"

무옥이는 노래를 못한다. 더구나 여러 사람 앞에서는 그나마 알던 노래도 가사가 생각나지 않을 만큼 긴장이 되어 음정, 박자 모두 꼬여 엉망진창이 된다. 순자가 다시 나와 두 곡을 내리 부르고 무창이도 누나들한테 배운 노래 한 곡을 불러 박수를 받았다. 언제나 당당한 순자가 무옥이는 부러웠다.

동해물과 백두산이 마르고 닳도록

하느님이 보우하사 우리 나라 만세

한 젊은이가 나와 낯선 노래를 불렀다. 처음 들어 보는 노래였다. 어른들도 모르는 모양이었다. 이 노래가 바로 애국가라고 누군가 큰소리로 알려 줬다. 노래는 무옥이도 금방 따라할 수 있을 것처럼 쉬웠다.

"일본놈들. 지긋지긋허다. 그 독헌 놈들이 으째 심읎이 무너졌을까? 천년만년 갈 거 같드니만."

"그러게. 해방이라니, 참, 자다가 웬 찰시루떡이랴?"

할머니는 아직도 실감이 안 나는지 자꾸만 고개를 갸웃거렸다.

"무창아, 해방이 됐으니까 이제 곧 아부지가 오실 거야."

무옥이는 아버지 얼굴을 떠올리며 무창이 손을 잡고 말했다.

"난 아부지 얼굴두 몰르는데."

"오시믄 봐라. 울 아부지는 헌칠한 신사여. 사실은 나두 이제 기억이 가물가물하지만."

무옥이 말을 듣고 있던 엄마가 무옥이와 무창이 머리를 쓰다듬으며 가만히 웃었다. 엄마가 아버지 이야기를 한 적은 거의 없다. 하지만 그 누구보다 아버지를 간절하게 기다리는 사람은 바로 엄마일 거라고 무옥이는 생각했다.

할아버지를 닮아 얼굴이 갸름하고 선이 고운 아버지는 한 번도 소리를 지른 적이 없었다. 아버지는 다정다감하지는 않지만 부드럽고 따뜻하면서도 힘이 있었다. 지금 아버지가 옆에 있다면 모른 척하고 살며시 손을 잡아 볼 텐데, 하고 무옥이는 생각했다. 하지만 막상 옆에 있으면 쑥스러워 과연 그렇게 할 수 있을지는 무옥이도 자신할 수 없었다.

해방이 되자 무옥이 동네도 술렁거렸다. 사람들이 친일파들을 가만두지 않겠다고 몰려다녔다. 하루 종일 몰려다니던 사람들이 저녁 무렵에는 와자하니 무옥이 집으로 몰려오기도 했다.

"무옥아, 아부지 오셨냐?"

"아니요."

무옥이는 시무룩해져 고개를 저었다.

"이제 곧 돌아오시겠지. 늬 아부지는 조선 독립을 위해 애쓰신 훌륭한 선생님이다. 개선장군이 돼서 돌아오실 거여."

누군가 이렇게 이야기하며 뒷사람들을 돌아보면 마치 약속이라도 한 듯 뒤에 서 있던 사람들도 암암 하며 고개를 끄덕였다. 왜 사람들이 아버지가 돌아오기를 기다리는지 무옥이는 궁금하기만 했다.

"으른들이 니네 아부지를 사상가라구 허드라."

다음 날 만난 순자가 무옥이에게 이렇게 말했다. 무옥이가 학교를 그만둔 뒤에도 순자는 학교를 계속 다녔다. 그래서 무옥이는 사상가라는 말이 순자가 학교에서 새로 배운 말인 줄 알고 머뭇거리며 물었다.

"사상가? 그게……, 뭐니?"

"그건 나도 모르지. 딸인 너도 모르는데 내가 어떻게 알겠냐? 호호호."

"…….".

무옥이도 피식 따라 웃었다.

일본 역사를 가르칠 수 없어 아버지는 학교를 그만뒀을 것이다. 아마 사상가라는 말도 그것과 관계되는 게 아닐까, 하고 무옥이는 짐작할 뿐이었다.

해방이 되고 며칠 뒤, 무창이가 무옥이를 졸랐다.

"누나, 심심해. 우리 새우 잡으러 가자."

"새우? 뭔 새우?"

"저번에 당숙부야가 가지고 온 새우 겉은 큰 새우 말이야."

"그건 배를 타고 먼 바다로 가야 돼."

"그냥 걸어서 가믄 안 되나?"

"글쎄. 저기 늘무니 지나서 한참 가믄 백고지라는 동네가 나오는데 거기 가면 바닷가가 나오긴 나온다고 하더라만. 누나도 한 번도 안 가 봐서."

"그러니까 한 번 가 보자, 누나. 응?"

"가도 새우는 못 잡아. 그런 건 아무나 잡는 게 아니고 뱃사람들이라야 잡지."

"그럼, 새우 못 잡아도 좋으니 한번 바다에 가 보자."

무옥이는 할머니에게 무창이와 바닷가에 가 보겠다고 했다.

할머니가 무 자르듯 한마디로 안 된다고 했지만 무창이는 몸을 비비 틀며 할머니를 졸랐다.

"할무니, 내가 심부름도 잘하고 밥도 냠냠 다 먹으께. 누나랑 바다에 갔다 올게. 응?"

그래도 할머니가 안 된다고 하자 무창이는 으앙 하고 울음을 터뜨렸다. 할머니가 허락을 안 하면 울어 버리라고 무옥이가 미리 일러 주었던 것이다.

"아이고, 우리 강아지. 심들어서 못 간다. 울지 말어."

할머니는 연신 무창이 엉덩이를 두드렸다.

"다 널 생각해서 그런 거여. 뚝."

그래도 무창이는 울음을 그치지 않았다. 커다랗고 까만 눈동자를 감싼 눈꺼풀을 감았다 뜰 때마다 눈물이 주르륵 흘렀다. 보는 사람 애간장을 녹이는 눈물이었다.

"어이구, 참말로 우리 강아지가 왜 이런댜?"

억지로 울기 시작했는데 울다 보니 무창이는 정말 서러워지기라 도 한 모양이다.

"알었어, 알었어."

할머니는 차마 못 보겠는지 치마를 들어 올려 무창이 코를 닦아 준 뒤 다녀오라고 했다. 무창이는 얼른 눈물을 닦고 배시시 웃으며 당장이라도 달려 나갈 듯이 무옥이 손을 잡았다.

"오늘은 너무 늦었으니께 내일 일찍 가야 혀."

"으응. 할무니."

다음 날 아침에 일어나니 할머니가 떡을 쪄서 베 보자기에 싸 놓 았다.

"이야, 흰무리다."

무창이는 아직도 김이 모락모락 나는 떡을 만져 보며 좋아했다. 할머니도 웃었다.

"인절미를 허구 싶어두 고물두 읎구, 또 쉴까 봐 그냥 흰무리를 쪘다. 가지고 가다가 배 고프믄 먹어라. 여기 참외두 있구 찐 옥수수 두 있구 물두 있다."

무옥이는 떡을 들고 무창이 손을 잡고 할머니와 엄마한테 인사를 한 뒤 집을 나섰다.

새벽이라 풀잎에 이슬이 촉촉했다. 조금 걸어가자 해가 쨍 떠올라 풀잎에 맺힌 이슬이 반짝거렸다.

아침 바람 찬바람에
울고 가는 저 기러기
엽서 한 장 써 주세요
구리구리구리구리
가위바위보

무창이와 무옥이는 노래에 발을 맞추며 걸었다. 옆 동네 늘무니를 지나 백고지에 도착할 때까지 무창이는 잘 걸어갔다. 다리가 아플 때에는 동네 당산나무 아래에서 쉬기도 했다.

백고지 동네를 돌아가자 바람을 타고 훅 이상한 냄새가 끼쳐 왔다.

"누나, 무슨 냄새 나지 않아?"

"그러게. 무슨 냄샐까?"

동네가 끝나 갈 때쯤부터 검은 개펄이 나타나기 시작했다.

"누나. 바다 냄샌가 봐."

"그렇네. 이게 바다 냄샌가 보네. 바다 냄새는 처음 맡아 본다."

무옥이와 무창이는 달려갔다.

그 개펄을 따라 한참 가니 바다가 나왔고 아까부터 나던 짠 바다 냄새가 더 강해졌다.

"애개개, 이게 바다야?"

바닷물은 저만치 달아나 있고 검은 진흙 뻘이 길게 펼쳐져 있었다. 맛이나 조개를 캐던 아줌마들은 벌써 돌아가 버렸는지 개펄에는 사람이라곤 없었다.

"그러게. 바다가 저 멀리 도망가 버렸네?"

무옥이와 무창이는 소나무 그늘 밑에 앉아 떡과 옥수수를 먹고 물을 마셨다.

"누나. 떡이 진짜 맛있다. 할무니가 한 떡 맞나?"

"밖에 나와서 먹으니까 더 맛있지? 많이 먹어. 배고프지?"

무창이는 고개를 끄덕이고 허겁지겁 떡을 먹었다.

"물 먹으면서 천천히 먹어."

떡을 먹고 무창이는 바지를 걷어 부치고, 무옥이는 속바지 위로 치마를 들어 올려 허리띠로 묶은 뒤, 신발을 벗고 뻘에 들어갔다. 뻘 초입은 모래와 조개껍데기가 깔려 있어 발바닥이 따가웠다.

"무창아, 발 조심해. 조개껍데기 꺼꾸루 뒤집힌 거 밟지 말구."

조금 더 들어가자 점점 고운 뻘이 나왔다. 뻘 흙은 발가락 사이로 쑤욱 삐져나오며 발을 간질였다. 뻘에는 뽀글뽀글 거품처럼 올라온 작은 흙덩어리 천지였는데 그 덩어리 밑에 구멍이 있었다.

"누나! 새끼 게가 진짜 많아. 열 마리도 넘나 봐."

"열 마리? 억 마리도 넘겠다, 야."

"엉망이라구?"

"하하, 아니야. 많다구."

무창이 손톱만 한 작은 게들은 사람을 피해 후다닥 도망가 제 집으로 쏙쏙 들어갔다. 눈이 툭 불거진 망둥이도 톡톡 튀어 달아났다.

"누나, 이 구멍에 뭐가 있는지 손가락 넣어 볼까?"

"조심해."

"어어어. 이거 봐라."

무창이가 길쭉한 나무토막 같은 걸 꺼냈다.

"어! 맛이다."

그때 맛이 물을 찍 쏘아 무창이 얼굴에 뿌렸다.

"앗, 깜짝이야. 물이 뜨거워."

무창이는 얼떨결에 맛을 떨어뜨리고 엉덩방아를 찧었다. 개흙이 묻은 손으로 쓱 문지르자 무창이 얼굴은 진흙투성이가 됐다.

"하하하하."

"히히히히."

"이리 와 봐."

개펄 작은 웅덩이에 고인 물을 손에 적셔 무창이 얼굴을 닦아 줬다. 웅덩이 물도 햇볕에 데워져 따끈했다. 무창이 엉덩이는 질척한 개흙 덩어리가 묻어 시커멨다.

"발바닥이 간지러워."

뻘은 아기 궁둥이처럼 매끌매끌해서 감촉이 아주 좋았다. 무창이는 뻘에 깊게 빠져 발을 빼느라 얼굴이 빨개지기도 했다.

물을 싸왔던 작은 주전자에 바닷물을 담고 게와 망둥이와 맛과 조개를 넣었다. 금세 주전자 하나 가득 게와 조개가 찼다. 무옥이와 무창이는 시간 가는 줄 모르고 놀았다.

한참 재미있게 놀고 있는데 지나가던 동네 아저씨가 빨리 나오라고 손짓을 했다.

"얘들아, 조금 있으믄 물 들어온다. 어여 나와."

그제야 고개를 들고 앞을 보니 물결이 쏴쏴쏴쏴 소리를 내며 몰려오고 있었다. 기다란 하얀 바다뱀 수천 마리가 옆으로 서서 소나무 숲을 향해 경주를 하는 것처럼 보였다.

"무창아, 이제 그만 가자."

"조금만 더."

"많이 놀았잖아. 이제 나가자, 어여. 우리도 모르게 너무 많이 들어왔어."

무창이는 아쉬운 듯 허리를 펴고 신발과 옷이 있는 곳을 바라봤다. 정말 뻘로 많이 들어와 있는 걸 보고 무창이는 눈을 동그랗게 뜨고 신발을 벗어 놓은 언덕과 바다를 번갈아 바라봤다. 수평선은 살짝 구부러진 채 멀리에서 하늘과 닿아 있었다. 둘이 손을 잡고 뻘을 나와 신발을 신었다. 무옥이는 걷어 올렸던 무창이 바지를 내려줬다.

"누나, 나 졸려. 못 걷겠어."

무창이는 뜨거운 햇볕 아래서 물놀이를 하느라 진이 빠진 모양이었다.

"무창아, 졸지 마. 응?"

"흐응, 졸려."

"무창아, 자지 마."

무창이는 업을 새도 없이 스르르르 잠이 들었다. 무옥이는 할 수 없이 바닷가 언덕에 있는 소나무 그늘에 무창이를 눕혔다. 무창이 얼굴은 빠알갛게 익었다. 무옥이는 자기 얼굴을 만져 봤다. 무옥이 얼굴도 화끈거렸다. 무옥이도 무창이 옆에 꼬부리고 누워 깜빡 잠이 들었다.

얼마나 시간이 지났을까.

"누나!"

무창이가 부르는 소리에 깜짝 놀라 무옥이는 얼른 일어났다.

"누나, 바다야. 바다가 돌아왔어. 목말라서 일어나 봤더니 요기 바다가 와 있어."

아까 놀던 곳을 보니 어느 틈에 물이 하나 가득 들어차 있었다. 바다는 햇빛을 받아 은빛 물고기 비늘처럼 잠시도 쉬지 않고 반짝거렸다. 가슴이 꽉 차올라 뿌듯해졌다.

"어어어. 진짜 바다가 돌아왔네."

"누나, 게들은 다 구멍으로 들어갔을까? 물에 잠겨 숨 막히지 않을까?"

"음. 아마 게들은 물고기처럼 물에서 숨 막히지 않고 사는 방법을 알고 있을 거야."

"으응, 그렇구나."

"우선 이 채미 먹구 저 집에 가서 물 좀 얻어먹고 가자."

참외는 미지근했지만 달고 맛있었다.

"집에서 먹을 때는 시원했는데. 그치 누나?"

"그건 두레박에 담아 우물에 넣어 놔서 그렇지. 밖에 나와서는 할 수 없어. 그래두 맛있잖아."

"그건 그래. 히."

무옥이는 가까운 집에 들어가 물을 얻어먹고 한 손에는 게와 조개를 담은 주전자를 들고 한 손은 무창이 손을 잡고 집으로 향했다.

한 시간쯤 걸었을 때, 갑자기 하늘에 먹장구름이 끼기 시작했다.

"누나, 비 오려나 봐."

"그러게. 뛰어가자."

훅 땅 냄새가 끼쳐 왔다. 뜨겁게 달궈졌던 흙이 비에 젖으며 내는 냄새다.

둘이 백고지 마을을 벗어나기도 전에 비가 후두둑 내리기 시작했다. 봄에 가물 때는 올 듯 올 듯 온 하늘에 먹구름이 끼었다가도 끝내 안 오고 말아 애를 태우곤 했다. 그런데 비가 흔한 철이라 그런지 구름만 조금 몽글몽글 머금었다 하면 곧바로 비가 쏟아졌다. 마치 하늘이 줄줄 새기라도 하는 것 같았다.

"무창아, 여기 이 집 처마 밑에서 잠깐 비 그칠 때까지 기다리자."

"응."

무옥이와 무창이는 초가집 밑에 쪼그리고 앉아 고개를 들고 담을 올려다봤다. 수세미 줄기가 흙담을 온통 뒤덮고 자라고 있었다. 아까 바다로 가며 볼 때, 별처럼 활짝 피어 있던 수세미 꽃은 비가 오자 꽃잎을 살짝 오므리고 땅을 향해 고개를 떨구고 있었다. 넝쿨 속을 살펴보니 어른 팔뚝만큼 큰 수세미가 주렁주렁 매달려 있었다.

"누나. 비 오니까 시원하다."

장대같이 내리던 비가 잠시 뒤 조금씩 잦아들더니 언제 비가 내렸냐는 듯 반짝, 해가 나왔다.

"무창아, 저기, 저것 좀 봐!"

쪼그려 앉았던 무옥이는 벌떡 일어나며 소리쳤다.

"와, 무지개다!"

"쌍무지개야!"

색색깔 고운 무지개가 바다와 마을 사이에 두 개나 걸쳐 있었다.

"누나하고 내 무지개다."

무창이는 팔짝팔짝 뛰며 좋아했다.

"그래. 진짜 이쁘다."

"누나. 저 무지개는 어디에 있는 거야?"

"글쎄?"

"그렇게 멀리 있는 것 같지 않은데? 가까워 보여."

"그러게."

한참을 무지개를 바라봤다.

"무창아, 소나기는 삼 형제라는 말이 있어. 언제 또 올지 모르니까 어여 가자."

한참 무지개를 바라보다가 무옥이와 무창이는 집으로 향했다. 조금 걸어가다 뒤를 돌아보니 무지개는 연하게 지워지고 있었다. 한참 뒤 또 돌아보니 아주 희미하게 흔적만 남아 있었고 세 번째 돌아보았을 때는 흔적마저 사라지고 없었다. 무옥이는 무지개가 있던 곳을 하염없이 바라봤다. 언젠가 문득 오늘 본 무지개가 가슴 아프도록 그리워질 거라는 느낌에 자기도 모르게 가슴이 서늘해졌다. 아름다운 건 왜 그렇게 언제나 금방 사라지는 걸까? 금방 사라져서 아름다운 것인지도 모르겠다고 무옥이는 중얼거렸다.

"무옥아."

순자가 뛰어왔다. 순자도 소나기를 만나 피했다 오는 길이라고 했다.

"어디 갔다 와?"

"으응. 개펄에."

"그렇게 멀리? 무창이 힘들지 않았어?"

"응. 순자 누나, 학교에서 이제 오는 거야?"

순자를 바라보는 무옥이 눈에 부러움이 가득했다. 순자는 딴 이야기를 했다.

"응. 아이고, 무창이 얼굴이 빠알갛게 익었네? 업어야 되겠다. 주전자 이리 줘."

순자는 주전자 안을 보더니 야아 환호성을 올렸다.

"이렇게 많이 잡았어?"

무옥이는 얼른 무창이를 업었다. 순자는 무옥이네 대문 앞까지 주전자를 들어다 주었다.

"할무니."

할머니는 무창이를 받아 얼른 마루에 뉘고 부채를 부쳐 주었다.

"우리 강아지, 아까 소내기 안 만났어?"

"응. 만났어. 몰르는 집 앞에서 누나랑 그칠 때까지 기달렸어. 근데 할무니이. 우리 무지개 두 개 뜬 거 봤어."

"그렸어? 아이구."

할머니는 연신 무창이 엉덩이를 두드렸다.

"어? 엄니."

엄마가 오늘은 몸이 좀 괜찮은지 부엌에서 일을 하고 있었다. 무옥이는 반가워 뛰어가 엄마 손을 잡고 웃었다.

"오늘은 괜찮아?"

"그래. 몸이 한결 가볍구나."

엄마는 무옥이 머리를 자꾸자꾸 쓰다듬어 주었다.

"아휴, 니 옷이 흠뻑 젖었구나. 고생했다, 무옥아."

"히히, 고생은 뭘. 재밌게 놀다 왔는데."

"엄마가 너무 아파서 니가……."

"아, 아냐, 엄마."

무옥이는 엄마 가슴에 고개를 묻고 팔을 벌려 엄마를 안았다. 엄마 냄새가 참 좋았다.

"배고픈데 얼른 밥 먹자. 아이구, 우리 딸."

할머니가 무창이 엉덩이를 두드리듯이 엄마는 무옥이 등을 토닥였다. 무옥이는 한없이 어리광을 피우고 싶었다.

3

　해방이 되고 넉 달이나 지난 뒤 아버지가 집으로 돌아왔다. 개선
장군은커녕 꼴이 말이 아니었다. 무옥이 아버지는 그동안 어디서 어
떻게 지냈는지 일체 말하지 않았다. 딱 한 번 연안이라는 곳에 있었
다고만 했다. 무옥이는 연안이 중국이라는 것밖에는 아무것도 아는
게 없었다. 아마도 아버지는 그곳에서 극심한 고생을 한 것 같았다.
얼굴이 몰라보게 말랐고 옷차림도 거지꼴이었다.

　집 나가던 해 낳은 무창이가 일곱 살이 된 해였다.

　"애 이름은 무창이라고 지었다. 무성할 무 자에 창성할 창 자. 손
귀한 집안이니 자식들 번성하라구. 한약방 할아부지헌테 지었지."

　할머니 말을 듣고 아버지는 고개를 끄덕이며 무창이를 바라봤다.

무창이는 금방이라도 울 것처럼 눈물을 글썽이며 무옥이를 바라봤다. 처음 본 아버지가 낯설어 그런가 보다.

"이리 와 봐라."

아버지가 팔을 벌리자 무창이는 비실비실 아버지 앞으로 가 잠시 어쩔까 머뭇거렸다. 아버지가 얼른 무창이 허리를 안아 무릎에 앉혔다. 아버지는 무창이를 살며시 껴안았다. 처음에는 몸을 비틀던 무창이도 아버지가 그러는 게 싫지 않은지 가만히 앉아 있었다. 나중에는 고개를 돌려 들고 아버지 얼굴을 보다 거뭇거뭇 수염이 난 턱을 문질러 보기도 했다.

"무심헌 사람 같으니라구."

할머니는 하나밖에 없는 아들 얼굴에서 눈을 못 떼며 눈물을 훔쳤다. 할아버지 세상 뜰 때 얘기를 들으며 아버지는 아무 말 없이 입을 꾹 다물고 있었지만 눈이 충혈됐다.

한참 뒤 아버지가 무옥이 얼굴을 바라봤다.

"우리 무옥이는 어찌 지냈니?"

무옥이는 아버지 말에 얼굴만 붉혔다.

"기집애야 집에서 일이나 거드는 거지 뭐. 벨 다를 게 있나?"

할머니가 얼른 나서서 대신 대답했다.

무옥이는 고개를 더 숙였다.

"학교는 다니고 있지?"

무옥이는 고개를 저었다.

"기집애가 무신 핵교냐? 나돌아 댕기믄 못 쓴다고 내가 말렸다."

무옥이는 아버지 얼굴에 어두운 그림자가 지나가는 걸 얼핏 보았다. 잘못을 저지른 것처럼 무옥이 얼굴이 화끈거렸다. 이제 와 생각하니 죽을병도 아닌데 너무 쉽게 학교를 포기한 게 아닌가 하는 후회가 됐다. 그때 좀 더 참고 학교를 다녔어야 할 걸 하고 입술을 깨물었다. 아버지가 이다지도 서운해 할 줄은 몰랐다. 무옥이 눈에 핑눈물이 돌았다.

무창이는 첫날과 달리 아버지를 잘 따랐다. 아침에 일어나면 먼저 사랑방으로 갔다. 할머니는 사랑으로 나가는 무창이를 보면 엉덩이를 톡톡 쳤다.

"핏줄이 이렇게 무서운 거다. 츰 본 애비를 이리 따를 수가 있을까?"

무옥이 아버지는 가까운 데 갈 때에는 늘 무창이를 앞세우고 다녔다.

무옥이네 집에는 갑자기 찾아오는 사람들이 많아졌다. 젊은이들은 무옥이 아버지를 선생님이라고 했다. 어쩌다 밤중에 오줌이 마려워 일어난 무옥이가 사랑방을 내다보면 그때까지도 두런두런 말소리가 새 나오곤 했다.

해방 이듬해 무창이가 학교에 들어갔다. 해방되자마자 무옥이네 마을에도 국민학교가 생겨 무창이는 이십 리씩 걸어 다니지 않아도 됐다.

무창이는 학교에서 한글을 배웠다. 더 이상 일본 말은 배울 필요가 없었다.

학교에서 돌아온 무창이는 방바닥에 책을 죽 펴놓고 숙제를 했다.

"이게 우리 나라 글이니?"

"응, 누나. 한글이다."

"어떻게 읽니?"

"기역 니은 디귿 리을 미음 비읍……"

무옥이는 할아버지 방 궤짝에 있던 언문 소설책이 생각났다.

"무창아, 누나 좀 가르쳐 주라. 누나도 배워야겠다."

무창이 눈빛이 반짝 빛났다.

"그럼 누나도 나랑 같이 학교에 다닐래?"

순간 무옥이 얼굴이 빨개졌다. 너무 늦었다는 생각이 들었기 때문이다. 벌써 열다섯이 아닌가!

"이제 와서 학교는 무슨. 그냥 한글만 가르쳐 줘."

"그럼, 누나. 내가 선생님이네? 나한테 선생님이라구 해."

"뭐라구우?"

"어디 해 보세요. 무옥이 학생!"

"네 허무창 선생님. 하하하."

무창이 볼을 양쪽으로 잡고 살짝 흔들었다.

"히히히."

무옥이는 한글이 쉽고도 신기했다. 무창이 책으로 같이 공부를
했다.

"가 짜 배웠으니까 가 짜로 시작하는 말 찾아볼까?"

"그래. 가방."

"가세."

"가막소."

"가랭이."

"가마."

"가지."

"가뭄."

"가랑비."

"가……."

더 이상 가 자로 시작되는 말이 생각이 안 나는지 무창이는 고개
를 갸우뚱하고 생각에 잠겼다.

"응 으응…… 응."

"생각 안 나지? 그럼 니가 졌다."

"아냐, 누나. 기다려."

"하나, 둘, 셋……"

"응, 으으 가봉."

"가봉? 가봉이 뭔데?"

"그런 거 있어. 가봉."

"그러니까 가봉이 뭐냐구."

무창이는 눈을 깜짝였다.

"가봉이라는 건 말이야. 음… 음… 음. 에이 누나, 나 한 번만 봐 주라. 내가 누나 한글 가르쳐 주잖아."

무창이는 무옥이 간지럼을 태웠다.

"피. 알았습니다요, 선생님. 아이구 간지러워 그만해."

"히힛."

"하하하."

잘 모르는 것은 윗집 순자가 학교에서 돌아오면 찾아가 배웠다.

"순자야 학교 친구들은 다 잘 다니니?"

"아니야. 많이 그만뒀구 또 새로 들어온 애들도 있어."

"선생님들은? 이마무라 선생님은 일본으로 돌아가셨나?"

무옥이가 학교를 그만두었을 때 이마무라 선생님은 순자를 통해 편지를 보냈다. 어디에 가 있든 꼭 공부를 하라는 내용이었다. 무옥이는 그 편지를 보고 또 보며 울었다.

"그래. 뭐, 이마무라 선생님은 그냥 여기서 살고 싶다고 했는데 청년들이 떠나라고 했나 봐. 아마 일본으로 가셨겠지 뭐. 그 선생님이 우리들 이뻐했는데."

"그래. 일본 사람이라도 이마무라 선생님은 우리들한테 잘해 줬는데, 그치?"

아이도 없이 부인과 둘이 이곳 서근리에서 늙어 버린 이마무라 선생님. 사택 앞에 심어 놓았던 많은 꽃은 어떻게 되었을까?

"하지만 좋든 싫든 일본 사람들은 다 자기 나라로 돌아가야 한다 더라. 이제 우리 나라가 해방이 되었으니까 우리 손으로 나라를 다시 건설해야 된대."

무옥이는 똑 부러지게 말하는 순자가 부러웠다.

'아, 나도 공부할 수 있으면 얼마나 좋을까?'

무옥이는 부지런히 한글을 배웠다. 무창이보다 더 빨리 한글을 뗐다. 한글은 일본말보다 쉬웠다. 어릴 때 할아버지한테 배운 한문보다 훨씬 쉬웠다.

할아버지 장례를 치른 뒤 할머니와 함께 사랑방을 정리하던 때가 떠올랐다. 방 한쪽 구석에 있던 궤짝에서 나온 책이 한 수레도 넘었다. 책은 할아버지 손때가 묻어 반질반질했다.

"휴, 이 책을 다 어찌하노?"

할머니는 책을 보며 눈물을 흘렸다. 할아버지와 달리 늘 씩씩하고 시원시원하던 할머니는 할아버지가 세상을 떠난 뒤로는 삭은 기둥이 시나브로 기울어 가듯 기운이 떨어지고 어깨가 처졌다.

"할무니, 이 책 다 저 주세요."

"책은 다 뭐 허려구?"

"할무니, 제발 저 주세요. 네?"

"웬 공부 욕심이 저렇게 많은지. 쯧쯧 사내자식으로 태어났으믄 좀 좋았을까?"

삼국지, 수호지 같은 한문 소설책도 있고 소학, 대학도 있었다. 간간이 한글책도 섞여 있었지만 그때까지만 해도 한글을 몰랐던 무옥이는 무슨 내용인지 전혀 짐작조차 할 수 없었다. 할아버지는 알고 있었지만 무옥이에게 가르쳐 주지는 않았다. 무옥이가 보기에 한글 글자는 뭔가 빠진 듯 싱거웠다.

"우리 김해 허씨 조상은 먼 인도에서 오신 공주님이다."

할아버지는 한글은 가르쳐 주지 않았지만 무옥이에게 옛이야기를 잘 해줬다. 할머니는 이야기를 하기도 싫어하고 재미있게 할 줄도 모르지만 할아버지는 같은 이야기라도 듣는 사람이 쏘옥 빠져들게 맛나게 해주곤 했다. 아기장수 이야기, 장자못 전설, 세상이 처음 생겨난 이야기, 특히 이천 년 전 가야국으로 온 허황옥 이야기를 자주 해줬다. 그럴 때마다 무옥이는 눈을 뜬 채 꿈을 꾸었다.

나풀거리는 하얀 옷을 입고 붉은 돛을 단 커다란 배를 타고 오는 아유타국의 공주님을 생각했다.

먼 바다를 지나는 동안 공주님은 어떤 생각을 했을까?

아는 사람 하나 없는 이 나라가 두렵지 않았을까?

엄마 아버지가 보고 싶지 않았을까?

와서 살면서 어려움은 없었을까?

그 모든 어려움을 어떻게 견뎠을까?

무창이에게 한글을 배우면서 무옥이는 사랑방 할아버지 궤짝에 있던 한글 책을 가져와 제목을 읽어 보았다. 춘향전, 박씨부인전, 숙향전, 사씨남정기, 홍길동전, 유충렬전, 장끼전, 금방울전, 조웅전.

'꼭 저 책을 다 읽어 봐야지.'

무옥이는 책만 봐도 부자가 된 것처럼 배가 불렀다.

무옥이는 한 글자 한 글자 머릿속에 넣고 잊지 않기 위해 밥을 짓거나 옷을 지을 때에도 늘 외웠다.

쓰는 건 아직 서툴지만 읽는 건 다 할 수 있게 되었을 때 무옥이는 할아버지 책 중에 제일 먼저 박씨부인전을 가져와 읽었다. 처음에는 하루 다섯 장도 읽기 힘들었지만 나중에는 속도가 붙어 일주일 만에 박씨부인전을 다 읽었다.

책이 이렇게 재미있는 건 줄 무옥이는 처음 알았다. 한문으로 된 책을 읽을 때와는 확연히 다른 재미였다. 세세하고 실감나는 표현을 만날 때마다 무옥이는 책을 덮고 그 장면을 머릿속으로 그려 보았다. 박씨부인이 기룡대, 용골대를 혼낼 때에는 조마조마하여 어찌나 손을 꼭 쥐었던지 손바닥에 한참 동안 손톱자국이 남기도 했다. 별당 아씨가 몸의 허물을 벗을 때에는 어찌나 기쁜지 눈물까지 흘렸다.

무옥이는 책을 가슴에 꼭 안고 눈을 감았다.

'이렇게 재미있는 이야기를 쓴 사람은 누굴까? 혹시 여자가 아닐까? 그러니까 이렇게 여자 마음을 잘 알고 있지. 정말 여자가 이런 이야기를 쓸 수 있을까? 남자도 아닌 여자가? 또 박씨부인이 이시백의 부인이라고 나와 있던데, 그렇다면 실제로 있었던 이야기일까?

이렇게 무술도 잘하고 학문에도 뛰어난 여자가 정말 조선 시대에 있었을까?'

무옥이는 박씨부인전을 읽고 난 뒤 며칠 동안 다른 책을 읽지 않았다. 박씨부인전에 취했기 때문이다. 이런 상태에서 다른 책을 읽는다면 그 황홀한 기분을 깰 것만 같아 며칠간이라도 그 기분을 온전히 누려야겠다고 생각했다. 무옥이는 한동안 박씨부인이 되어 남몰래 박씨부인 말투를 흉내 내곤 했다.

그 다음에는 춘향전을 읽었다. 춘향전은 할머니한테 이야기를 들어서 내용은 알고 있었다. 하지만 할머니는 이야기를 재미있게 하는 편이 아니어서 그런지 아주 짧게 줄거리만 얘기했는데 직접 책을 보니 무척 자세하고 길었다.

춘향이가 큰 칼을 쓰고 옥에 갇혀 있을 때에는 책을 더 이상 읽을 수가 없어 조용히 책을 덮었다. 내용을 다 알고 있는데도 읽을 때마다 흥미진진했다.

"우리 무옥이가 책을 좋아하는구나."

정신없이 책을 보고 있는데 아버지가 들어와 빙그레 웃으며 무옥이를 내려다봤다.

"네, 아부지."

"그래 무슨 책을 읽고 있니?"

"박씨부인전하고 춘향전을 읽었어요. 이번에는 사씨남정기를 읽고 있어요."

"음, 그래. 그중 뭐가 제일 재미있더냐?"

"박씨부인전이요."

"그으래? 왜?"

"여자가 청나라 대장을 물리치는 것도 재미있고 나중에 허물을 벗고 아름다운 여인이 된 것도 재미있습니다."

"으응? 무옥이가 얌전하기만 한 줄 알았더니 당찬 면이 있구나. 허허."

무옥이도 아버지와 함께 웃었다.

'아버지 말대로 나에게 당찬 면이 있을까? 나는 지혜롭지도 않고 잘하는 것도 아무것도 없는 것 같은데.'

아버지의 평가가 무옥이는 무엇보다도 소중하게 생각되었다.

아버지는 무옥이와 무창이에게 가끔 우리 나라 역사를 들려주었다. 무옥이와 무창이는 눈을 반짝이며 아버지의 말을 들었다. 하지만 아버지는 너무 바빠서 자주 들려주지 못했다. 정말 어쩌다 한 번이었다.

어느 날, 무창이와 공부를 하고 있는데 누군가 대문을 두드렸다. 무옥이가 나가 보니 거지였다.

"아씨, 밥 좀 주세요. 하루 종일 굶었어요."

해방이 되고 나서 오히려 구걸하는 사람들이 더 많아졌다. 하루에 한두 사람은 꼭 와서 밥을 달라고 했다. 오늘 온 사람은 나이가 꽤 든 남자였는데 입고 있는 옷이 형편없고 어딘가 병이 든 것처럼 얼굴이 푸르뎅뎅했다. 부어서 퉁퉁해진 새까만 발은 맨발이었고 바지도 원래 색깔이 뭐였는지 전혀 짐작이 되지 않을 정도로 때가 덕지덕지 붙어 있었다.

오랫동안 씻지 않았는지 시커먼 얼굴과 몸에서 퀴퀴한 냄새가 났다. 코를 막지 않고는 곁에 갈 수 없을 지경이었다. 거지는 한쪽이 깨진 바가지를 불쑥 내밀었다. 무옥이는 그 바가지에 아침에 먹고 남은 된장국을 뜨고 밥을 말아 한쪽에 김치를 담아 내갔다.

"고맙습니다. 고맙습니다, 아씨."

거지는 연신 고개를 숙였다.

거지는 뻣뻣한 다리를 구부리지 못해 쭉 뻗친 채 대문 옆에 철퍼덕 앉고서 바가지를 받았다. 정말 하루 종일 굶었던지 숟가락으로 바쁘게 입안으로 퍼 넣었다.

삐이익.

대문이 열리고 볼일을 보러 나갔던 아버지가 돌아왔다.

무옥이 아버지는 힐끗 거지가 밥을 먹는 모습을 보더니 큰 소리로 무옥이를 불렀다.

"예?"

무옥이는 얼른 뛰어나왔다.

"이 사람한테 누가 밥을 주었느냐?"

웬일인지 아버지는 언짢아 보였다.

'뭐가 잘못되었지?'

무옥이는 거지에게 밥을 준 것이 왜 아버지를 화나게 했는지 몰라 우물쭈물했다.

"예. 제가…… 줬는데요."

옆에서 거지는 행여나 불똥이 자기에게 튈까 봐 먹지도 못하고 일어서지도 못하고 가만히 무옥이 아버지 얼굴만 쳐다보았다.

"니가 그랬다고?"

아버지는 화가 난 것 같았다.

"네."

아버지는 화를 가라앉히려고 애쓰는 듯 조금 가만히 있다가 조용히 말을 했다.

"이 사람도 너와 똑같은 사람인데 바가지에 밥과 국을 같이 말아서 가져다 주면 쓰겠니? 대체 누구한테 이렇게 배운 게야? 얼른 작은 상에 우리 먹던 대로 밥과 국과 반찬을 따로 놔서 마루에 다시 갖다 드려라."

무옥이는 한동안 멍하니 아버지 얼굴만 쳐다봤다. 거지도 가만히 있더니 곧 얼굴이 벌게지며 아니라고 손사래를 쳤다.

"아, 아, 아. 아닙니다. 그냥 이렇게 먹을 걸 주신 것만 해도 고맙습니다. 저 같은 게 아무렇게나 먹으면 어떻습니까?"

"……."

무옥이 아버지는 거지의 말에는 한 번 부드럽게 웃을 뿐 아무 말도 없이 무옥이를 재촉했다.

"어서."

"예, 아버지."

"사람은 다 똑같이 귀한 것이다."

아버지는 사랑방으로 들어갔다.

무옥이는 얼른 부엌으로 들어가 작은 상을 꺼냈다. 반찬을 놓으려다 행주를 꺼내 다시 한 번 상을 훔쳤다. 비름나물, 김치, 호박 볶음을 조금씩 골고루 놓고 내가려다가 다시 상을 내려놓았다. 아침에 먹고 남겨 놓은 생선 지짐 한 토막을 접시에 담아 상에 올렸다. 상을 마루에 놓자 거지는 두리번거리며 슬그머니 마루에 걸터앉아 밥을 먹기 시작했다.

무옥이는 사랑으로 들어간 아버지에게 마음속으로 고개를 숙였다.

'정말 거지도 다른 사람들과 똑같이 그렇게 귀한 사람일까?'

한 번도 거지도 똑같이 귀한 사람이라는 생각을 한 적이 없다. 아버지 말이 이해가 가지는 않았지만 아버지는 늘 맞는 말만 했으니 틀림없을 거라고 생각했다.

정정하던 할머니가 앓아누운 건 아버지가 돌아오고 반년쯤 지난 해방 이듬해 늦봄이었다. 할아버지가 세상을 뜨고 엄마가 앓는 동안 집안 살림을 도맡아 해온 할머니는 늘 긴장하고 살았던 모양이다. 아들이 돌아오니 스르르 봄눈이 녹듯 주저앉아 감기처럼 시름시름

앓더니 거짓말처럼 눈을 감았다.

할머니의 꽃상여가 나가던 날, 수많은 만장이 아지랑이 사이에서 춤추듯 나부꼈다. 이번에도 당숙이 많은 일을 했지만 할아버지 때 하고는 달랐다. 그렇게 기다리던 아들 앞에서 세상을 떠났으니 할머니는 아마도 행복하게 눈을 감았을 거라고 동네 사람들은 모두 입을 모았다.

해방이 되고 일본 사람들이 다 물러가고 난 뒤 학교마다 선생이 모자랐다. 아버지도 전에 근무하던 팔탄고등공민학교에 다시 나갔다. 하지만 채 반년도 못 채우고 아버지는 다시 학교를 그만뒀다. 그러고는 바쁘게 서울을 오갔다.

4

1947년 늦여름, 무옥이 혼인 말이 오갔다. 무옥이 나이 열여섯 살이었다. 한 동네 사는 먼 친척 아저씨가 처가 동네에 좋은 신랑감 자리가 있다고 중매를 한 것이다. 무옥이 아버지는 이리저리 집안 내력을 알아본 뒤 그만하면 밥은 굶지 않을 것이고 신랑감도 웬만하다고 결혼을 허락했다.

"누나, 진짜 시집가아?"

무옥이는 고개만 끄덕였다.

"누나, 시집 안 가믄 안 돼?"

"나두 가기 싫지만 어쩔 수 읎어. 으른들이 정헌 걸 어쩐다니."

"할무니두 돌아가시구. 누나두 시집가구."

"엄니하구 아부지허구 재미나게 살믄 되지, 뭐."

"난 누나가 젤루 좋은데?"

"……."

"누나, 나두 따라가믄 안 돼?"

"나두 그랬으면 좋겠지만 그건 안 돼. 넌 우리 집에 하나밖에 없는 아들인데 날 따라가면 우리 집은 어쩐다니?"

무옥이는 마당 우물가에 핀 봉숭아를 따다 이 빠진 사기그릇에 놓고 돌로 찧었다.

"누나, 잎사귀는 왜 넣어?"

"그래야 더 잘 들어."

"잎사귀는 파란 물 드는 거 아냐?"

"겉은 파랗지만 속에는 아마 빨간 기운이 있나 봐. 소금두 넣어야 되구. 이따 밤에 둘이 봉숭아 물 들이자."

밤에 봉숭아 물을 들였다. 무창이도 엄지손가락 엄지발가락에 봉숭아 찧은 걸 놓고 콩잎으로 꼭꼭 싸맨 다음 못 쓰는 천으로 다시 감았다. 봉숭아 물이 흘러 이불에 붉은 물이 들면 안 지워지기 때문이다.

"할무니 있었으믄 사내 녀석이 봉숭아 물 들인다고 혼내셨겠다."

"히히. 고추 떨어진다고 했겠지 뭐."

"옛날 분이라 그렇지, 뭐. 봉숭아 빨간 물이 나쁜 기운을 없애 준대."

무옥이 열 손가락과 무창이 양쪽 엄지 두 손가락, 두 발가락을 물들였다. 자고 있는 어머니 엄지손톱에도 물을 들였다.

다음 날 아침 일어나 손가락을 보니 쪼골쪼골 검붉게 쫄아진 손가락 끝 손톱에 꽃물이 잘 들었다. 살에 든 물은 며칠 새에 차츰 빠질 거다. 무창이도 곱게 물든 손톱이 예쁜지 자꾸 들여다봤다.

어느 날 아주머니 두 분이 무옥이네 집을 찾아왔다.

"샘골 사는 원뜰댁입니다. 지나는 길에 들렀습니다. 흉이 안 될른지요."

누구라는 인사말을 듣고 무옥이 엄마는 당황한 듯 연신 고개를 숙이며 인사를 했다.

"아유, 아닙니다. 어서 들어오세요. 애, 무옥아 이리 나와 봐라."

무옥이 나와서 절을 하자 아주머니는 찬찬히 무옥이를 훑어보았다.

"그래 아가씨는 무슨 생인가?"

"임신생 원숭이띠입니다."

이것저것을 물어보던 아주머니는 웃으며 인사를 하고 갔다.

"느이 시댁에서 친척들이 선을 보러 온 거란다."

아주머니가 가고 난 뒤 어머니가 말했다. 무옥이 아버지와 당숙도 이미 신랑 집에 가서 신랑과 그 아버지와 할아버지를 만나고 왔다고 했다.

"중학교까지 나오고 이제 서울서 학교를 더 다닐 거라고 하니 무옥이 너에게 좋은 혼처인 듯싶구나. 지금 세상에는 배워야 사람 구실 할 수 있다."

무옥이는 신랑이 중학교까지 나왔다고 하니 부럽기도 하고 또 자신이 너무 못난 게 아닌가 걱정이 되기도 했다. 비록 한 번도 못 본 사람이지만 이제 부부가 된다고 생각하니 어떻게 생겼을까 막연하게 그립기도 했다.

구월로 혼인 날짜가 잡혔다. 시간이 촉박하여 무옥이 어머니는 좋지 않은 몸을 이끌고 혼례 준비에 동동거렸다. 아무래도 무옥이 어머니 대신 당숙모가 많은 일을 도맡아 해줄 수밖에 없었다.

이불을 꾸미는 날 마을 아주머니들이 모두 무옥이 집으로 왔다. 무옥이 아랫집 아주머니가 올라왔다.

"이불이 곱기도 하다. 우리 무옥이가 신랑하고 함께 덮을 이불이구나."

아주머니는 이불을 이리저리 뒤집어 보았다.

"여보게. 자네는 나가서 부엌일 좀 도와주게."

당숙모가 얼른 아랫집 아주머니를 데리고 나갔다.

"으응. 그럴까요?"

두 사람은 부엌으로 나갔다.

"엄니, 아랫집 아줌마는 바느질 솜씨가 야무지다고 소문났는데 아까 낮에 왜 이불을 꿰매지 않았어요?"

무옥이는 저녁에 엄마에게 물었다.

"그 아줌마는 재가를 해 오지 않았니? 그러니 니 금침을 꾸미지 않는 거란다. 혹시 나쁜 팔자가 네 앞날에 사위스러운 영향을 끼칠까 봐 그런 거지."

"네에, 그렇구나."

시집와 아들 많이 낳고 행복하게 사는 사람들만 혼수 이불을 꾸밀 수 있다는 것이다. 무옥이는 어른들이 얼마나 앞날에 대해 두려워하는지 알 수 있었다. 안개 속처럼 전혀 알 수 없는 미래가 사람들을 그토록 조심스럽게 만드는 것이리라.

그렇게 혼인날이 얼마 안 남은 날 한밤중이었다.

사랑에 누군가 찾아온 기척이 났다. 잠시 후 아버지가 안채에 들어와 기침을 했다. 어머니가 불을 켜고 무옥이를 불렀다. 무옥이도 어머니 방으로 건너갔다.

"정말 뭐라 할 말이 없소. 무옥이 혼례도 못 보고 급히 가야 할 것 같소."

"예? 아부지. 어디를 가시는데요?"

"자세한 건 묻지 마라. 여보, 시간이 없어 얼른 일어나야겠소. 내 자리 잡히는 대로 연락을 하리다."

어머니는 아무 말 없이 눈물만 흘리며 자고 있는 무창이 머리만 손으로 쓰다듬었다. 아버지는 무창이 얼굴을 한 번 쓰다듬은 뒤 겨드랑이로 두 손을 넣어 가만히 껴안았다. 무창이를 내려놓고 아버지는 몸을 돌려 무옥이 손을 잡았다.

"무옥아, 이 애비를 용서해라. 너희들에게 애비로서 아무것도 해 준 것이 없구나."

아버지는 책 한 권을 내밀었다. '사슴'이라는 작은 시집이었다.

"애비 친구 백기행이라는 사람이 쓴 시집이다. 너한테 꼭 주고 싶 었다."

"아부지."

그 시집을 받으면 아버지가 훌쩍 떠날 것 같아 무옥이는 선뜻 받 지 않고 머뭇거렸다. 밖에서 남자의 굵은 기침 소리가 들리자 아버 지는 머뭇거리며 일어나 무옥이 손에 시집을 건네주고 방을 나섰다. 어머니는 일어나려다 다시 주저앉아 버리고 무옥이는 아버지를 따 라 밖으로 나왔다.

어둠 속에 몹시 다급해 보이는 청년 두셋이 서성이고 있었다. 그 사람들의 허둥거리는 모습을 보자 무옥이 가슴이 철렁 내려앉았다. 아버지는 어서 들어가라고 손짓을 하고 남자들과 함께 대문을 나섰 다.

무옥이도 조금 떨어져 아버지를 따라 무작정 걸었다. 사람들은 큰길로 가지 않고 순자네 집을 지나 산길로 접어들었다. 산길을 조 금 가다 아버지는 뒤를 돌아보았다. 거기까지 무옥이가 따라온 걸 보고 아버지는 사람들과 떨어져 잠깐 무옥이에게 왔다.

"무옥아. 곧 다시 보게 될 게야. 몇 년도 떨어져 지내지 않았니? 모쪼록 시집에 가서 잘 살아라."

아버지의 눈에 반짝 눈물이 어렸다. 무옥이는 더 이상 따라가지 못하고 달빛 아래 주저앉았다. 아버지가 만주로, 상해로 갈 때에는 어려서 그랬는지 별다른 걱정 안 했는데 이번에는 왜 이렇게도 가슴이 미어지는지 자신도 알 수 없었다. 시집을 가슴에 꼬옥 안고 한참을 달빛 아래 앉아 있었다.

집에 와 펼쳐 보니 실린 시가 채 40수도 안 되는 얇은 시집이었다. 하지만 하나하나 읽어 보니 소설책을 읽을 때와는 다른 감동이 밀려왔다. 겉장에는 잘생긴 젊은 남자 사진과 함께 본명은 백기행이지만 백석이라는 필명으로 작품 활동을 한다는 설명이 나와 있었다.

그 뒷장 흰 여백에 어떤 시가 적혀 있었다. 시집에 실린 시가 아니라 사람이 손으로 적은 시였다. 백기행이라는 시인이 직접 쓴 듯 시 끝에 자기 이름과 날짜를 적어 놓았다.

제목은 '나와 나타샤와 흰 당나귀'였다.

가난한 내가
아름다운 나타샤를 사랑해서
오늘밤은 푹푹 눈이 나린다

나타샤를 사랑은 하고
눈은 푹푹 날리고
나는 혼자 쓸쓸히 앉아 소주를 마신다

소주를 마시며 생각한다

나타샤와 나는

눈이 푹푹 쌓이는 밤 흰 당나귀 타고

산골로 가자 출출이 우는 깊은 산골로 가 마가리에 살자

눈은 푹푹 나리고

나는 나타샤를 생각하고

나타샤가 아니 올 리 없다

언제 벌써 내 속에 고조곤히 와 이야기한다

산골로 가는 것은 세상한테 지는 것이 아니다

세상 같은 건 더러워 버리는 것이다

눈은 푹푹 나리고

아름다운 나타샤는 나를 사랑하고

어데서 흰 당나귀도 오늘밤이 좋아서 응앙응앙 울 것이다

무옥이는 취한 듯 시를 읽고 읽고 또 읽었다. 사투리가 낯설기도 했지만 무척 정겹기도 했다. '여우난골족'이란 시도 좋았다. 시에서 정말 새우무국 냄새가 나는 것만 같았다. 무옥이는 틈나는 대로 백석 시를 외웠다. 백석과 아버지는 꼭 한 사람인 것만 같았다. 무옥이는 시를 욀 때마다 아버지와 백석과 백석의 연인 나타샤를 그려 보

왔다.

혼례식 전날이었다.

한밤중에 갑자기 무창이가 소리를 지르며 배가 아프다고 울었다. 따끈한 대추차를 끓여 주어도 먹지 못하고 앓기만 하더니 급기야 까무러치기까지 했다.

"애. 무창이는 내가 볼 테니 너는 얼른 가서 자라. 내일 혼인할 애가 밤을 새면 어떡하니? 어여."

어머니가 가서 자라고 했지만 무창이는 무옥이 손을 놓지 않았다. 밤새 무옥이가 배를 문질러 주자 무창이는 겨우 새벽녘에야 축 늘어져 잠에 빠졌다. 온몸이 물에 빠진 것처럼 축축해 감기에 걸릴까 봐 옷을 갈아입혔다.

밤새 뜬눈으로 지샌 무옥이 어머니는 얼른 나와 뒤란 장독대 앞에 정한수를 떠놓고 성황님께 빌었다.

"니 혼례가 끝나면 당숙하고 같이 수원 자혜의원에 가야겠다. 넌 아무 걱정 말고 혼례나 잘 치러라."

엄마는 별일 없을 거라고 무옥이를 안심시켰다.

아침부터 동네 사람들이 모여들어 잔치 준비를 도왔다. 연한 살코기를 삶아 무치는 고소한 냄새와 생선전을 부칠 때 나는 치지직 경쾌한 소리, 나물 무치는 참기름, 들기름 냄새 속에 사람들이 하나 가득 분주하게 집 안팎을 오갔다.

무옥이 어머니는 발이 땅에 닿지 않고 공중을 경중경중 날아다니는 것만 같았다.

방 안에 무옥이와 하님이 마주 앉았다. 하님은 옆 동네로 시집간 순자 고모였다. 무옥이 혼례 하님을 해주고 쌀 세 말을 받기로 하고 온 것이다. 하님과 함께 순자가 얼굴을 디밀었다.

"무옥아. 정말 예쁘다."

"고마워."

이제 순자와도 못 만난다고 생각하니 서운한 마음뿐이었다. 순자는 얼른 인사만 하고 심부름을 하러 부엌으로 들어갔다.

"아가씨. 제가 이따 팔을 잡으면 두 손을 모아 왼손이 위에 오게 하고 천천히 구부려 앉아야 합니다."

나이가 많은 순자 고모는 옛날 풍습대로 무옥이에게 하대를 하지 않고 초례청에서 주의할 일부터 혼인 후 할 일까지 차근차근 일러 주었다.

무창이는 아침부터 다시 식은땀을 흘리며 앓기 시작했다. 무옥이는 무창이 걱정에 하님의 말이 귀에 들어오지 않았다.

신랑 일행이 도착했다.

장식이 없는 사인교를 탄 신랑과 말을 탄 신랑의 재당숙부였다.

무옥이가 혼인 후 타고 갈 꽃가마는 갖가지 고운 색칠을 하고 술을 달아 화려하게 장식하여 사랑 툇마루에 준비해 두었다. 가마 몸체에는 부부 금실이 좋고 자손이 많기를 비는 무늬를 새겨 넣었고 가마 덮개 사면 가장자리에는 다섯 가지 색술을 둘렀다. 옆 미닫이 창문에는 꽃을 그려 넣은 유리창을 끼우고 들창문과 양쪽 문 밖에는 바탕에 거북 등 무늬가 그려진 구슬발을 달았는데, 발에는 부채 모양 장식을 달았다.

가마 안에는 바닥에 숯과 목화씨를 놓고 그 위에 방석을 깔았으며 한쪽 구석에는 요강을 놓았다. 신랑 집으로 가는 동안 급한 볼일을 보기 위해서다.

혼인이 끝나고 신랑 집으로 갈 때에는 신부 가마에 흰 천으로 휘장을 두르고 가마 위에는 호랑이 가죽이나 쓸개를 얹어서 잡귀와 액을 물리친다고 하지만 호랑이 가죽이나 쓸개가 없어 그림으로 대신하기로 했다.

기러기를 안고 온 신랑 재당숙부가 무옥이 어머니에게 기러기를 넘겨줬다.

무옥이 어머니는 치마 앞에 보자기를 펼쳐 들고 있다가 얼른 기러기를 받았다. 그러고는 보자기로 가리고 방으로 들어갔다. 나무로 깎은, 날아갈 듯 예쁜 까만 기러기였다.

신부가 먼저 초례청에 나가고 곧이어 신랑도 초례청으로 들어와 무옥이와 마주 섰다.

"아이고, 신랑이 어쩜 저리 잘생겼누?"

"인물이 훤허구먼."

"신부는 어떻구? 맘씨 곱지, 인물 좋지, 솜씨 좋지, 똑똑허지."

무옥이가 하님의 부축을 받으며 사배를 하고 신랑이 재배를 마친 뒤였다.

"아니, 그런데 허 선생님은 어딜 갔대? 딸 혼삿날인데."

"집안 식구들 건사도 좀 해야지. 나랏일두 집안이 편해야 잘 볼 수 있는 거란 말이지, 원."

"그러게. 수신제가라는 말두 있잖여."

"쉿, 좋은 날 그 뭔 입방정이여."

"왼손재비……."

"빨갱이란 말이……."

사람들은 소곤거렸다

"아아, 어, 엄니, 으으윽."

그때, 무창이 신음 소리가 초례청에까지 들려왔다.

모두들 안절부절못하고 어서 빨리 혼례가 끝나기만을 기다렸다. 그렇다고 아픈 아이를 혼례 중에 다른 집으로 옮겨 갈 수도 없었다.

하나의 표주박을 둘로 나눈 잔으로 신랑과 신부가 세 번 술을 따라 마셨다.

물론 무옥이는 마시는 시늉만 했다. 속으로는 걱정이 되어 혼례고 뭐고 다 때려치우고 싶었고 입술이 바짝바짝 타들어 갔다.

혼례가 거의 끝나갈 즈음 먼 친척 아저씨가 의원을 데리고 왔다. 아무래도 무창이가 너무 아파서 혼인이 끝날 때까지 기다릴 수가 없어 조암 한의원에라도 가서 데려온 모양이었다.

혼례가 끝나자 식이 진행되는 동안 꽁꽁 묶인 채 얌전히 초례청 위에 있던 수탉을 날려 보냈다.

무창이가 있는 안방에서 나온 당숙모가 무옥이 어머니에게 다가가 눈물을 훔치며 귓속말을 했다. 무옥이 어머니가 쓰러질 듯 비틀거리며 방으로 걸어갔다.

하님과 동네 아주머니들이 얼른 무옥이를 방으로 데리고 들어가 앉혀 두었다.

안방에서 무옥이 어머니의 가슴을 쥐어뜯는 울음소리가 낮게 새어 나왔다.

무옥이는 얼른 안방으로 뛰어가고 싶었다. 하지만 손만 부들부들 떨 뿐 울지도 못하고 얼굴이 하얗게 질린 채 귀만 안방으로 쫑긋 세우고 있었다. 가슴이 터질 듯이 방망이질을 했다.

'무창이가 어떻게 되었길래 엄니가 저렇게 슬프게 우실까?'

앞에 선 신랑 얼굴을 슬쩍 보니 얼굴을 찌푸리고 있었다. 기분 좋을 리 없을 것이다. 하지만 무옥이도 서운한 마음이 생기는 걸 막을 길이 없었다.

아주머니들이 나가고 마루에서 혀를 차는 소리가 들렸다.

"하필이면 혼례 날 무창이가……."

"살을 맞은 게야."

"귀신 장난인가?"

무옥이 눈초리에 눈물이 끈질기게 밀려 올라왔다. 혼인날 결코 눈물을 보여서는 안 된다고 귀에 앵이가 지도록 들어왔지만 신랑 몰래 흐르는 눈물을 옷고름으로 계속 훔쳤다. 무옥이 얼굴은 눈물에 화장이 지워져 얼룩덜룩했지만 무옥이는 알 길이 없었다.

신랑은 아랫목에 앉아 이마를 찌푸린 채 무옥이는 보지도 않았다. 아마 혼인날 이런 어마어마한 일이 생기자 충격을 받은 모양이었다. 하긴 신랑도 이제 겨우 열일곱이니 아직 아이라 해도 지나친 말이 아니다.

신랑은 음식에 입도 대지 않고 아랫목에 벌렁 드러누워 버렸다. 옷도 벗지 못하고 족두리를 쓴 채 앉아 있자니 발이 저려 무옥이는 쓰러질 것만 같았다.

"누……나."

무옥이는 흠칫 놀랐다. 작지만 분명 무창이 소리였다. 그 소리는 왜 그런지 이유를 알 수는 없지만 이 세상 소리가 아닌 듯했다. 그 소리를 듣는 순간 무옥이는 벌떡 일어났다. 신랑이 힐끗 무옥이 얼굴을 올려다봤다. 무옥이는 스스로 족두리를 벗어 옆에 놓고 원삼을 벗은 뒤 안방으로 달려갔다.

다급하게 문을 열었다. 무옥이 얼굴을 올려다본 무창이 눈이 스르르 감기더니 떠질 줄 몰랐다. 목에서 약하게 가르릉거리는 소리가 들렸다.

"무, 무창아. 왜, 왜, 왜 이래?"

무옥이는 무창이 얼굴을 감싸 안았다. 엄마는 눈물만 흘리며 넋이 빠진 모습으로 앉아 있었다. 윗목에 당숙부가 침통하게 앉아 있고 당숙모가 눈물을 흘리며 그 옆에 앉아 있었다.

"엄마. 무창이가, 왜, 왜 이래요?"

"무창이가……."

엄마는 울음도 안 나오는지 중얼거리며 무창이 얼굴만 어루만지고 있었다. 무창이는 잠을 자듯 편안해 보였다.

무옥이는 다가가 무창이를 안아 올렸다. 금방이라도 '누나' 하고 소리 지르며 일어날 것만 같았다. 얼굴을 댔다. 아직도 따뜻하고 부드러웠다.

"무, 무창아, 일어나, 어서."

이제 일어나겠지 싶은 마음은 굴뚝같지만 마음 한편으로는 무창이가 절대로 일어나지 못할 거라는 무서운 확신이 들었다.

"응? 장난 그만하고, 무창아, 어서?"

무창이 손을 잡아 보았다. 역시 말랑말랑하고 따뜻했다. 엄지손톱에 아직도 선명히 남아 있는 빠알간 봉숭아물을 보는 순간 훅 울음이 터져 나왔다. 무옥이는 무창이 얼굴에 뺨을 비볐다. 무옥이 눈물이 무창이 온 뺨을 어룽어룽 적셨다.

"무창아, 누나가, 미안해, 미안해."

무창이가 죽어 가는 줄도 모르고 혼례만 올리고 있었다니.

무창이 얼굴은 금방 창백하게 변해 갔다. 무창이가 마지막으로 부르는 순간, 누가 알려 주지 않아도 이승에서 마지막으로 부르는 소리라는 걸 무옥이는 느낄 수 있었다.

'어제까지만 해도 말짱하던 아이가 어째 이렇게 아무 표정도 없이 차갑게 변해 갈까? 이럴 수는 없다. 한마디 말도 못하고 가다니. 말도 안 돼. 우리에게 왜 이런 일이 생겼을까? 왜 하필 우리 무창이한테, 우리가 뭘 그렇게 잘못했는데…….'

"그만해라, 무옥아. 급성 맹장염이 복막염이 되었다는구나."

당숙이 고개를 돌리며 말했지만 무옥이는 무창이를 내려놓을 수 없었다.

울지도 못하고 가슴만 쥐어뜯던 무옥이 엄마가 스르르 쓰러졌다. 두 눈을 꼭 감은 채 얼굴은 백짓장처럼 하얗게 질려 있었다.

"엄니."

"형수님."

"성님, 아이고."

당숙모가 찬 물수건을 가져와 무옥이 엄마 얼굴에 얹었지만 기절을 했는지 일어나지 않았다.

"엄니, 엄니."

무옥이 울음소리가 점점 커졌다.

"무옥아, 너라도 정신차려야지, 이러다 줄초상 나겠다. 애야, 아이구 세상에."

무옥이 신랑이 안방 방문 앞에서 방 안을 힐끔 들여다보더니 어디론가 휙 나가 버렸다.

다음 날 아침.

"무창이를…… 큰아버님 산소 밑 양지바른 곳에…… 묻겠습니다."

말없이 고개만 젓는 엄마를 당숙부가 달랬다.

"형수님, 무옥이를 생각하세요. 무창이는 어차피 다시 살아나지 못해요. 형수님, 제가 잘 묻고 오겠습니다."

고개만 젓던 엄마는 비척비척 일어나 윗목으로 걸어가 장롱에서 무창이 설빔을 꺼냈다. 무창이 옷을 벗기고 깨끗한 물수건으로 몸을 닦았다. 얼굴과 온몸이 푸르스름하게 변해 있었다. 속옷부터 하나하나 새 옷을 입혔다. 하늘색 바지저고리와 진청색 조끼, 보라색 마고자를 입히자 무창이가 벌떡 일어나 절이라도 할 것만 같았다.

"짠! 누나, 엄니. 놀랐지? 속아 넘어갔지? 하하하."

무창이 목소리가 귀에 쟁쟁했다. 하지만 무창이는 손가락 하나 움직이지 않았다. 이불 호청을 하려고 준비해 두었던 무명으로 무창이를 꼭꼭 쌌다.

"엄니, 살살해. 무창이 아프겠어."

아, 이제 무창이는 아무런 아픔도 느끼지 못할까?

얇은 여름 이불로 다시 싸서 당숙이 안아 들었다. 무옥이가 따라 일어섰다.

"무창아."

무옥이 어머니가 쓰러지며 울고 당숙모가 따라 울었다.

"따라오지 마라."

하지만 무옥이는 당숙부 말을 듣지 않고 문을 열고 따라나섰다. 대문 앞에서 당숙부는 무옥이를 돌아보았다.

"따라오지 말라고 했잖니."

당숙부가 그렇게 무서운 얼굴을 한 것은 생전 처음이었다.

무옥이는 털썩 주저앉았다. 담 넘어 당숙이 무창이를 안고 옆집 아저씨와 산으로 가는 게 보였다. 무옥이는 마치 꿈을 꾸는 것 같았다.

'악몽이라면 빨리 깨라. 이게 현실일 리 없어. 꿈일 거야.'

무옥이는 마당에 주저앉아 넋을 놓고 당숙을 바라보았다.

혼례 날 동기간이 죽는 사람이 이 세상에 몇이나 될까? 자신의 인생이 불길해질 징조인 것만 같아 무옥이는 자신의 앞날이 두려워졌다.

'아버지가 밉다. 왜 이렇게 힘든 일이 생길 때마다 집에 안 계시는 걸까?'

무옥이는 생전 처음 아버지가 야속했다. 집안일보다 더 중요한 일이 대체 뭐란 말인가? 아픈 어머니에게 모든 걸 맡기고 무책임하게 떠나 버린 아버지가 원망스러웠다. 무창이가 죽은 것도 모두 아버지 탓인 것만 같았다.

무창이가 죽던 날 그렇게 나간 신랑은 며칠을 기다려도 오지 않았다.

며칠이 지난 뒤 당숙이 찾아왔다.

"형수님. 출가외인인데 무옥이가 더 이상 친정에 있을 수는 없잖
어요. 시댁으로 보내세요."

"아무래도 제 생각도 그래요. 어여 시댁으루 보내야지요."

엄마도 다음 말을 잇지 못하고 눈물만 훔쳤다.

무옥이는 혼자 남는 어머니를 두고 차마 발길이 떨어지지 않았지
만 더 이상 친정에 머문다는 것은 더욱 두려웠으므로 시댁으로 가는
수밖에 없었다.

누워 있던 무옥이 엄마는 천근 같은 몸을 이끌고 당숙모와 함께
시댁에 보낼 음식과 혼수 옷감을 챙겼다.

"이 기러기는 네 방 문갑 위에 마주 보게 놓아라. 정 서방이 너를
귀애해야 할 텐데. 그렇게 가 버렸으니……."

엄마는 무옥이 신랑이 가져온 까만 나무 기러기 한 쌍을 고운 보
자기에 싸 가마 안에 넣어 주었다.

옅은 안개가 끼어 온 세상이 잿빛이었다. 무옥이가 시집으로 간
다는 말을 들었는지 순자가 무옥이 집 바깥마당에서 기다리고 있었
다. 무옥이가 나오자 순자는 다가와 두 손을 잡고 힘을 주었다.

"……."

두렵다고, 무옥이는 순자에게 눈으로 말했다.

"……."

다 잘될 거라고, 순자가 마음으로 대답했다. 무옥이는 자신이 그

동안 마음속으로 순자를 많이 의지하고 있었다는 것을 깨달았다. 학교 다닐 때 무옥이를 놀리는 남자아이들에게 맞서 대신 싸워 주던 순자 모습이 떠올랐다. 비록 아버지는 늘 집을 떠나 있었지만 할머니가 든든하게 자신을 지켜 주었기에 그 사실을 느끼지 못했을 뿐이었다.

이제 6학년이니 순자도 곧 시집을 갈 거고 그럼 만나기가 쉽지 않을 것이다. 아니 죽을 때까지 다시는 보기 힘들 것이다.

당숙이 앞장을 섰다. 하님인 순자 고모를 다시 불러와 가마를 타고 함께 시집으로 향했다. 순자는 마을이 끝나는 곳까지 따라와 무옥이를 배웅했다. 모퉁이를 돌아 이제 완전히 보이지 않게 되기 전에 무옥이는 가마에서 고개를 내밀어 순자를 봤다. 순자도 몇 걸음 뛰며 따라왔다.

둘은 서로 안 보일 때까지 손을 흔들었다.

시집인 샘골은 무옥이 집에서 한 오십 리 정도 떨어진 정씨들 집성촌이었다.

샘골에 도착해 가마에서 내리니 대문은 반쯤 열려 있는데 사람은 기척도 없었다. 무옥이는 가마 안에서 기다리고 있고 당숙이 대문 고리를 두드렸다. 무옥이는 가슴이 쿵쾅쿵쾅 방망이질을 했다. 가만히 집을 살펴봤다. 낯설었다.

잠시 후 젊은 남자가 뛰어나와 사인거를 보더니 얼른 고개를 숙여 인사를 했다.

"사둔어른, 어서 오십시오."

무옥이는 어리둥절하여 고개만 숙였다. 신랑은 위로 누나 둘이 시집을 갔고 밑으로 여동생이 하나 있는 독자라고 했는데 이 사람은 누굴까?

"저는 성두 성님 사촌 동생입니다. 어서 들어오세요."

젊은 남자는 안으로 들어가며 사랑방 앞에서 큰 소리로 연통을 했다.

"큰아부님. 사둔어른 오셨습니다."

"뭐라고?"

사랑문이 열리며 무옥이 시아버지가 나왔다.

무옥이는 어쩔 줄 몰라 마당에서 그대로 절을 올리려 했다.

"아니다, 아가야. 방에 가서 할아버지께 먼저 인사를 드리자. 미안하구나, 성두가 데리러 갔어야 하는데⋯⋯."

시아버지는 당숙에게 고개를 숙이며 어쩔 줄을 몰라 했다.

"신랑은 어디 갔습니까?"

당숙이 이곳저곳 집을 둘러보며 물었다. 시아버지는 우선 들어가자며 당숙 소매를 잡아당겼다.

"이렇게 된 이상 무엇을 속이고 숨기겠습니까, 사돈."

시아버지는 당숙의 두 손을 마주 잡고 머리를 숙였다.

"우리 아이가 혼례 날 어린 처남이 그렇게 가는 걸 보고 충격을 받았나 봅니다. 혼인을 안 하겠다고 난리가 아닙니까. 색시를 데려오라고 해도 무서워 가기가 싫다고 하여 지금 설득을 하고 있던 중입니다. 다 자식을 잘못 가르친 제 탓입니다. 용서하십시오."

당숙은 시아버지가 고개를 숙이자 아이구 하며 마주 고개를 숙였다.

"우리가 이제 한 식구인데 누가 누구 잘못을 이야기하겠습니까? 그날 무창이가 그렇게 죽어서 우리 가족은 가슴이 찢어지는 것 같습니다. 하지만 다 지가 타고난 명이 그것뿐인 걸 어쩌겠습니까? 나이 어린 사람이 충격을 받는 게 당연하지요. 저희는 모든 걸 다 이해합니다, 사둔."

당숙이 무옥이를 돌아보는데 눈자위가 붉으스름하게 물들었다.

"사둔께서 잘 설득해서 우리 무옥이와 행복하게 살도록 모쪼록 도와주십시오."

"그럼요, 그럼요. 이제 우리 집 며느리인데 여부가 있겠습니까? 아무 염려 마십시오."

큰 사랑방에 들어가니 시할아버지는 일어나 앉아 절 받을 준비를 하고 있었다.

"아이고 우리 손부, 곱기도 하구나. 성두 이 녀석은 대체 어딜 가서 오두 가두 안 하나? 내 그렇게두 색시 데려오라고 성화를 대도 말을 안 듣구는, 쯧쯧."

사랑에서 인사를 하고 안채로 들어오니 시어머니가 마당에 나와 서 있었다. 언뜻 보기에도 시어머니는 포르족족 화가 난 얼굴이었다.

"혼인이 이 지경이 되었는데 폐백이 다 뭐냐. 그만둬라. 아이고 내 팔자야. 하나뿐인 아들 혼인날 그 무슨 끔찍한 일이냔 말이다, 에 잇."

무옥이는 어찌해야 할지 몰라 마당에 가만히 서 있었다. 무창이 가 죽은 걸 이야기하는 모양이었다. 가슴을 예리한 거울 조각으로 찌르는 것처럼 아팠다.

"친척 분들은 그만두고 마님이라두 새아씨 절을 받으시지요."

"다 필요없수."

하님이 말을 붙여 보았지만 시어머니는 쌩하니 바람을 일으키며 방으로 들어갔다. 무옥이와 하님은 마당 한가운데 우두커니 한참을 서 있었다. 하님은 딱하다는 듯 무옥이 어깨를 어루만졌다.

조금 있다 안방에서 일고여덟 살 먹은 통통한 여자아이가 나왔 다.

"저쪽 방으로 들어가래."

건넌방을 가리키며 이렇게 말하고 다시 안방으로 쏙 들어가 버렸 다. 아마 막내 시누이인 모양이다.

하님은 무옥이를 부축하여 건넌방으로 들어갔다.

"애기씨. 본래 시집살이는 고추당초보다 맵다고 했소. 귀머거리 삼년, 장님 삼년, 벙어리 삼년을 지켜야 한다오. 어떤 어려움이 있어 도 이 집 귀신이 되도록 딴 마음은 먹으면 안 되오. 그것이 서근리 친정 부모님들 욕 안 멕이는 길이라오."

　무옥이는 고개를 끄덕였다. 무슨 수모를 당하더라도 참고 살아야
한다. 더 이상 가여운 친정어머니 눈에서 눈물이 나오게 할 수는 없
었다.

5

무옥이는 다음 날 새벽부터 부엌에 나와 밥을 했다. 새벽밥을 지어 시할아버지와 아버지, 남편 상을 큰사랑으로 내갔다. 사랑에서 상이 나오면 안방에 상을 들여가 시어머니와 시누이와 함께 아침을 먹었다.

신랑은 여전히 무옥이 방에 들어오지 않았다. 마을 사랑방을 전전하는지 집에는 코빼기도 보이지 않았다.

"이게 무슨 짓이여? 니가 어린애냐? 혼인이 누구 장난이냔 말여. 너를 믿구 시집온 니 처를 생각해 봐라. 사내가 그런 것쯤 못 견딘다면 장차 뭔 일을 하것냐구?"

남편이 뭐라고 대꾸는 하는 것 같으나 잘 알아들을 수는 없었다.

"뭐가 무서워? 귀신? 대명천지에 귀신이 어딨어, 이런 못난 놈. 끙!"

날마다 작은 사랑에서 시아버지가 무옥이 남편을 야단치는 소리가 들려왔다. 무옥이는 가슴이 조마조마하여 어쩔 줄을 몰랐다. 꾸중을 듣던 남편은 얼마 뒤 아예 집을 나가 버렸다. 시어머니가 얼마간 돈을 마련해 준 모양이었다.

"하이고, 내 팔자야."

쌀을 푸다가도 시어머니는 쌀바가지를 부엌 바닥에 내던지며 털썩 주저앉아 푸념을 했다.

"기집 하나 잘못 들어와 이 무슨 사단이란 말이냐? 귀신이 붙은 게 틀림없다. 니 얼굴만 봐두 무서워 소름이 끼친다고 하는 걸 어쩌냐? 다 니가 달고 온 화지."

기분이 좋은 날은 좋은 날대로 기분이 나쁜 날은 나쁜 날대로 시어머니는 언제나 무옥이를 못마땅해 했다.

"복 읎는 게 집안에 들어와서 생떼 같은 내 아들이 집을 나갔구나. 고생 한 번 안 해 본 애가 타향에서 얼마나 고생을 하겠누. 쯧쯧쯧."

시어머니는 한숨을 푹푹 쉬며 무옥이를 흘겨봤다. 무옥이 마음은 자꾸자꾸 쪼그라들어 마치 땅강아지나 개미처럼 작아진 것 같았다.

가끔 옆 마을로 시집간 둘째 시누이가 오기도 했다. 시누이는 며칠을 뒹굴며 손가락 하나 까딱 안 하고 무옥이만 부려먹다가 갔다.

시어머니와 시누이가 무옥이를 구박하자 막내 시누이도 무옥이를 무시했다.

"이거 하래."

쌀쌀맞게 툭툭 반말을 했다. 하님의 부탁이 아니라도 벙어리 삼 년 귀머거리 삼년 장님 삼년은 이미 맡아 놓은 거나 다름없었다.

무옥이 결혼한 몇 달 뒤 사촌 시동생도 결혼을 했다. 차리지도 않고 초라하게 한 혼인식이었다. 동서와 시동생 모두 무옥이보다 한 살씩 어렸다.

동서와 시동생은 매일 아침 무옥이네 집으로 와서 하루 종일 일을 해주고 저녁에야 자기 집으로 돌아갔다.

무옥이는 시할아버지 두루마기와 바지저고리를 짓기 시작했다. 시어머니 바느질 솜씨가 형편없어 시집 식구들 입성은 집안 살림에 견주어 오종종했다.

"우리 무옥이는 어째 저리 손끝이 야물까? 저고리 도련이 자로 잰 것처럼 딱 들어맞는구나."

친정할머니는 무옥이 바느질 솜씨가 찬찬하다고 늘 칭찬을 했다.

바느질을 하면 무옥이는 할머니 생각이 많이 났다. 무창이를 끔찍이 위하는 할머니였지만 그렇다고 무옥이를 덜 사랑했다고 느낀 적은 없었다. 무창이는 그냥 그렇게 귀했을 뿐이다.

시할아버지 바지저고리와 조끼, 마고자, 두루마기까지 모두 완성하자 옷을 들고 큰 사랑방으로 갔다.

"할아버님. 저예요."

"오냐, 들어오너라."

할아버지는 무옥이가 한 아름 안고 오는 보자기를 뭔가 하는 눈으로 바라봤다.

"할아버님. 이것으로 갈아입어 보세요. 잘 맞을지 모르겠네요."

"아니, 그게 뭐냐?"

"제가 시집올 때 가져온 명주로 할아버님 옷을 지었어요."

"내 옷을? 세상에, 곱기도 하구나. 늙은이가 웬 호사냐?"

할아버지는 생각 이상으로 어린아이처럼 좋아했다. 할아버지는 바지저고리부터 두루마기까지 입어 보곤 맥고모자를 꺼내 썼다. 나이가 들었지만 풍채가 좋은 할아버지는 새 옷으로 갈아입으니 더 위엄이 있어 보였다. 할아버지는 두루마기를 연신 쓸어내리며 입이 다물어지지 않았다.

"나 좀 나갔다 오마."

"추운데 어딜 가시려구요? 점심때가 다 됐는데⋯⋯."

"아, 내가 좀 갈 데가 있다. 점심은 천천히 먹지."

두루마기까지 갖춰 입은 할아버지는 지팡이를 찾아 짚고 집을 나섰다.

"할아버님, 그럼 다녀오세요."

"오냐."

대문 밖을 내다보니 할아버지는 마을길로 걸어 내려갔다.

점심때가 한참 지나서야 할아버지는 벙글벙글 웃으며 들어왔다. 얼른 상을 차려 내가자 흡족한 웃음을 지으며 옷을 갈아입고 상 앞에 앉았다.

다음 날부터 할아버지는 아침상만 물리면 두루마기까지 차려입고 어디론가 나갔다 늦은 점심때에나 돌아왔다. 그렇게 날마다 볼일이 있다는 게 이상했지만 무옥이는 동네 어른들이라도 만나는가 보다 생각했다.

"성님, 성님."

동서가 숨이 턱에 차 뛰어 들어오다 고무신 한 짝이 벗겨져 대문께로 굴러갔다. 깨금발로 날아갔던 신발을 꿰신고 들어온 동서는 그대로 마루에 털썩 주저앉았다. 시어머니가 있나 무옥이는 얼른 둘러보았다.

"저, 저, 저런 주책 맞은 년을 봤나. 저러다 팍 고꾸라지지."

시어머니가 봤으면 또 이렇게 막말을 했을 것이다.

"천천히 와. 왜, 무슨 일이라도 있어?"

"아이고 숨차. 성님, 할아부님이 어딜 그렇게 댕기는지 아세요?"

"몰라. 나두 궁금하던 참인데."

동서는 손뼉을 치며 웃었다.

"글쎄. 성님이 지어 준 그 옷을 자랑할라구 날마다 동네 길을 오르락 내리락 하신대요. 볼일두 읎으믄서. 이젠 동네 사람들 모두 성님이 지어 준 두루마기허구 바지저고리를 봤는데두 할아부님 자랑

행차는 계속되구 있대요."

무옥이도 웃음이 나왔다.

"성님. 말이야 바른 말이지 큰엄니 바느질 솜씨는 솜방이잖아요. 아무렇게나 겅둥지둥 지어 입히니 식구들 옷꼬라지가 그 모냥이지요. 안 그래요, 성님?"

무옥이는 얼른 동서 팔을 꾹 찔렀다. 동서는 입을 삐쭉이며 웃었다. 그때 마침 할아버지가 마당으로 들어왔다.

"아가, 물 좀 다오. 힘들구나."

"예, 할아버님."

시할아버지는 물을 마시고 무옥이 손을 꼬옥 잡았다.

"좀 힘들어두 꾸욱 참구 살어야 헌다."

"……"

"성두 그눔이 그렇게나 철이 읎는 줄 몰랐구나. 아, 어린애기두 아닌데 뭐가 그리 무섭다구 그 난린지, 원. 메칠 그러다 말겠구나 생각했더니 원. 못난 놈."

"……"

"니가 좀 봐주거라. 은젠가는 돌아온다."

무옥이는 새삼 가슴이 답답해 왔다.

"그리구 느이 시에미 말이다."

할아버지는 얼른 주위를 둘러보았다. 혹시라도 무옥이 시어머니가 어디에서 듣고 있을까 봐 그런 거 같았다. 무옥이 시어머니가 제일 미워하는 사람이 무옥이 다음으로 시할아버지였다. 그래서 시할아버지도 시어머니 눈치를 봤다.

"친정에서 무남독녀 외딸이었단다."

할아버지는 한숨을 길게 쉬었다.

"느이 시어머니가 시집왔을 때 우리 집이 아주 가난했다. 그래 늬이 시어머니가 친정에 가서 혼자 사는 즈이 친정엄니를 졸라 땅을 팔아 돈을 가져왔지."

"네에."

"아, 그걸루 저 미루모탱이 논하구 탤재 밭을 샀지. 그리구는 우리 식구들 모두 엄청시리 일했다. 그러자 차츰차츰 재산이 불어났지. 딸만 내리 낳다가 아들두 낳구. 그 뒤루 저렇게 콧대가 세어져서는 안하무인이 되었구나. 새색시 적에 저랬으믄 내가 내쫓고 말았지 가만두고 봤을라구, 응 쯧쯧쯧."

시할아버지는 무옥이 손등을 쓰다듬으며 자꾸만 혀를 찼다.

"저하구 똑같은 아들 낳아 놓구는 옆에 사람들 애간장을 다 녹이는구나. 내 그놈 성두를 낳았을 적에는 온 세상을 다 얻은 것처럼 좋더니만."

할아버지는 한숨을 쉬었다.

"너무 옹야옹야 키워서는 웬 못난 바보 놈을 만들었구나. 그러나 어쩌겠냐? 그저 참구 사는 수밖에. 사내들이란 그저 나이 들면 집으로 기어 들어오게 되어 있거든, 암."

무옥이도 언젠가는 성두가 돌아올 것이라고 믿어 본다. 고생 끝에 낙이 오고, 기다리면 보람이 있다는 옛말을 믿고 싶다. 차차 나이가 들어 어른스러워지면 성두도 집으로 돌아올 거라고, 꼭 돌아올 거라고 주문을 외듯 중얼거렸다.

밤에 잠도 안 오는데 바느질이라도 하니 긴긴 밤이 그나마 지나갔다. 그 다음으로 시아버지 바지저고리 두루마기 일색을 지어 드렸다.

"바느질 잘하면 가난하게 산단다. 원 청승맞기는, 쯧쯧쯧."

심통스럽게 쏘아붙이던 시어머니도 자주색 비단 두루마기를 지어 주자 마음에 드는지 아무 소리 안 하고 홱 집어 갔다.

다음 날 시어머니는 반닫이에서 신식 옷감을 꺼내 무옥이에게 아무 말 없이 집어 던졌다. 새로 나온 뉴똥이었다. 알록달록하니 시누이 옷을 지어 주면 이쁠 것 같았다.

"참말루? 언냐가 내 치마 지어 준다고?"

양장은 한 번도 해본 적이 없지만 원리는 비슷할 것 같아 무옥이는 시누이 몸 품을 잰 뒤 원피스를 지었다. 원피스는 한복보다 훨씬 쉬웠다. 마고자 비슷하게 바느질한 뒤 속에 명주솜을 얇게 펴 넣고 뭉치지 않게 손박음질을 했다. 마지막으로 둥근 옷깃을 달아 겉 윗도리를 완성했다. 그리고 속은 허리만 살짝 들어간 내리닫이 치마를 했다.

"아부지. 새언니가 내 옷두 새 걸루 해 줬어요."

시누이는 작은 사랑으로 뛰어가 아버지에게 자랑을 했다. 시아버지는 흐뭇하게 웃었으나 그 웃음 끝이 쓸쓸했다. 무옥이는 민망하여 얼른 부엌으로 들어갔다.

다음 날부터 시누이도 할아버지 손을 잡고 아침만 먹으면 집을 나섰다. 시어머니는 막내딸이라고 마냥 살갑게 대하지는 않았다. 얼굴이 넙데데하고 코가 납작해 못생겼다고 시어머니는 다른 딸보다 막내딸을 남부끄러워했다. 자연히 엄마 사랑도 못 받고 빙빙 돌던 시누이는 무옥이 방에 자주 놀러 왔다. 무옥이는 시누이 머리에 득시글하던 이를 다 잡아 주고 물을 데워 머리를 감겨 주었다. 그리고 머리를 예쁘게 꼭꼭 땋아 주었다. 머리를 땋을 때에는 늘 이야기를 해 줬다. 시누이는 학교 갔다 오면 무옥이 방으로 와 학교에서 있었던 일을 조잘조잘 얘기하는 게 첫 순서였다.

"새언니 조상이 인도국 공주라구? 예뻤나? 우리 엄마가 그러는데 언니네는 양반두 아니라던데? 울 엄마가 잘못 알았나 봐."

막내 시누이는 무옥이에게 더 많은 이야기를 해 달라고 졸랐다.

"아, 언냐 하나만 더. 응? 짧은 거래두 하나 더. 응? 나 오늘 여기서 자고 갈래."

무옥이와 막내 시누이 성자가 호호거리며 웃는 소리가 들리면 시어머니는 방문 밖에서 벼락같이 소리를 질렀다.

"저런 저런 미련 맞은 년들. 뱃속에 작대기를 넣고 휘휘 저었으믄 내 속이 시원허겄다. 뭐가 좋아 시시덕거리냐? 소박을 당했으믄 칼을 물구 자결을 해두 시원치 않겠네."

시어머니의 구박은 점점 심해졌다. 무옥이는 아무도 몰래 눈물을 흘리는 때가 많았다. 그럴 때마다 책을 읽으며 마음을 달랬다. 무옥이에게 책은 친구이며 혈육이었다. 터질 것처럼 답답한 가슴에 한 줄기 바람을 불어 주는 느티나무이며 꼭꼭 닫힌 감옥에서 세상으로 통하는 단 하나의 창문이었다.

"성님, 글을 볼 줄 알어요?"

무옥이가 눈이 침침한 시아버지에게 편지를 읽어 주고 오니 동서가 눈이 동그래져서 물었다. 무옥이는 고개를 끄덕였다.

"아이고, 어디서 배웠대요?"

"동생 책을 보고 혼자 배웠지."

"세상에나, 세상에나."

동서는 호들갑을 떨었다. 무옥이는 무창이와 공부를 하던 그때가 그리웠다.

하루걸이 때문에 학교를 그만둔 몇 달 뒤에 무창이를 데리고 학교에 가 본 적이 있었다. 천천히 걷다가 쉬다가 하면서 학교에 갔다.

운동장에서 아이들이 뛰어 놀고 있었다. 이마무라 선생이 사는 사택 주변에는 단풍이 곱게 물들어 있었다.

"누나. 또 울어?"

무창이는 무옥이 눈물을 닦아 주었다.

"내가 크면 누나 꼭 학교 보내 줄게. 울지 마, 누나."

무옥이는 무창이를 보고 웃었다.

"니가?"

"응. 누나, 정말이야."

무옥이는 무창이를 꼭 끌어안았다.

"아녀. 니가 공부해야지. 니가 우리 집안 대들본데."

이마무라 선생이 수업 시간 무슨 말끝에 했던 말이 떠올랐다.

"인생은 무거운 짐을 등에 지고 먼 길을 가는 것과 같다고 했다."

그때는 무슨 말인지 알 수 없었지만 지금은 어렴풋이 느낄 수 있을 것 같다. 이제 무창이는 이 세상에 없고 자신은 어찌해야 될지 모르는 신세가 되어 버렸다는 생각이 들자 서글퍼졌다.

"성님은 참 똑똑하시네. 어떻게 핵교두 안 댕기구 글을 깨쳤을까? 난 까막눈이에요. 내 이름두 못 써요. 그래서 남편이 은근히 무시한다니까요."

"서방님이? 설마 그러시려고."

"흥, 그 사람이 남한테만 좋죠. 저를 을매나 무시헌다고요. 인정머리라군 읎어 가지구."

무옥이는 빙그레 웃었다.

"그럼, 성님. 얘기책도 읽을 수 있어요?"

"응."

"와, 좋겠네."

동서는 부러워 눈이 가늘어졌다. 무옥이는 시집올 때 가져온 반닫이를 열고 책을 꺼내 보여 주었다.

"와. 이 많은 책을 다 어디서 났대요?"

"시집올 때 가져왔어. 오늘 밤에 와. 내 숙향전 봐 줄게."

"참말로요? 알았어요. 저녁 먹고 올게요. 숙향전이 그렇게나 재미지다는 얘기는 나두 들었어요."

"그리구 동서. 이거 찬밥 남았는데 가져가서 저녁으루 데워서 먹어. 두 식구뿐인데 굳이 밥하지 말구. 찌개하구 고등어조림도 좀 싸났으니까 얼른 가지고 가."

"아휴, 성님 매번 이래서 어쩐대요?"

"언능 가. 저번처럼 또 울 어무니 보시믄 경치실라."

시어머니는 쉬어 버리는 한이 있어도 동서에게 음식을 나눠 주지 않았다.

"머리 검은 짐승 돌보는 거 아니다. 내 복이나 뺏기지."

이런 알 수 없는 이유를 댔다.

그날 밤 동서는 저녁을 먹자마자 다시 무옥이네로 왔고 둘이는 조금 더 조금 더 하다가 새벽닭이 울 때까지 책을 읽었다. 동서는 울다가 웃다가 화내다가 시무룩했다가 하며 얘기를 들었다. 잘못 알아듣는 곳은 다시 한 번 더 읽고 재미있는 곳은 일부러 조마조마하게 느릿느릿 읽었다.

그날부터 사촌 동서는 매일 밤 책을 보러 무옥이 집에 찾아왔다.

고구마를 먹기도 하고 홍시를 먹기도 했다. 함께 먹으며 책을 읽다 새벽이 되면 동서는 그제야 집으로 돌아갔다. 겨울이라 농사일이 없어서 낮에 좀 시간이 날 때도 같이 읽기는 했지만 아무래도 낮에는 시어머니가 안 좋게 봐서 긴 시간 읽을 수는 없었다.

"성님. 순둥이 엄마가 책 보는 데 자기두 오믄 안 되냐구 허는데 괜찮아요?"

"순둥이 엄마가?"

"예. 지가 자랑 좀 했어요."

동서는 바짝 다가앉으며 눈웃음을 쳤다

"헤헤, 사실은 지가 와두 된다구 발써 얘기했구먼요. 성님, 성님. 괜찮지요?"

"응. 좋두룩 해."

"성님이 안 된다구 헐까 봐 조마조마했어요. 허긴 우리 성님이 그럴 리가 읎지요. 호호."

그날 저녁부터 순둥이 엄마도 같이 와서 이야기책을 보았다. 무옥이가 책을 읽으면 조용히 귀 기울이고 있다가 주인공이 고통을 당하면 땅이 꺼져라 한숨을 쉬었다.

'책은 힘이 있구나. 사람들을 울리고 웃기고 기쁘게도, 슬프게도 할 수 있는 게 책이로구나.'

무옥이는 새삼스럽게 책을 쓰다듬었다.

"동서. 내가 글을 가르쳐 줄까?"

"예? 아이구, 아서세요. 저 같은 돌대가리가 무신 공부를 허겄어요. 아이구 맙소사. 어느 하 세월에 글을 배우겠어요?"

동서는 두 손을 훼훼 저으며 마다했다.

"무슨 그런 소리를 해? 나도 배웠는데. 영리한 동서는 더 잘 배울 거야. 좀 느리게 배우면 어때? 내가 책 보기 전에 조금씩 가르쳐 줄게."

"참말로요? 그럼 순둥이 엄마두 같이 배울래? 순둥이 엄마두 까막눈이라구 했지?"

"예. 지두 배울 수 있을까요?"

"둘이 같이 배우면 서루 도움도 되고 더 좋을 것 같네. 나는 아무래도 상관없으니까 저녁에 우리 집으루 와."

다음 날부터 두 사람은 글도 배우고 책도 보고 갔다. 세 사람 다 눈에서 불이 날 정도로 열성이었지만 진도는 느렸다. 아, 자, 차를 배우면 가, 나, 다를 잊어버렸다. 하지만 무옥이는 매번 차근차근 다시 한 번 일러 주었다. 두 사람이 처음 배운 글자는 김정자, 강간난, 허무옥 세 사람 이름이었다.

"김, 정, 자. 내 이름 맞죠? 허, 무, 옥. 이건 성님 이름. 죽을 때까지 잊어버리지 말아야지. 강간난, 이건 순둥 엄마 이름."

두 사람은 그동안 이름이 없다가 새로 이름을 받기라도 한 듯 기뻐했다.

무옥이가 책을 읽어 주는 걸 알게 된 시어머니는 화를 냈다.

"옛날 얘기 좋아하는 것들 다 가난하게 산다. 넌 어째 그렇게 복대가리 읊는 짓만 골러 가매 허냐?"

눈을 흘기던 시어머니는 다시 한 번 혀를 찼다.

"쯧쯧쯧. 그렇게 노닥거릴 시간 있으믄 가서 잠들이나 잘 것이지 귀신 씨나락 까먹는 옛날 얘긴 들어서 뭐 하나? 답답한 것들. 에구, 내 팔자야."

무옥이에게 눈을 흘기고 홱 돌아섰다. 어떨 때는 무옥이 방 앞에 와서 소리를 지르기도 했다. 방 안에 있던 동서와 순둥 엄마는 손가락을 입에 대고 쉬쉬하며 웃고 입을 삐죽였다. 거기에 막내 시누이 성자까지 끼어서 듣는 경우가 많았다. 물론 시누이는 초저녁을 넘기기 무섭게 잠이 들었다.

남편 없는 생활이 어느덧 1년이 다가왔다. 무심한 남편은 편지 한 장 하지 않았다. 밤마다 무옥이는 서근리 꿈을 꿨다. 무창이와 순자와 같이 뛰어다니며 노는 어릴 적 꿈이었다. 아침에 눈을 뜨면 무옥이는 여기가 어딜까 깜짝 놀라 일어나 두리번거렸다. 자신이 왜 집을 떠나 이곳에 와서 누워 있는 걸까 어리둥절하기만 했다. 샘골이라는 걸 깨닫고 나면 자기도 모르게 한숨이 나왔다. 지루하고 두려운 시간을 견디게 해준 건 동서와 순둥 엄마에게 읽어 주는 책과 한글 공부였다. 그마저 없었다면 무옥은 외로움이라는 더 큰 고통에 숨이 막혔을 것이다.

어느 날 '기와집 할머니'가 무옥이를 찾아왔다.

"할머님, 어서 오세요."

기와집 할머니는 무옥이 시집 동네 거의 대부분의 땅을 가지고 있는 부자였다. 물론 무옥이네는 기와집 할머니 땅을 부치지 않고도 살 만큼은 됐지만 그래도 기와집 할머니는 무시할 수 없는 일가친척이었다.

"아니 어쩐 일이세요? 어서 올라오셔요."

무옥이 시어머니가 반색을 하며 달려 나왔다.

"애 뭐 하니? 식혜라도 한 그릇 내오너라."

"예."

기와집 할머니는 손을 저었다.

"아녀 아녀. 방금 먹구 왔네. 그건 됐구. 아가, 좀 이리 와 보아."

뜻밖에도 기와집 할머니는 무옥이를 불렀다.

무옥이는 어리둥절해 시어머니 얼굴을 봤다.

"어서 이리 오너라. 할머님이 부르시잖니?"

시어머니는 다른 사람 앞에서는 이 세상에 둘도 없는 상냥한 어머니인 척했다.

"그래, 아가. 하룻밤에 책 한 권을 다 봤다구?"

"……."

무옥이는 부끄러워 고개를 숙였다.

"대단히 총명하구나. 총명해."

기와집 할머니는 자꾸만 고개를 끄덕였다.

"다름이 아니구 내가 하두 심심해서 말이야. 새아기가 우리 집에 와서 책을 좀 봐 주면 안 되겠나? 내가 까막눈이라서. 우리 집에 책은 얼마든지 있거든. 매일 오라는 게 아니구 가끔. 오 그래, 열흘에 한 번 정도만 와서 봐 주면 안 될까? 이제 조금 있으면 가을걷이도 다 끝날 테니."

무옥이는 대답 대신 시어머니 얼굴을 봤다.

"아무렴 그래야지요. 아무 염려 마세요. 매일이라두 괜찮습니다."

시어머니는 생글 웃으며 얼른 대답을 했다.

"아, 아닐세. 매일 오면 이 사람이 일은 언제 하누? 바느질두 그렇게 얌전허게 헌다믄서? 친정에서 제대루 배웠군 그래."

기와집 할머니 눈길은 따뜻하면서도 무옥이를 안쓰럽게 생각하는 것 같았다. 하긴 온 마을 사람들 중에 무옥이 사정을 모르는 사람은 아무도 없었다.

"그냥 열흘에 한 번씩 우리 집에서 책을 보면 되겠구나. 그럼 내그리 알구 가겠네."

기와집 할머니가 무옥이 어깨를 쓸어 주고 갔다.

"흥? 것두 재주는 재준가 보구나. 자알 해 봐라."

시어머니는 기와집 할머니가 돌아가고 나자 낯빛을 바꾸며 심술을 부렸다. 무옥이는 괜히 민망하여 부엌으로 들어갔다.

기와집 할머니에게 읽어 드릴 책을 고르고 고른 무옥이는 저녁을 먹은 뒤, 기와집에 갔다. 기와집이 워낙 크다는 것은 알았지만 막상 집 안으로 들어가 보니 방이 몇 개나 되는지 셀 수가 없을 정도로 컸다. 할머니 며느리가 할머니 방으로 안내를 해 주었다. 기와집 할머니는 곶감과 양과자를 수북이 담아 놓고 기다리고 있었다. 한 시간 정도 읽고 나자 할머니는 그만하라고 했다.

"고맙네. 내가 손주들이 서울로 떠난 뒤로는 영 적적해서 잠도 안 오고 그랬는데 이렇게 재미있는 책을 봐 주니……."

"아닙니다. 제가 할머니 조금이라두 들 적적허시게 했는지 모르겠네요."

"그럼 그럼. 그렇다마다. 그리구 우리 손주들이 보던 신소설이 있는데 빌려가 읽어."

"예. 그러겠습니다. 고맙습니다."

"그리고 이건 정표니 받아 둬."

기와집 할머니가 지폐를 한 장 줬다.

"할머님. 책 좀 봐 드리구 돈을 받다니요. 아닙니다. 거두어 주세요."

하지만 할머니는 손을 거두지 않았다.

"으른이 주는데 계속 안 받는 것도 예의가 아니여. 받아야 내 마음이 편하지. 책 보는 것두 얼마나 고되겠냐구."

"……."

"어허. 으른 말을 끝까지 어기믄 안 되어. 어여 받어."

무옥이는 더 이상 사양할 수가 없어 공손히 돈을 받아들었다. 달빛이 환하게 비치는 마을 길을 걸어 내려오며 무옥이는 기와집 할머니가 자신의 시어머니였다면 좋았겠다고 생각해 보다 곧 머리를 저었다.

6

가을이 깊어 갔다. 서울에 간 성두는 일자 소식 한 장 없었다. 시부모와는 무슨 소식이라도 주고받고 있는 건지 없는 건지 통 말이 없으니 무옥이는 답답하기만 했다.

"참, 그런데 성님. 저기 영자 고모부가 성님 중신 섰지요? 이번에 영자 할아버지 환갑잔치 한다구 오셨다는데 한번 가서 친정 소식 좀 들어 보세요."

"그래? 환갑잔치가 언젠데?"

"내일인데 오늘 오신 거 같던데?"

"그래? 고마워, 동서."

무옥이는 벌써 마음이 붕붕 날아가는 것 같았다. 아버지는 아직

도 소식이 없는지 어머니는 몸이 좀 나아졌는지 얼른 영자네 집에
가 보고 싶었다.

다음 날 아침 시어머니는 옷을 갈아입고 회갑집에 가려고 나왔
다.

"어무니. 저도 회갑집에 좀 가면 안 될까요?"

"니가? 아니 새새댁이 어딜 돌아다니냐? 더구나 남편도 없는데.
구구로 집에 있어."

"그게 아니라 저희 친정 동네에서 아저씨가 오셨다고 하니 친정
엄니 소식이라도 알고 싶어서……."

"출가외인이 소식을 알아 뭐 하려구?"

"…… 어무니."

"음. 내 영자 고모한테 우리 집에 들르라구 헐 테니 나돌아 다니
지 말구 집구석에 얌전히 있어라. 남세스러운 줄도 모르구, 원."

"……."

아무리 기다려도 영자 고모부는 오지 않았다. 무옥이는 이제나
저제나 대문만 바라보며 하루를 보냈다.

그 다음 날 영자 고모부와 고모가 가마솥골로 돌아가는 길에 무
옥이에게 들렀다.

"아저씨. 아줌마."

"그래."

아줌마는 무옥이 손을 잡고 눈물을 글썽였다.

"니가 고생이 많다는 말을 들었다. 성두는 여태 소식이 없다구? 몹쓸 녀석 같으니라구. 에구 니 얼굴이 이게 뭐냐? 누렇게 떴구나, 그 곱던 얼굴이."

"아주머니. 저희 친정엄니한테는 행여 이런 얘기 하지 마세요. 걱정하실 거예요."

무옥이 부탁에 아줌마는 무옥이 머리를 쓰다듬었다.

"이것아, 그건 걱정 마라. 우리가 중신을 섰는데 무슨 염치루 그런 말을 하겠니? 그나저나 아부지 소식은…… 모르지?"

"예? 저희 아부지요? 무슨 소식이라두 있나요?"

아줌마는 치마 고름으로 눈물을 찍어 냈다. 아줌마 대신 아저씨가 말했다.

"모르는구나. 휴, 느이 아부지가 죽을 고생을 하며 독립운동을 했다는 건 세상 사람들이 다 아는 일인데 해방돼서 감투는 못 쓸망정. 그러게 왜 이박사 편을 안 들구 좌익을 허시는지. 나두 모르겠다. 좌익이니 우익이니 온 나라가 난리라드만. 우리 같은 시골 무지랭이들은 아무 편두 들지 않구 납작 엎드려 있는 게 상책이지, 암."

"아부지가 어떻게 됐는데요?"

"감옥에 갇혔다더라. 서대문 형무소에 기시다구 안 허냐?"

"예?"

무옥이는 마루에 그대로 주저앉았다. 마지막으로 아버지를 보던 그 달밤이 생각나 더욱 마음이 불안했다.

수원만 해도 지난 여름 대통령 선거 전후로 사람들이 이편이다 저편이다 갈라져서 연일 몰려다니고 난리였다고 집에 온 먼 친척이 하는 이야기를 무옥이도 들은 적이 있다.

"내 기냥 가려다가 그래두 알리는 게 나을 것 같아 여러 번 생각하다가 들렀다. 그래두 알구 있어야지. 자식이라군 너 하난데. 에휴, 알아두 마음만 아프지만."

"저희 어무니가 가 보라구 해서 오신 게 아니구요?"

"너희 어무니? 아니. 아줌니는 어제 뵀는데 아무 말씀 없으시던데?"

"……."

아버지가 갇혀 있다는 서대문 형무소에 가보고 싶지만 아무리 궁리해도 갈 방법이 떠오르지 않았다.

"저희 어무니한테는 친정아부지 얘기하지 않으셨죠?"

"그래, 그래. 뭐 좋은 일이라구 우리가 그 얘기를 느이 시어무니헌테 낼름 하겠냐? 아무 말 않을 테니 걱정 말어라. 난 너 중신허구 느이 친정에 죄를 진 것 같아 맘이 늘 편치 않다."

"제 운명이지 아줌마 아저씨 잘못이 아니죠."

무옥이는 고개를 숙여 인사를 했다.

밤에 잠이 안 와 무옥이는 밖으로 나왔다. 마당에 내려서니 이 방 저 방에서 사람들이 자며 내는 코고는 소리가 아주 작게 들려왔다. 보름이 가까워 달은 두리둥실 밤하늘에 걸려 있었다. 별도 초롱초롱

빛났다. 툇마루에 앉아 하염없이 달을 쳐다봤다.

'저 달은 어머니 아버지가 있는 곳도 환하게 밝혀 주고 있겠지. 어머니는 지금쯤 어떻게 지낼까? 아버지가 계신 형무소에서도 저 달이 보일까?'

주르륵 눈물이 흘렀다.

"새언니?"

깜짝 놀라 일어나니 시누이다.

"애기씨, 왜 나왔어?"

"언니, 왜 울어?"

막내 시누이는 곧 울 듯 코맹맹이 소리를 했다.

"아냐. 울긴 누가."

무옥이는 급히 눈물을 닦았다.

"오줌 마려워서 일어나 보니 언니가 없잖아. 그래서 나와 봤어. 언니, 엄마 보고 싶어서 그래?"

"아니야. 애기씨, 언능 들어가자."

시누이는 무옥이 손을 잡고 꼭 힘을 줬다.

가을이 되기 전부터 무옥이는 자꾸 졸립고 피곤했다. 남편 일과 아버지 일 때문에 신경이 많이 쓰여서 밤에 통 잠을 못 자 그럴 거라고 생각했다. 하지만 점점 더 심해지기만 했다. 오줌도 자주 마렵고 누고 나면 따갑고 시원하지가 않았다. 밥을 하다가도 자꾸 하품이 나오고 그대로 쓰러져 자고만 싶었다.

벼베기를 하는 날이었다. 동네 할머니들이 점심을 먹으러 왔다.

원래 벼를 베는 날에는 모두들 그 집에 가서 밥을 먹는다. 한 할머니가 무옥이를 보더니 깜짝 놀랐다.

"새댁. 세상에. 이리 밝은 곳으로 좀 나와 보우."

그 할머니는 부엌에서 무옥이 손을 잡아끌고 밝은 곳으로 나왔다.

"세상에. 황달을 앓는구만. 이 집 식구들은 그것도 모르고 있었남?"

"예? 황달이요?"

무옥이는 놀라 할머니를 바라봤다.

"아, 눈도 노랗고 얼굴도 노란 게 척 보니 황달이구먼. 오줌이 시원찮게 나오고 자꾸 졸립구 늘어지려구 하구 그러지 않았나?"

"네. 요즘 자꾸 고단해서 죽을 지경이었어요."

"봐. 황달이 틀림없어. 어서 약을 지어 먹도록 해."

그 할머니는 마침 부엌으로 나오던 시어머니한테 그 얘기를 했다. 시어머니는 무옥이 얼굴을 자세히 들여다보며 수선을 피웠다.

"아이고, 우리는 맨날 봐서 못 알아봤네. 고맙수. 얼른 약을 지어 멕여야지."

하지만 시어머니는 그 다음 날도 그 다음 다음 날도 며칠이 지나도 약을 지어다 주기는커녕 아는 체도 하지 않았다.

며칠이 지나서 시아버지가 한지에 싼 약봉지를 들고 왔다.

"아니, 그게 뭐유?"

시아버지는 무옥이 얼굴을 자세히 살피며 한지에 싼 약봉지를 건넸다. 시어머니 얼굴이 벌써 샐쭉해졌다.

"메늘아기가 황달이라구?"

"아니, 누가 그러우?"

시어머니 눈이 쪽 찢어지며 무옥이를 봤다.

"내 오늘 길에서 순영 할머니를 만났는데 아, 새애기 약은 지어 멕였냐구 묻더라고. 그래 뭔 약이냐구 했더니 황달약을 아직도 안 지어 멕였냐구 성화를 대잖여. 그냥 놔두면 흑달 된다구 어여 지어 멕이라구. 그래서 얼른 다시 돌아나가 장터 약방에 가서 한 재 지어 왔지."

시아버지는 무옥이에게 약봉지를 건네주며 걱정스런 얼굴로 말했다.

"옛다. 얼른 달여 먹구 속히 나아야 한다. 원 매일 보는 나는 그런 줄두 몰랐으니."

시아버지가 나가자 시어머니가 투덜거렸다. 그나마 시어머니가 함부로 하지 못하는 사람이 시아버지였다. 나가고 난 뒤에나 구시렁 거렸다.

"시키지 않는 짓은 작작하네. 누가 어련히 약 안 지어 줄까 봐 방정이람. 돈 지구 가다 등창 났나? 영감탱이."

무옥이는 마음이 불편해 고개를 숙이고 얼른 부엌으로 들어갔다.

새삼스럽게 시어머니가 야속했다. 병들어 약 지어 먹이는 게 그다지
도 아깝단 말인가?

"사람은 누구나 다 귀한 존재다."

어느 날 거지가 왔을 때 했던 친정아버지 말이 생각났다.

'그런데 왜 나는 귀한 대접을 받지 못할까? 나는 아무런 잘못도
없는데.'

무옥이는 몸보다 마음이 더 아팠다. 자신한테 아무렇게나 함부로
말해도 된다고 생각하는 시어머니가 한없이 서운했다. 자기 자신도
누구 못지않게 귀하고 소중하게 자랐다고 시어머니에게 말하고 싶
었다. 하고 싶은 말을 자꾸 꾹꾹 눌러 삼키니 가슴이 답답하고 묵직
했다.

막 약을 달이는데 둘째 시누이가 또 왔다. 들어오자마자 마루에
앉기도 전부터 어머니와 함께 자기 시어머니와 시누 흉을 보기 시작
했다. 시어머니와 둘째 시누이는 그게 천성인 것 같았다.

"아니 화초처럼 키운 귀한 우리 딸을 그 늙은이는 왜 그렇게
못 잡아먹어서 안달이라니? 너같이 이쁜 며느리가 어딨다고?"

"그러게 말이야. 우리 시누는 또 얼마나 싸가지가 없는데 엄마."

"흥, 고런 싹바가지 없는 년. 나 좀 봐라. 며느리가 애 못 낳아도
구박 한 번 해본 적 없다."

"그러게. 우리 엄마는 이렇게 이해심이 많은데 우리 시어머니는
왜 그런데 대체? 수준이 너무 떨어진다니까."

그러다 시누이는 한약 냄새가 난다며 부엌 뒤 뒤란으로 돌아오다가 약을 달이는 무옥이를 보고 빈정거렸다.

"누군 팔자가 펴서 보약만 다려 먹구 있네."

무옥이 동서가 부엌에서 설거지를 하고 뒤란으로 나오다 그 소리를 들었다. 무옥이가 아무 말 말라고 눈짓을 했으나 소용이 없었다.

"뭔 소리를 그렇게 허세요? 아퍼서 약 달이는 건데. 우리 성님 황달에 걸려서 큰일 날 뻔했다구요."

"뭐라구? 아니 너는 왜 톡톡 끼어들구 난리야? 못돼 처먹은 것. 흥. 서방은 밥을 먹는지 굶는지두 모르는데 보약이 목구멍에 넘어간다든?"

동서는 얼굴이 벌개져 들으라는 듯이 중얼거렸다.

"증말 해두해두 너무하시네요."

"뭐라구? 지금 나한테 하는 소리야?"

시누이 얼굴이 온통 시뻘겋게 달아올랐다. 무옥이는 얼른 동서 치맛자락을 잡아당겼다.

"이런 버릇없는 것. 주제를 모르구 날뛰기는."

둘째 시누이는 동서 머리를 콱 쥐어박았다.

"우리 성님한테는 맨날 출가외인이라며요? 둘째 성님도 그럼 마찬가지잖아요."

동서는 지지 않고 또박또박 말대답을 했다.

"아니, 이년이 미쳤나. 눈에 뵈는 게 읎어? 엉?"

시어머니는 거품을 물며 소리소리 질렀다.

"큰어무니. 성님이 불쌍허지두 않으세요? 아주버님두 옰이 몸도 아픈데……."

사촌 동서는 끝까지 입을 다물지 않았고 시어머니와 시누이가 동시에 달려들어 등짝을 막 두드려 팰 때였다. 시끄러운 소리가 밖에까지 들렸던지 시아버지가 들어왔다.

"왜 이리 큰소리를 내구 그러냐?"

시아버지는 사촌 동서를 보고 못마땅한 듯 말했다.

"넌 윗사람한테 꼬박꼬박 말대꾸하라구 누가 그러대? 버릇없는 것 같으니라구. 어디서 그렇게 배웠어? 아, 누가 그렇게 가르쳤느냐구?"

시누이가 그것 봐라는 듯이 의기양양해 동서와 무옥이를 위아래로 훑어봤다.

"잘못했습니다, 큰아부님."

동서가 고개를 숙였다. 무옥이도 덩달아 고개를 숙였다. 혀를 차던 시아버지는 이번에는 고개를 돌려 둘째 시누이를 봤다.

"그리구 너."

시아버지는 손가락으로 시누이를 가리켰다.

"당장 느이 집으루 가!"

"네? 아, 아부지이."

시누이가 뭔 소린가 싶어 두리번거리자 시아버지는 눈을 부릅떴다.

"어서!"

발까지 구르며 호통을 쳤다.

"아, 이제 왔는데…… 왜 그러시우? 하룻밤이라두 자구 가야지."

시어머니가 은근슬쩍 시누이를 감싸 방으로 들여가려 했다.

"어허. 썩 가지 못하겠니? 여긴 이제 니 집이 아니야. 지난번에두 말했지? 아무 때나 불쑥불쑥 쳐들어와서 분란 일으키지 말라고. 했냐 안 했냐? 철딱서니 읎는 것."

시아버지가 천둥치듯이 소리를 질렀다.

"아부지."

"어허, 그래두!"

시누이는 들고 온 보따리를 풀지도 못하고 다시 집어 들고 짜증을 내며 인사도 없이 휙 집을 나갔다. 시아버지가 나가자 시어머니는 무옥이를 매서운 눈으로 노려보았다.

"이젠 부녀간 의까지 상허게 해? 못된 것 같으니라구."

쌩 찬바람이 불 듯 시어머니는 시누이 이름을 부르며 따라 나갔다.

"아이고, 잘코사니다."

동서는 그 와중에도 입을 틀어막고 웃음을 참느라 얼굴이 빨개졌다. 무옥이는 한숨만 쉬었다.

"성님, 그래두 큰아부님 같은 분이 시아부지니까 조금이래두 숨

124 ·

통이 트이는 거지 안 그르믄 성님 기막히고 코막히고 숨막혀서 죽었을 거예요, 버얼써."

동서는 시누이가 나간 쪽을 보며 혀를 쏘옥 내밀었다. 좀 주책 맞기는 해도 할 말 그때 그때 따박따박 하는 동서가 신기하기도 하고 한편 부럽기도 했다. 무옥이는 몸도 몸이지만 마음이 더 아팠다. 자꾸 명치끝이 바늘로 찌르듯이 따끔거렸다.

어느 날 무옥이는 책을 보러 가서 기와집 할머니와 의논을 했다.

"저, 할머님. 할머님 혼자 책을 보지 마시고 마을 여자 분들을 불러서 같이 보면 어떨까요? 이제 추수도 끝나서 다들 한가하니까 밤에 놀러 나와도 될 거 같은데요."

"으응?"

할머니는 조금 생각해 보더니 고개를 끄덕이며 웃었다.

"사람들이 우리 집을 어려워해서 잘 안 온단다. 그런데 우리 집에서 책을 보면 사람들이 허물없이 찾아오겠구나. 그래, 내가 외롭다고만 생각했지 그럴 생각은 못했구나. 내가 부르면 될 것을. 안 온다고만 생각했지. 너한테 여러 가지를 배우는구나."

할머니는 흔쾌히 승낙했다.

그 다음번 책 보는 날이었다. 기와집 넓은 마당으로 들어서니 안채 앞 댓돌 위아래 고무신이 즐비했다. 미리 이야기를 해서 동네 아줌마들이 모인 것이다.

무옥이는 순간 부끄러운 생각이 들어 얼굴이 붉어졌다.

'이렇게 많은 사람 앞에서 책을 본 적은 없는데 실수라도 하면 어떡하나?'

속으로 하나 둘 셋 심호흡을 하고 안마당에서 마루 앞 댓돌에 섰다.

"새댁 왔어요."

마침 안방에서 누군가 나오다 무옥이를 보고 안방을 향해 소리를 쳤다. 몇몇 아주머니들이 마루로 나와서 무옥이에게 어서 들어오라고 손짓했다. 얼른 고무신을 벗고 안방으로 들어가니 방 아랫목 가운데 기와집 할머니가 앉아 있고 넓은 방을 빙 둘러 사람들이 가득했다.

"안녕들 하셨어요?"

무옥이 책을 내려놓고 절을 했다. 아랫목에 앉아 있던 할머니들이 웃으며 마주 절을 받았다.

"아이고, 애쓰겠네."

대충 인사가 끝나자 기와집 할머니가 말문을 열었다.

"우선 수정과하고 떡 좀 먹고 시작하는 게 어떨까? 우리 집에서 책을 보는 날은 내가 밤참을 좀 준비하겠네."

아이고 고마우셔라 하는 인사들이 오갔다.

무옥이가 고개를 끄덕였다. 기와집 할머니 며느리와 몇 사람이 부엌으로 나가 떡과 수정과를 가지고 들어왔다.

무옥이는 이날 '사씨남정기'를 읽기로 했다. 젊은 사람도 있고 나이가 든 분도 있으니 그게 좋을 것 같아서였다.

사씨남정기를 읽기 시작하자 방 안은 삽시에 조용해졌다. 사람들은 모두 무옥이 입만 바라봤다. 처음에는 어색하고 떨리던 무옥이도 차츰차츰 열기를 띠고 강약을 조절해 갔다.

사씨가 교씨의 모함으로 남쪽 지방을 헤매다 강물에 몸을 던지는 부분에 와서는 사람들이 탄식에 이어 눈물을 흘리기 시작했다.

"아이고 어쩌."

"죽일 년."

"아, 남편이 나쁘다니까. 새마누라헌태 빠져서는 그렇게 착한 사씨가 죽는지 사는지도 모르고……."

"교씨도 남편 차지하구 살기 위해 어쩔 수 없이 그런 거 아닐까?"

"아니 지금 누구 편을 드는 거여? 그런 나쁜 년을?"

"교씨 편을 든다는 게 아니구, 그 입장에서도 생각해 볼 수 있는 거 아녀?"

"아, 조용히 좀 혀."

드디어 사씨남정기가 끝났다. 잠깐 모두들 조용했다. 침 삼키는 소리까지 들릴 지경이었다. 무옥이가 책에서 고개를 들자 그제야 웅성거렸다. 책을 읽는 동안 울고 웃던 사람들은 무옥이 손도 잡고 또 책도 돌려가며 한 번씩 만져 봤다.

"나쁜 놈덜이 벌을 받으니께 속이 다 시원허네. 암, 지가 헌 대로 당해야 싸지."

"난 그 남편이 더 한심스럽구 멍청한 놈 같으네. 근데 왜 그 남편은 벌을 안 받어?"

"그러게. 남자니까 통뼈지 뭐. 흥!"

"책이 이렇게 혼을 쏙 빼놓는 건지 츰 알았네."

사람들이 각자 집으로 가기 위해 나가고 무옥이도 책을 들고 일어섰다.

"잠깐 앉어 봐라."

기와집 할머니가 무옥이를 도로 앉혔다. 사람들이 다 나가고 나자 할머니는 주머니 안에서 지전 두 장을 꺼냈다. 무옥이는 손사래를 쳤다.

"아닙니다. 할머님. 아까 밤참도 준비해 주셨는데요. 저는 사람들이 즐겁게 책을 본 것으로 만족합니다. 더구나 이렇게 많이."

"내가 좋아서 허는 일이여. 사람이 많으면 소리두 더 크게 내야 허구 훨씬 심들지. 어여 받어."

"그래두……."

기와집 할머니 댁이 넉넉한 건 알지만 매번 여러 사람의 밤참을 대는 것만도 보통 사람들은 엄두도 못 낼 일인데 돈까지 낼름 받을 수는 없었다.

"팔 아프다. 어허 어서."

할머니는 억지로 돈을 쥐어 주었다.

"내 느이 집이 남의 도움 없어도 먹고살 만하다는 것쯤은 잘 알고 있어."

할머니는 잠시 뜸을 들이더니 무옥이 눈을 지그시 바라보았다.

"이건… 니가 나중에, 나중에 꼭 필요할 때……."

"……."

"조금이라도 도움이 되었으면 해서 주는 겨. 그저 늙은이의 괜한 노파심이지. 그럴 날이 읎어야지, 암."

무옥이는 일어나 다시 한 번 절을 하고 기와집 할머니 댁을 나섰다.

새벽 바람이 차가웠다. 눈이 뻑뻑했지만 마음은 뿌듯했다.

무옥이는 기와집 할머니가 주는 돈을 한 푼도 쓰지 않고 차곡차곡 모아 두었다.

다음번 책 보는 시간에는 기와집 할머니 손자가 사왔다는 '상록수'를 읽어야겠다고 생각했다. 무옥이 자신도 읽고 깊은 감명을 받은 소설책이었다.

책 읽는 횟수가 늘어갈수록 점점 더 많은 사람들이 모였다. 옆 동네에서도 몇몇 아줌마들이 소식을 듣고 찾아왔다. 넓은 기와집 안방에 발 디딜 틈도 없이 사람이 꽉 들어찼다.

상록수 책을 펴 들었다.

"책이 두꺼워서 하룻밤에 다 볼 수는 없을 것 같아요. 오늘 반 보고 사흘 뒤에 나머지 반을 보겠습니다."

"그려 그려."

"알았어요."

무옥이는 이번에는 더 자신있게 책을 읽었다. 채영신이 샘골로 들어와 야학을 하는 장면을 읽을 때 마을 아주머니들은 숨죽여 듣고 있었다. 일본 순사의 방해로 학생을 반으로 줄이기 위해 교실 바닥에 금을 긋는 장면에서부터 무옥이는 자신도 모르게 눈물을 흘리기 시작했다. 쫓겨난 아이들이 교실 밖 나무 위에 올라가 안에서 하는 공부를 따라 읽는 걸 보고 채영신 선생이 교실 문을 활짝 여는 장면에서는 더 이상 읽을 수가 없어서 잠깐 책을 내려놓고 옷고름으로 눈물을 닦았다.

"죄송해요. 저도 학교에 다니고 싶었는데 친정 할무니가 워낙 반대하시는 데다 하루거리에 걸려 그만두었거든요. 그 생각이 나서 그만……."

"나는 학교 문턱에두 못 가봤다니까. 기집애가 무신 학교냐구 어찌나 야단을 쳐 쌌던지."

"맞어 맞어. 여자루 태어난 게 죄지. 뭐가 죄겠어?"

모두들 못 배운 설움에 눈물 콧물을 훌쩍였다.

"난 우리 딸은 꼭 공부 시킬겨. 내 몸이 가루가 돼두 꼭 학교 다니게 할 테니께."

"나두 그래."

아줌마들은 어느새 두 주먹을 불끈 쥐고 소리를 지르다가 마주

130 •

보고 하하하 웃었다.

사흘 뒤 상록수 뒷부분을 마저 보고 난 날 사람들은 밤이 새도록 가지 않고 얘기를 했다. 자기 의견을 이야기해 본 적은 물론이고 책조차 읽어본 적 한 번 없는 아주머니들이 자기 생각을 조심스럽게 말하기 시작했다. 그러다 나중에는 점점 힘주어 자기 의견을 이야기했다.

"아니 어떻게 우리 마을허구 이름이 똑같은 샘골이여?"

"그러게 말여."

"조기 반월에 있는 동네래요. 소래 가는 쪽에. 실제로 있었던 일이래요. 여기 맨 뒤에 그렇게 쓰여 있네요."

"으잉? 참말로 그런 사람이 있네."

"난 채영신 선생이 야학을 안 하구 박동혁이랑 결혼해서 잘 살았으믄 좋겠어. 혼자 남은 엄니도 생각해야지. 어렵게 공부시켰는데 죽어 버렸으니 그 엄니는 뭔 날벼락이래?"

"그래두 훌륭한 생각을 가진 훌륭한 선상님이께 우리덜하구는 달브지. 그런 사람덜 때매 해방두 된 거 아녀? 우리덜 같은 무식쟁이덜만 있었으믄 지금두 일본 정치를 못 벗어났을 거여."

"해방이 되믄 뭐 혀? 자기는 죽었는데. 내가 죽으믄 천하보물두 다 소용읎는 거라. 개똥밭에 굴러두 이승이 좋다고 했잖여."

"그건 그래. 학교를 짓는 것두 급하지만 몸도 돌봤어야지. 결국은 모두한테 손해 아녀?"

주로 젊은 사람들은 채영신이 옳다고 했고 나이 든 아주머니들은 눈물을 훔치며 그렇게 사는 건 싫다고 했다.

"아, 새댁은 어때? 어떻게 생각하남?"

"저요? 글쎄요."

모든 사람들 눈이 한순간에 무옥이에게 쏠렸다. 무옥이는 그 사람들의 반짝이는 눈을 마주 보다가 문득 방 안 가득 환한 광채가 서리는 걸 봤다. 사람들 얼굴이 금가루를 뿌린 듯 반짝반짝 빛났다.

깜짝 놀라 눈을 깜박이니 그 광채는 사르르 사라졌다. 신기한 경험이었다.

잠시 생각하던 무옥이는 입을 열었다.

"저는…… 채영신 선생님은 죽으면서도… 그렇게 산 걸 후회하지 않았을 거 같애요."

"아, 그럼 찬성이네, 찬성."

그때까지 가만히 지켜보던 기와집 할머니가 잔기침을 했다.

"이 나이가 되니까 후회되는 일이 많아. 우리 땐 뭘 그렇게 하지 말라는 게 많았던지. 여자는 이러면 안 된다, 저러면 안 된다. 시키는 대루만 하구 살았지."

방 안은 쥐죽은 듯 조용해졌다.

"그런데 이제 죽을 때가 되니까 그게 꼭… 잘한 일만은… 아니라는 생각이 들어. 내 중심은 하나두 없구 어려서는 아부지가 시키는 대루 시집와서는 시어른들, 남편네 시키는 대루, 나이 들어서는 자식들 얼굴에 먹칠할까 봐 끙끙대며 살았거든."

할머니는 방 안에 있는 아주머니들 얼굴을 하나하나 들여다보고 마지막으로 무옥이 얼굴을 바라보았다.

"내가 자네들 나이라면 뭔가⋯ 뜻있는 일을 하구 싶네. 주책일까?"

마음속으로 다들 수긍을 하는지 고개를 끄덕거렸다. 하지만 무옥이만큼 그 말을 가슴에 새긴 사람은 없었을 것이다.

밖으로 나오니 그새 비가 조금 내렸는지 길이 촉촉이 젖어 있었다. 집으로 돌아오는 무옥이 머릿속에 기와집 할머니 말과 채영신 선생의 삶이 뒤엉켰다.

7

간밤에 꿈자리가 뒤숭숭했던 무옥이는 아무에게도 꿈 이야기를 하지 않고 하루가 지나가기만을 기다렸다.

무옥이는 친정 서근리 가마솥골 앞 냇가 징검다리에 앉아 있었다. 위 골짜기 쪽에서 뭐가 둥둥 떠내려 왔다. 하얀 덩어리가 차츰 가까이 오더니 무옥이 앞에서 빙글빙글 돌았다. 고개를 숙여 덩어리를 보니 물에 빠져 죽은 사람이었다. 무옥이는 깜짝 놀라 뒤로 엉덩방아를 찧었다. 그래도 눈을 뗄 수가 없었다. 얼굴을 들여다보다 그 사람의 통통 부은 얼굴과 퍼런 입술을 보고 소리를 지르며 깨어났다. 흉몽이었다.

온몸이 땀에 절어 축축했다. 옆에서 자는 시누이 이불을 덮어 주고 무옥이는 아예 일어나 앉았다. 그 사람이 누군지 곰곰 생각해 봤지만 아무리 생각해도 모르겠다. 남자였던 것 같았다.

시아버지와 사촌 시동생이 함께 어제 새벽같이 서울로 갔다.

"성두를 마포 굴레방 다리 근처에서 누가 봤다는구나. 내 가서 설득을 해서 데려오마. 그리구 아가, 헛소리가 들리더라두 믿지 마라. 원래 남의 말은 한 사람 한 사람 건널 때마다 부풀려지고 보태지구 허는 법이니라. 내 다녀오마."

그것이 걱정이 돼 그런 꿈을 꾸었나 보다. 무옥이는 자꾸 가슴을 쓸어내렸다. 꿈은 반대라니까 어쩌면 좋은 일이 생길지도 모른다고 애써 마음을 돌렸다.

벌레 먹은 두부콩을 고르다 동서가 한숨을 크게 쉬었다.

"성님."

동서는 무옥이 얼굴을 흘끔흘끔 보며 무슨 말인가 할 듯 말 듯 했다.

"왜?"

"아, 아니에요."

"동서, 무슨 할 말 있어?"

"아니에요."

잠시 뒤 또 한숨을 쉬는 동서를 보며 무옥이는 일손을 놓고 동서를 봤다. 마음속에 있는 것을 참지 못하고 다 내뱉어 곤경에 처한 적이 많은 동서였다.

얼마 전에도 그랬다. 무옥이 둘째 시누이가 와서 언제나처럼 자기 시어머니 흉을 퍼부었다. 시어머니도 같이 한편이 되어 사돈을 욕했다.

시누이는 한창 바쁜 가을걷이철에 일은 하나 도와주지 않고 빈둥거리기만 하면서 해주는 밥에 반찬 투정만 했다. 동서는 동네 사람들한테 둘째 시누이 흉을 봤다가 무옥이 시어머니에게 머리채를 잡히고 혼찌검이 났다.

"네 이년. 오갈 데 읍는 니 남편 데려다 키워 장가까지 보내 주고 보살펴 줬더니 뒷구멍으로 내 흉을 봐? 이런 천하에 은혜두 모르는 무식한 년."

"며느리 앞에서 사둔 흉 보는 게 무식헌 거지 그게 똑똑한 거예요? 나한테 만날 무식하다고 구박하면서 큰어머니는 왜 그러신대요? 칫."

동서는 입을 삐죽이며 두 사람한테 끝까지 말대답을 했다. 말 한 번 잘못했다가 머리카락이 한 움큼이나 빠지는 곤욕을 치르면서도 종알종알 입을 다물지 않았다. 마침 무옥이 집에 있던 사촌 시동생이 그걸 보고 달려와 시어머니를 말렸다.

"오냐. 니가 기집 편을 든다 이 말이지? 니 아부지 옘병으루 죽구, 니 에미 사내랑 도망친 거 너두 기억허지 이눔아. 바람 부는 시상 천지에 니 놈 혼자 남은 거 키워서 장개까장 보내 주니까 이젠 뵈는 게 읎냐? 응? 어디서 마누라 역성이여?"

"큰엄니. 집사람이 보고 배운 게 읎어서 뭘 몰라 그러니 용서허세요. 지가 알어듣게 잘 타이르겠습니다."

시어머니에게 머리를 조아린 시동생은 눈을 부릅뜨고 동서를 나무랬다.

"어서 따라와."

시동생은 동서를 떠다밀며 집을 나갔다.

"천하에 배워먹지 못한 년들."

무옥이는 민망하여 고개를 돌리고 말았다. 시어머니 눈에는 아무것도 무서운 것이 없어 보였다. 그날 일도 무옥이 자신을 안타깝게 여겨 동서가 동네 사람들에게 이야기를 하게 된 게 시작이었다. 자기를 위해서 그러는 건 고맙지만 결국에는 무옥이 처지만 더 난처하게 한 꼴이었다

지금도 무슨 말인지 할 말이 있는 게 분명한데 동서는 어쩐 일인지 평상시 같지 않게 머뭇거렸다.

"동서. 무슨 일이야? 얘기해 봐."

몇 번 채근을 하자 동서는 누가 없나 두리번거리더니 겨우 입을 뗐다.

"절대로 얘기하지 말라구 했는데."

"누가?"

"……."

"서방님이?"

"예. 성님 으쩜 좋아요. 아주버님이, 서울에 다른 여자가 생겼다나 봐요."

"......."

벌써 햇수로 이 년째 명절날을 빼고는 집에도 오지 않는 성두지만 남이라고 생각해 본 적은 단 한 번도 없었다. 명절날 왔을 때도 성두는 무옥이에게 눈길 한 번 주지 않았다. 그런 성두가 야속하지 않은 건 아니었지만 참고 견디면 언젠가는 집으로 돌아올 거라고 철석같이 믿었다. 그런데 다른 여자가 생겼다면 어떻게 해야 할까? 가슴이 철렁했다.

"아유 성님. 뜬소문일 수두 있어요. 아이고, 요놈의 주둥아리."

동서는 자기 입을 손바닥으로 탁탁 때렸다.

그래서 시아버지가 그렇게 부랴부랴 서울에 갔다는 걸 깨닫게 되었다. 그리고 소문을 믿지 말라고 한 까닭도.

해가 뉘엿뉘엿 지자 무옥이는 그제야 길게 한숨을 쉬었다. 동서한테 저 얘기를 들으려고 그런 꿈을 꾸었나 보다고 생각했다. 시아버지가 돌아올 때까지 미리 걱정은 하지 않기로 했다. 더 이상 실망할 것도 없었다.

동서가 자기 집으로 가려고 대문간으로 나갈 때였다.

탕탕탕.

무옥이는 가슴이 쿵 내려앉았다. 시아버지는 오늘 중으로 오기는 힘들 텐데 누굴까? 동서가 대문을 열자 누군가 들어오지도 않고 어른을 불렀다.

"누구세요?"

밖에서 무옥이 시아버지 이름을 부르는 모양이었다.

"큰아버님 서울에 가셨는데요."

동서가 이렇게 말하자 밖에서 뭐라고 대답했다.

"성님, 아이고 성님."

"응?"

대문 앞으로 가는데 무옥이 가슴이 사뭇 사시나무처럼 떨렸다.

"성님, 어떡해요. …친정아부지 부고네요. 오늘 낮에… 돌아가셨대요."

동서가 먼저 울음을 터뜨렸다. 무옥이는 부고장을 받아들고 주저앉았다. 그제야 물속에 누워 시퍼렇게 죽어 있던 사람 얼굴이 아버지 얼굴이었구나 하는 생각이 들었다.

밖을 보니 낯이 익은 고향 집 아저씨가 서 있었다.

"무옥아. 이런 소식을 전하게 돼서 어떡하니? 아버지가 그동안 고생을 많이 하셨다. 각혈을 한 지 벌써 오래되었어. 형무소에서 이미 몸이 돌이킬 수 없이 축나서 나오셨지. 집에 온 지 보름 만에 돌아가셨다. 느이 엄니도 말도 못하게 고생하셨어. 몸도 약한 양반이."

무옥이 눈에서 눈물이 소리 없이 떨어졌다.

"느이 남편은 어디 갔냐?"

아저씨는 두리번거리며 무옥이 남편 성두를 찾았다.

"아, 예. 볼일이……, 볼일이 있어서. 서울에……, 연락을 하도록……, 갑자기 이 밤에 따라갈 수도 없고. 내일 아침에……."

무옥이는 흐느끼느라 말을 잇지 못했다.

부고를 가져온 아저씨는 무옥이를 보고 다시 한 번 말했다.

"그러지 말고 시어른들헌테 얘기허구 이 길로 나와 함께 가자."

무옥이도 당장 따라가고 싶었지만 생각해 보니 돈 한 푼 없이 갈 수는 없었다. 자식이라고는 자신밖에 없지 않은가. 남편도 없이 혼자 가야 하는 길인데 이대로 갈 수는 없었다. 내일 시어머님이 돈을 마련해 주면 그때 가야겠다고 생각했다. 그건 시댁의 체면을 세워 욕먹이지 않으려는 무옥의 배려였다.

"큰엄니, 성님 친정아버님이 돌아가셨대요."

시어머니는 밖으로 나와 부고를 가져온 사람에게 인사를 하고 사정이 이만저만하니 며느리는 내일 보내겠다고 했다. 부고를 가져온 아저씨는 알았다고 하며 다시 서근리로 돌아갔다.

뜬눈으로 밤을 지새우며 무옥이는 아버지를 생각했다. 아버지는 무엇을 위해 부인과 자식과 안락한 삶을 버렸을까? 아버지가 그토록 이루려고 했던 세상은 어떤 세상이었을까? 그냥 다른 사람들처럼 그렇게 살면 안 됐을까? 왜 어떤 사람은 그렇게 남들처럼 평범하게 살 수가 없는 걸까? 그것이 운명일까?

자꾸 주저앉으려는 몸을 곧추세워 그래도 아침에 일어나 밥을 지

었다. 세수를 하고 집에 갈 채비를 차리고 있는데 시어머니가 나왔다. 아침도 들지 않고 아무 말 없이 쌩하니 밖으로 나갔다. 잠시 후 사촌 동서가 내려왔다.

"성님, 왜 안 가구 있어요?"

"어무니가 가라는 말씀을 안 하셔서 기다리구 있어."

"예? 아니 큰엄니는 어디 가시는 거래요? 그렇잖아두 내려오다가 만났는데."

"아침도 안 잡숫고 나가셨어. 아무 말씀도 없이."

무옥이가 힘없이 대답했다.

"그럼 부조라도 하려구 누구 집에 돈이라도 꾸러 가셨을까요?"

"……."

"그런데 왜 여태 안 오실까요?"

"글쎄."

"성님, 이거 얼마 안 되지만 가지고 가세요."

"아냐. 동서네가 뭔 돈이 있다구 돈을 가져왔어?"

동서네는 내외가 무옥이 집 안팎일을 거들어 주고 겨울에 쌀 열 가마와 잡곡을 가져갈 뿐 땅이라곤 초가집 앞 텃밭뿐이다. 두 사람이 원체 부지런해 손바닥만 한 땅에도 푸성귀와 반찬거리를 심어 알뜰살뜰 가꿔 반찬으로 해 먹고 있었다.

"성님, 오늘 콩하구 깨하구 다 털어야 된다구 했으니까 저 얼른 밭에 가 볼게요. 상 잘 치루구 오세요, 성님."

무옥이는 다시 돈을 건네줬지만 동서는 그대로 달아났다.

벌써 점심때가 다 되었다. 어머니 혼자 초상을 치르고 있을 생각을 하니 무옥이는 기가 막혔다. 시집 '사슴'을 꺼내 가만히 만져 보았다. 펼쳐 봐도 글자가 눈에 들어올 것 같지 않았다. 아니, 글자를 보지 않고도 거의 모든 시를 외우고 있었지만 그것도 지금은 떠오르지 않았다. 이 시집에 아버지 손이 닿았다는 생각에 시집이 따뜻하게 느껴져 자꾸 쓰다듬고만 있을 뿐이었다.

점심때가 다 지나도록 시어머니는 오지 않았다. 할아버지 점심상을 들고 사랑으로 나갔다.

"왜 친정에 안 갔니?"

"……."

"늬 시에미는 어딜 갔어?"

"아침도 안 들고 나갔는데 아직도……."

"끙, 고약한 것. 내가 늬 시에미 오믄 말할 테니 그냥 두고 가거라."

"……."

"괜찮어, 어여 가. 자식이라군 너 하나뿐인데."

무옥이는 할아버지가 다 비우길 기다려 상을 들고 나왔다. 시누이에게 밥을 차려 주고 무옥이는 밥도 먹지 않고 시어머니를 기다렸다. 돈이야 기와집 할머니가 준 돈을 가져가도 되지만 시어머니 허락 없이 멋대로 친정에 갈 수 없는 노릇이었다. 무옥이는 대문간만 바라보았다.

"아, 늬 시에미는 어딜 가서 아즉 안 온다냐? 어여 준비허구 가얄 텐데……."

시할아버지가 몇 번이나 사랑에서 문을 열고 성화를 댔지만 시어머니는 하루 종일 얼굴도 비치지 않았다.

시어머니는 어둑어둑해져서야 돌아왔다. 저녁밥을 짓던 무옥이는 참았던 울음이 터져나와 멈추려고 해도 멈춰지지 않았다. 부엌문이 벌컥 열렸다. 무옥이는 시어머니가 들어오는 소리를 듣고도 고개를 들지 않았다. 아무리 미워도 이런 식으로 장례길조차 막는다는 건 이해할 수 없었다.

"아니, 왜 울고 난리냐? 이 집에 누가 죽었다더냐, 아님 죽기를 바라냐?"

"어무니."

시어머니는 손바닥으로 마루를 치면서 소리를 질렀다.

"누가 널 못 가게 했냐? 짐승 새끼라 발목을 묶어 놨나, 왜 못 가고 내 집에서 곡소리냐?"

"어무니, 너무하세요."

처음 해 보는 말대꾸였다.

"뭐라구? 이게 엇다 대구 말대꾸야? 니가 이 시에미를 가르치러 드는 게냐? 듣기 싫다. 가구 싶으면 지 발루 가믄 되지, 아, 누구헌테 원망이야? 지금이라두 가거라."

무옥이는 눈물을 훔쳤다.

"예, 어무니. 지금이라도 가지요."

"뭐야? 흥. 그래 어디 이 밤중에 잘 가 봐라."

시어머니는 콧방귀를 꼈다.

무옥이는 방으로 들어가 옷을 갈아입고 집을 나섰다. 차가운 바람이 매섭게 불었다. 집집마다 저녁 짓는 연기가 하늘로 자욱이 올라가고 있었다. 조금 있으면 사방이 깜깜해질 터였다. 친정집까지 오십 리를 걸어갈 수 있을지 걱정이 되었다. 내일 날이 밝으면 가는 게 낫지 않을까 생각하기도 했다. 하지만 내일 새벽에 떠난다 해도 아버지 하관도 못 볼 게 뻔했다. 가다가 죽더라도 더 이상 기다릴 수 없었다. 부지런히 걸으니 추위는 가셨다.

한 시간쯤 걸었는지 다리가 아프고 무서워 길가에 잠깐 주저앉았다. 남쪽으로 내려왔으니 이 길이 친정으로 가는 길이 맞을 듯싶다. 나다녀 본 적이 없는 무옥이는 속이 덜덜 떨릴 정도로 무서웠다. 마음속으로 아유타국 공주 허황옥을 불렀다.

'제발 저를 지켜 주세요. 제가 두려워 다시 집으로 돌아가지 않게 도와주세요.'

다시 일어나 길을 가던 무옥이는 점점 산속으로 들어가는 것 같아 사방을 둘러보았다. 부엉이 울음소리가 들리고 알 수 없는 빛이 번쩍거렸다. 짐승의 눈동자가 아닐까 생각하니 등골이 서늘했다. 갑자기 눈앞에서 커다란 새가 후다닥 날아오르기도 했다.

등이 땀으로 축축이 젖었다. 손바닥도 땀이 흥건했다.

바스락 소리에도 머리칼이 쭈볏 서는 것 같았다. 길은 분명히 나 있는데 어쩐 일인지 인가는 보이지 않고 자꾸 산만 이어졌다.

저기 멀리 반짝 불빛이 보였다. 반가운 마음에 무옥이는 달려갔다.

산속에 집이 몇 채 있는데 다른 집은 다 불이 꺼졌고 그 집만 불이 켜져 있었다. 무옥이는 그 집으로 뛰어가 사립문을 열고 방문 앞에서 인기척을 냈다.

"계세요? 아무두 안 계세요?"

"거 누가 왔수?"

잠시 후 문이 열리고 오십대 중반 가량의 부부가 밖을 내다봤다.

무옥이는 공손히 인사를 했다.

"죄송합니다. 제가 친정아버님 상을 당해서 지금 가는 중인데 길을 잃은 것 같아요. 서근리가 여기서 먼가요?"

"서근리이?"

아주머니가 밖으로 나오며 고무신을 꿨다.

"서근리는 여기서 한 이십여 리 가야 나오는데 혼자서 산길을 갈 수 있겠수?"

"네. 여기까지도 혼자 왔는걸요. 길만 알려 주세요."

"아니, 그런데 상을 당했다면서 신랑도 없이 왜 혼자 이 밤중에 가는 거유?"

146 ·

"……."

무옥이는 울컥 눈물이 나오려고 했다. 하지만 생전 처음 보는 누군지도 모르는 사람들 앞에서 눈물을 보이기는 싫었다. 아무 말도 하지 않고 아랫입술을 꽉 깨물었다. 무옥이 얼굴을 보던 아저씨가 아무 말 없이 호롱불을 들고 나왔다.

"내 저 산 너머까지 바래다 드리리다. 무슨 사정이 있는 것 같으니."

"그래요. 영감이 횅하니 바래다 주고 오구려."

아저씨가 앞장을 서고 무옥이는 아줌마에게 깊이 머리를 숙여 인사를 했다.

무옥이는 얼른 아저씨를 따라나섰다.

아저씨와 무옥이 둘 다 아무 말도 하지 않고 묵묵히 걷기만 했다. 혼자 올 때 무서웠던 산짐승 소리도 이젠 희미하게 들렸다.

두 시간쯤 산길을 돌아가자 멀리 동네가 보였다.

"다 왔구먼."

어두컴컴한 속에서도 둥그스름한 가마솥 모양의 동네 모습이 어렴풋이 보이자 무옥이는 자기가 자란 동네임을 한눈에 알 수 있었다. 거기 불이 환하게 켜진 집이 보였다. 눈물이 쏟아지기 시작했다.

"아저씨, 고맙습니다."

무옥이는 고개를 숙였다.

"살다 보면 어려운 일이 많이 있겠지만 딴 맘 먹지 말구 부디……."

아저씨는 뒷말을 흐렸다.

"…… 네."

그 뒷말이 무엇인지 짐작하는 무옥이는 목이 메었다.

"아저씨, 이거…… 궐련이라두 사서 피우세요."

무옥이는 사촌 동서가 준 돈을 꺼내 아저씨한테 줬다. 아저씨는
완강하게 두 손을 저었다.

"나한테 인사치레까지 할 정신이 어딨수. 사람이라믄 이런 것쯤
이야 당연하지. 어여 가 보시게."

아저씨는 성큼 돌아서 걷기 시작했다. 아저씨의 등이 아버지 등
처럼 보여 무옥이는 눈을 뗄 수 없었다.

'아저씨, 살아생전에 다시 뵐 수 있을지 없을지 모르지만 제가 죽
는 그 순간까지 아저씨 은혜는 잊지 않을게요.'

한참을 걸어가다 아저씨는 뒤를 돌아보았다. 무옥이가 잘 가는지
보려는 것 같았다. 무옥이가 고개를 숙이자 아저씨는 어서 가라고
손짓을 했다.

생전 처음 본 남도 저렇게 위로의 말을 하는데 시어머니는 어쩌
면 남보다도 못하단 말인가. 남편은 어떤가. 과연 믿고 살아갈 만한
가치가 있는 사람일까, 무옥이는 곰곰이 생각했다. 남편에 대한 한
조각 미련마저도 사라지는 걸 느꼈다.

발가락이 부르터서 물집이 잡혔다.

무옥이는 비탈을 뛰어 집으로 달려갔다.

"아부지."

무옥이 입에서 핏덩어리 같은 비명이 터졌다. 곡을 하려는 마음의 준비를 할 사이도 없이 저절로 곡이 나왔다. 안마당에 불을 피워 놓고 가득 모여 있던 마을 어른들이 무옥이가 들어오자 모두 일어섰다.

사람들이 웅성거리는 소리를 듣고 당숙이 안에서 나왔다.

"무옥아!"

"아저씨."

당숙은 무옥이 어깨 너머 대문 밖을 봤다. 두리번거려도 아무도 없는 걸 확인하고 무옥이에게 눈길을 돌렸다.

"너 혼자 왔냐?"

"……."

무옥이는 무안하여 고개를 숙였다.

"이, 이, 이런 천하에 나쁜……."

무옥이는 낯이 홧홧해져 고개를 들 수 없었다. 화가 난 당숙은 고개를 돌리고 낮은 소리로 말했다.

"엄니 기다리신다. 어여 들어가거라."

당숙은 무옥이 등을 몇 번 두드려 주고 안으로 밀었다. 무옥이 방으로 들어가자 친정어머니가 일어났다.

"아니, 무옥아. 왜 이제야 오니?"

어머니도 역시 무옥이 어깨 너머로 누군가를 찾았다.

"정 서방은?"

"엄니, 죄송해요. 서울에 갔는데 기별이 잘못 갔는지 기다려도 안 오길래 저 혼자 왔어요. 엄니, 죄송해요."

"아니 그래 니 시어른들은 이 한밤중에 너를 혼자 보냈단 말이냐?"

뭐라 변명을 하려는데 갑자기 명치끝이 콱 막혀 와 무옥이는 입을 열 수 없었다.

"……."

"세상에……."

무옥이 어머니는 남편 일보다 무옥이 일이 더 마음 아파 눈물을 주르륵 흘렸다. 하나밖에 없는 딸이 대체 무슨 일을 겪으며 살고 있는 것일까.

무옥이를 기다리느라 입관도 미루고 있었다. 당숙이 무옥이가 올 때까지 최대한 미룬 것이다. 마지막으로 아버지 얼굴을 봤다. 시커먼 얼굴과 홀쭉한 볼이 그동안의 고통이 얼마나 심했는지 말해 줬다. 그래도 아버지 얼굴은 평지풍파를 겪은 사람 같지 않게 평화로워 보였다. 아버지 앞에 두 번 큰절을 하고 그대로 엎드려 곡을 했다.

"아이고, 아이고."

아버지를 마지막 봤던 그 달밤과 백석 시집이 생각났다. 그날 밤 왜 그렇게 가슴이 미어지는가 했더니 그게 이승에서의 마지막 밤이었구나!

아버지의 죽음은 생각해 본 적도 없었다. 하지만 이제 아프지 않고 갇혀 있지 않아도 되니까 아버지는 더 이상 고통스럽지 않을 것이다. 늘 떨어져 살았으니 지금도 아버지는 어디 멀리, 아버지가 청춘을 바친 중국 연안이라는 곳에 가서 살고 있는 것뿐이라고 생각했다.

"아부지가 너를 많이 기다렸다. 말은 안 하셨지만 다 알지."

아버지 모습이 눈에 선했다.

"누가 대문 여는 기척만 나두 얼른 눈을 뜨셨어. 연락할까요, 하구 물어보면 얼른 고개를 저으셨다. 그렇게 보고 싶어 했으면서두 당신 죽으면 연락하라며 한사코 마다셨지."

"아부지."

'죄송해요. 잘 살지 못해서 정말 죄송해요, 아부지.'

아버지가 살아있을 때 마지막으로 한 번 와 보지 못한 자신이 원망스러웠다. 이렇게 허망하게 갈 줄 알았다면 시어머니가 뭐라 해도 기어코 한 번 와 봤을 것을.

'아부지, 저 이제 어떻게 살아야 해요? 언제까지 오지도 않는 남편을 기다리며 푸대접하는 시어머니와 함께 살아야 하나요? 아부지, 제가 어떻게 살아야 하는지 알려 주세요.'

무옥이는 아버지 장례를 어떻게 치렀는지 정신이 하나도 없었다. 할아버지와 할머니 산소 바로 밑 양지바른 곳에 지관이 정해 준 곳에 아버지를 묻었다.

장례를 치른 뒤 어머니가 편지를 한 장 꺼내 줬다.

"무옥아, 윗집 순자가 저번에 집에 왔다가 이 편지를 주고 가더라."

"순자가요?"

"그래. 국민핵교 졸업허구 서울루 갔어. 즈이 부모는 중핵교까지 꼭 보낼 거라구 했지만 형편이 안 되니까 어쩔 수 없었지. 영등포에 있는 방직공장에 다닌다더구나. 거기두 국민핵교 졸업장이 있어야 된다구 허더라만."

어머니는 안쓰러운 얼굴로 무옥이를 바라봤다.

"그때 너두 핵교 다니구 싶어 그렇게 애쓸 때 어떡해서라두 보내 줬더라믄."

미안한 마음에 어머니는 무옥이 손을 잡고 가만히 쓰다듬었다.

"엄니, 저를 믿으세요?"

"응?"

어머니가 무옥이 얼굴을 물끄러미 바라보다 흘러내린 앞머리를 쓸어 올려주었다.

"그럼. 우리 무옥이는 생각이 깊구 반듯하니까 이 에미는 항상 믿구 말구. 늬이 아부지두 돌아가시기 전에 늘 늬 걱정을 많이 하셨단다. 말씀은 안 하셨지만…… 다 알 수 있지. 당신 때문에 학교두 못 다녔다구 얼매나 마음 아파 하셨는지. 하지만 돌아가시기 며칠 전에 이렇게 말씀하시더구나. 우리 무옥이는 잘 살아갈 거라구. 믿는다고 하셨다."

"아부지……."

어머니는 무옥이 손을 꼭 잡았다.

"평생 많은 고통과 시련을 당하겠지만 그 속에서 행복의 조각을 찾을 아이라고 하셨어."

"……."

"무옥아. 행여…… 아부지 원망하지 말어라. 좋은 가장은 아니었지만…… 늬 아부지는 훌륭한 사람이다. 시절을 잘못 만나서 그런 거여. 늬 아부진들 그렇게 살고 싶었겠니? 느덜을 속으루 얼마나 이뻐했는데. 뜻을 펴 보지두 못헌 늬 아부지가 난…… 한없이 불쌍하다."

무옥이는 아무 말 없이 어머니 손을 꼭 잡고 고개를 끄덕였다. 다른 아버지들은 자식에게 무엇을 남겨 줄까? 돈? 땅? 집? 아버지는 그것보다 더 값진 것을 자신에게 남겨 주었다고 생각했다.

"그런데 너, 무슨 일이 있는 거지? 내 짐작은 하구 있다만."

무옥이 어머니는 흠칫 무옥이 얼굴을 보며 물었다.

"……."

무옥이는 대답 대신 고개만 가로저었다. 아버지 말대로 세상을 잘 살아갈 수 있을까, 자신이 없었다. 갈피를 잡을 수 없었다. 하지만 이제는 결심을 해야 하는 순간이 온 것이라는 걸 어렴풋이 느낄 수 있었다.

무옥이는 순자에게서 온 편지를 펼쳐 보았다.

무옥아 잘 지내고 있지? 지난번 집에 갔다가 네 소식을 듣게 되었어. 남편이 집을 나가 돌아오지 않은 지 오래라며? 그 소식을 듣고 며칠 동안 잠을 제대로 못 잤어. 니 남편이란 작자가 미워 참을 수가 없어. 무창이가 혼롓날 죽은 것은 니 잘못이 아니지 않니? 오히려 니가 가장 위로를 받아야 할 사람이 아닐까? 남편이라면 당연히 너를 위로해 주어야 한다고 생각해. 만약에 그 사람이 그런 일을 겪었다면 너는 당연히 그렇게 했을 거야. 그 누구라도 그렇지 않겠니? 집에 갔을 때 넌지시 여쭈어 보았더니 너희 어머니는 아무것도 모르시는 것 같더구나. 온 동네 사람들이 다 아는 사실을 정작 당사자는 까맣게 모르시더라. 그게 다행일지도 모르겠다. 걱정하실까 봐 나도 말 안 했어. 네가 어떻게 견디고 사는지 무척 걱정이 된다. 그런데 그렇게 참고만 사는 게 능사는 아닌 거 같애. 만약에 내 도움이 필요하다면 이 주소로 편지를 보내. 어디에 있더라도 잘 살 거라고 믿지만.

무옥아 우리 언제 꼭 만나자. 보고 싶다.

순자의 편지를 꼭 접어 치마끈에 꼭꼭 묶어 놓았다. 어려운 일이 생겼을 때 아무 말 없이 도와줄 사람을 꼽는다면 그 첫 번째는 다른 누구도 아닌 순자일 거라고 생각했다.

죽어도 가기 싫은 시집이었지만 이대로 안 돌아갈 수는 없었다. 또 서울에 갔던 시아버지가 무슨 소식이라도 알아 왔을지 궁금했다.

남편을 데리고 올 거라는 기대는 하지 않았다. 하지만 소식이라도 들어야 마음을 정할 수 있을 것 같았다.

무옥이는 떨어지지 않는 발길을 돌려 시댁으로 갔다. 하지만 샘골로 돌아간 건 껍질뿐이었다. 서울에 다녀온 시아버지와 시동생은 한숨만 쉴 뿐 이렇다 저렇다 말이 없었다.

가을걷이 끝내면서부터 시작해 겨우내 기와집 할머니 댁에서 책을 봐 주고 받은 지전을 모아 놓은 게 꽤 됐다. 서울 가는 차비와 얼마간 지낼 돈은 될 것 같았다. 무옥이는 순자가 보낸 편지를 꺼내 주소를 적고 편지를 썼다.

순자야. 나 무옥이야. 잘 지내고 있지?

니가 알고 있듯이 우리 남편이 돌아오지를 않는구나. 지금까지는 참고 기다리면 언젠가는 돌아올 거라구 생각하며 살았는데. 난 이제 어떡하면 좋니? 아무리 생각해도 그 사람과 나는 인연이 아닌 것 같아. 네가 다니는 방직 공장에 자리를 알아봐 줄 수 있니? 물론 나는 국민학교를 졸업하지 못했지만 읽고 쓸 수 있으니까 보조 자리라도 소개해 주렴. 많이 두렵고 겁이 난다. 순자야, 좀 도와줘. 부탁이야.

우체부가 지나갈 때를 기다렸다가 우표 값과 함께 편지를 부쳐 달라고 부탁했다.

보름 뒤 시누이가 편지를 팔락이며 들어왔다.

"언냐. 핀지 왔는데, 순자가 누구야?"

"응. 애기씨. 내 친구야."

순자는 아무 걱정 하지 말고 영등포로 와서 '경연 방직 공장'을 찾아오라고 답장을 보내왔다. 무옥이는 편지를 가슴에 꼬옥 안았다.

아침을 먹고 동서와 순둥이 엄마가 왔다. 일 년 만에 동서와 순둥이 엄마는 글을 다 뗐다. 저녁에만 잠깐씩 배우니까 배우면서 잊으면서 하느라 시간이 많이 걸렸다. 동서는 집에서 딴 호박으로 말린 호박고지를 넣고 시루떡을 해왔다. 수놓는 솜씨가 야무진 순둥이 엄마는 베갯잇을 한 쌍 수놓아 무옥이에게 가져왔다. 글을 가르쳐 준 선생에 대한 보답인 셈이다.

시루떡은 간도 똑 알맞고 맛있었다.

"어제 기와집 할머니한테도 말씀 드렸는데 동서하구 순둥이 엄마두 이제 글을 잘 읽으니까 기와집에 가서 책 보는 것 좀 하지."

"예? 제가요? 아이구 성님두. 지는 떨려서 안 돼요. 지 주제에 무신."

"아냐. 동서는 똑똑하구 감정이 풍부해서 나보다 훨씬 더 책을 잘 볼 거야. 이번엔 동서가 하구 다음번엔 순둥이 엄마가 하구."

"저두요?"

순둥이 엄마도 화들짝 놀라 얼굴이 빨개졌다.

동서가 무옥이에게 바짝 다가앉았다.

"아니 성님은 어디 가요? 왜 우덜한테 그 일을 허라구 헌대요?"

"가긴…… 어딜 가? 동서가 사람들 앞에서 멋지게 책을 읽는 게 보구 싶어서 그래. 동서는 내 친동생이나 다름읎으니까."

동서 눈이 빨개졌다.

"저두 성님이 친언니부덤 더 좋아요."

"동서. 나두 그렇게 여러 사람 앞에서 책을 보면서 자신감이 생겼거든. 괴로움도 조금 잊을 수 있었구."

"성님. 허긴 어제 저도 우리 남편한테 잘난 척 좀 했어요. 이제 나두 책 읽을 줄 안다구요. 성님한테 글 다 배웠다구 큰소리쳤지요. 이젠 날 무시하지 말라구. 당신이 속으루 은근히 무시하구 있는 거 다 안다고."

만날 덜렁거리고 웃고 다니는 동서가 갑자기 눈물을 뚝 흘렸다.

"그런데 글쎄 그 말을 하는데 주책 맞게······ 눈물이 왈칵 쏟아지더니 멈추질 않지 뭐예요. 남세시럽게. 영영 울었다니니까요. 우리 남편은 횡 나가 버리데요."

무옥이는 동서 어깨를 토닥거렸다. 동서는 눈물을 뚝뚝뚝 흘렸다.

"저 일곱 살 때 아부지가 돌아가셨어요. 우리 엄니가 나랑 언니 오빠 데리구 양씨라는 마을 늙은 할아부지한테 재가를 해 갔어요. 언니 오빠는 곧 결혼을 했구 저는 두 분하구 같이 살았는데······."

동서는 옷고름으로 코를 팽 풀었다. 무옥이는 동서가 이야기를 이어 가도록 가만히 기다렸다.

"구박을 엄청 받았어요."

"양씨 할아부지한테?"

"아니요. 우리 엄니헌티. 외려 양씨 할아부지는 친할아부지처럼 내게 엿두 사주구 머리두 쓰다듬어 주구 그랬는데 우리 엄니가 그렇게나 날 구박허지 뭐예요."

"아니 왜?"

동서는 치마 고름에 코를 팽 풀었다.

"엄니가 재가허구 삼 년도 안 돼 그 양씨 할아부지가 풍으루다 반쪽을 못 쓰게 됐거든요. 나때매 저런 늙은이헌티 재가해 신세 망쳤다구 엄니가 을매나 날 때리구 욕을 허던지."

"…… 친정 엄니가 힘드셨나 보구나."

"그래두 그렇츄. 그게 내 탓이에요? 시집오구 보니까 울 엄니가 얼마나 심들었을까 허는 생각이 안 드는 건 아니지만 어떤 땐 지금두 불쑥 서운해요."

"…… 그래두 이 세상에 하나뿐인 엄니잖아."

"예. 알어요. 이런 얘기 허믄 속만 상해요. 다른 사람이 내 편 든답시구 우리 친정 엄니 욕허는 것두 듣기 싫구. 남편은 이런 얘기 허믄 날 더 무시만 헐 거 같구."

동서 눈에 다시 눈물이 흘렀다.

"아주버님은 너무하시지 뭐예요, 진짜. 어쩜 해가 바뀌도록 돌아오질 않는대요? 정말 무심하시지. 복을 걷어차구 기신다니까."

다시 코를 팽 푼 동서는 빨개진 눈을 닦으며 말했다. 무옥이는 아무 말 없이 한숨을 폭 쉬었다.

"지가 젤루 좋아하는 숙향전으루 헐래요."

안 하겠다고 버티던 동서는 막상 하려고 마음먹은 다음부터는 아무도 못 말릴 정도로 열성이었다. 무옥이 앞에서만 다섯 번을 읽었다. 그런데도 막상 책을 읽는 날이 되자 동서는 일이 손에 잡히지 않는지 안절부절못했다.

"으이구 화상 쯧쯧쯧. 주제에. 꼴뚜기 망둥이 할 거 읎이 다들 뛰구 자빠졌네."

동서가 책을 본다는 말을 들었는지 어쨌는지 시어머니는 눈을 흘기며 혀를 찼다.

저녁에 동서가 무옥이 집에 와서 같이 기와집으로 갔다.

"성님 아무래두 안 되겠어요. 떨려서 똑 죽을 것만 같아요. 하이고."

무옥이는 가만히 동서 손을 잡아 주었다.

"저, 오늘은 저희 동서가 책을 보겠다고 지난번에 말씀드렸죠? 연습을 많이 했으니까 잘 들어 주세요."

동서가 얼굴이 홍시처럼 붉어져 책을 펼쳤다.

"소, 송나라 남양 땅에 운수 선생이라는 분이 살았습니다. 재주를 두루 갖추고 덕망도 높은 선비였던 운수 선생은 벼슬을 사양하고 하, 학문 닦는……."

동서 목소리는 몹시 떨렸다.

"아, 좀 크게 하지."

동서는 더욱 얼굴이 붉어져 이제는 목덜미까지 새빨개졌다. 연습할 때는 감정을 살려서 곧잘 했는데 아무래도 처음이라 긴장을 많이 했던지 뻣뻣하게 줄줄 읽어 나가기만 했다.

책 보기가 끝나자 무옥이는 박수를 쳤다. 다른 아주머니들도 박수를 쳤다.

"처음인데 잘 읽었다."

기와집 할머니가 칭찬을 하자 동서 얼굴이 환해졌다.

"은제 저렇게 글을 다 배웠댜? 나두 좀 배워야겄다."

"그럼 지가 가르쳐 드릴게요."

동서가 함빡 웃으며 나서자 사람들은 방이 떠나가라 웃었다.

"얼매 전까지 학생이었다 이젠 금시 선생이 되았네 그려?"

"하하하."

글을 배우고 난 뒤부터 동서는 글자만 보면 소리내 읽지 않고는 못 배겼다. 달력 여기저기, 담벼락에 붙은 선거 공고, 편지, 닥치는 대로 읽어 대며 신나서 어깨를 으쓱했다.

"글 다 뗀 기념으로 내가 동서하구 순둥이 엄마헌테 책을 줄게. 집에서 다시 여러 번 읽어."

"세상에, 이걸 제게 주시겠다구요? 내가 젤루 좋아하는 숙향전으루요?"

"그래. 그리구 이거."

"이게 뭐래요?"

펼쳐 보니 앙증맞은 배냇저고리 두 개였다.

"동서, 애기 생겼지? 나한테 미안해서 말도 안 했다는 거 알아. 그러지 않아도 되는데. 이거 아기 태어나믄 입히라구 내가 여러 번 빤무명으로 지었어."

"성님. 알구 기셨대요? 지는 고연히 죄송시러워서…… 성님두 곧 아주버님이 돌아오셔서 아기가 생겨야 할 텐데."

무옥이는 말없이 빙그레 웃었다. 책을 싸 들고 동서는 경중경중 뛰어갔다. 마음속에 든 생각을 입으로 말하지 않고는 배기지 못하는 동서가 자랑하고 싶은 걸 꾹꾹 눌러 참았을 걸 생각하니 가슴이 싸아했다.

다음 날, 저녁에 일을 마치고 집으로 돌아가려던 시동생이 머뭇거렸다.

"왜요? 시장하실 텐데 얼른 가서 진지 드셔야죠."

"저 형수님…… 조금 더, 조금만 더……."

"……"

"견디시믄…… 안 되겠어요?"

시동생 눈가가 확 붉어졌다.

"……"

"……"

무옥이도 눈물이 나와 고개를 돌렸다. 동서가 집에 가서 조잘거린 말을 듣고 시동생이 눈치를 챈 모양이다. 어디에 가든 시동생과 동서는 잊지 못할 것이다. 무옥이에게는 시동생 내외야말로 진정한 가족이다. 하지만 이 사람들을 믿고 평생을 살 수는 없지 않은가.

시동생은 괜히 여기저기 머뭇거리다 돌아갔다. 무옥이도 홀가분한 마음으로 나가는 것은 아닌지라 마음이 좋지 않았다.

저녁 밥상을 들고 사랑으로 나갔다. 할아버지와 시아버지 얼굴을 보면 눈물이 쏟아질 것 같아 얼른 두고 나왔다.

"아가. 맛있게 잘 먹었다. 이렇게 맛있고 따뜻한 밥을 매일 지어 줘서 고맙다."

할아버지가 늘 하는 말이지만 오늘따라 남달랐다.

"할아버님두, 벨 말씀을 다 하시네요."

'다시 따뜻한 밥을 지어 드릴 날이 올까?'

아마 그럴 날은 다시 없을 것이다. 마음이 자꾸 흔들린다. 무옥이는 얼른 상을 들고 부엌으로 갔다.

밤이 이슥해 무옥이는 기와집 할머니 집으로 올라갔다. 아무래도 기와집 할머니에게만은 말을 하고 가야 마음이 편할 것 같았다.

"할머님. 저 성두댁이에요."

"웅. 웬일이여? 오늘 책 보는 날도 아닌데. 어여 들어와."

차마 말이 떨어지지 않아 손가락으로 방바닥만 문지르고 있는 무옥이를 보고 할머니는 다가와 손을 잡았다.

"무슨 일이 있어?"

"......"

"허긴. 그걸 몰라서 하는 말이 아니지. 쯧쯧."

"......"

"나두 너한테 할 말이 있어. 저기 탤재 밭 알지? 그 밭에 학교를 지으면 어떻겠니? 정식 학교가 어려우면 응, 그 뭐냐 그냥 야학이래두. 내가 땅을 빌려 주마."

"......"

"교실 하나 짓구 책상 걸상 살 돈두 내가 낼 테다. 거기서 니가 글두 가르치구 책두 보구. 응? 응?"

평상시 말이 많지 않은 할머니가 갑자기 허둥지둥 말을 쏟아냈다.

"......"

무옥이 눈에서 눈물이 방바닥으로 똑 떨어졌다. 무옥이는 얼른 손가락으로 문질렀다. 그 손가락 위로 눈물이 자꾸 떨어져 내렸다.

"가지 마라."

"......"

"가지 말어. 그깐 눔…… 잊어버리구 살어. 그런 변변찮은 눔."

무옥이는 말없이 일어나서 큰절을 했다.

"…… 저에게 해주신 모든 거…… 잊지, 않을게요."

"얘야."

기와집 할머니는 옷고름으로 눈가를 닦았다.

막내 시누이는 며칠 전부터 무옥이 치마꼬리를 잡고 다녔다.

"새언냐. 내가 꿈을 꾸었는데 새언니가 배를 타고 멀리 가뿌렀다."

"배를 타고?"

"응. 하늘하늘한 하얀 옷을 입고 배를 타고 손을 흔들며 멀리멀리 가드라."

샘골에 처음 왔을 때 쌀쌀맞게 굴던 꼬마가 생각났다.

"언냐. 내가 얼매나 울었던지 베개가 다 젖었드라고. 꿈은 반대라니까 괜찮겠지?"

무옥이는 웃기만 했다.

"새언니. 가버릴 거 아니지?"

"……."

"오빠 나쁘다. 언니, 어디 가지 않을 거지? 응? 응? 난 우리 언니들보다 새언니가 더 좋아."

갑자기 시누이는 팔짝 뛰며 손뼉을 쳤다.

"아, 그러면 되겠구나. 내가 잘 때 새언니 다리하구 내 다리하구 묶어 놓으믄 되겠다. 아, 왜 그 생각을 못했을까? 히히."

시누이가 허리끈으로 무옥이 다리와 자기 다리를 묶고 잠들었다. 한참 지난 뒤 무옥이는 가만가만 끈을 풀었다. 시누이는 그런 줄도 모르고 작게 코를 골며 잠에 곯아떨어졌다. 물끄러미 시누이 얼굴을 내려다봤다. 무슨 인연이길래 가족이 되려다 말았을까. 시누이 얼굴을 내려다보던 무옥이는 마음이 이상해졌다.

얼마나 지났는지 멀리서 닭 우는 소리가 들렸다. 아마 새벽 다섯 시쯤 됐을 것이다. 며칠 밤새워 뜬 모자와 목도리와 장갑을 시누이 머리맡에 놓았다. 작은 보따리에 옷가지와 박씨부인전과 백석 시집을 넣어 들고 방문을 나섰다.

백석 시집 속에 차곡차곡 모아 놓았던 돈을 챙겨 속바지 주머니 속에 깊숙이 넣었다. 무옥이는 가지고 있는 옷 중에서 제일 곱고 바느질이 잘된 옷으로 갈아입었다. 그 위에 짙은 청색 두루마기를 입었다. 마지막으로 방을 둘러봤다. 시누이 성자가 새우처럼 꼬부리고 이불을 차내고 자고 있었다. 이불을 끌어 올려 턱 밑에 꼭 여며 주었다.

긴 목도리로 머리를 돌려 싸매고 장갑을 꼈는데도 문을 여니 찬 바람이 옷 속으로 파고들었다. 마당에 밤새 눈이 소복이 쌓였고 여전히 내리고 있었다. 마루 앞 댓돌에 검은 털신이 놓여 있었다. 털신을 집어 가만히 만져 보았다. 어제 저녁 시동생이 아무 말도 없이 가져다 놓은 신이다.

시할아버지와 시아버지가 자는 사랑방 방문 앞에서 무옥이는 고개를 깊이 숙여 소리 없이 인사를 했다.

전날 무옥이는 시아버지에게 말을 할까 몇 번이나 고민을 했다. 간신히 쓴 편지도 결국은 찢어 버리고 말았다. 무옥이는 어떤 이야기도 쓸 수 없었다. 그 어떤 이야기를 하더라도 시아버지에게는 죄송한 마음뿐일 것이다.

안에서 시아버지는 깜깜한 방 안에 혼자 일어나, 밖에서 전해오는 작은 움직임에 귀를 기울이고 있을 거라고 무옥이는 생각했다. 시아버지 뺨으로 두 줄기 눈물이 흘러내리는 것도 무옥이는 마음으로 볼 수 있었다. 하지만 시아버지는 나가서 잡을 수 없을 테고, 무옥이도 소리 내어 인사를 할 수가 없다.

'가서 행복하게 잘 살아라. 부디 우리를 용서해라.'

'아버님, 죄송합니다. 오래오래 사세요. 할아버님, 건강하게 사시다가 며칠간만 앓고 주무시듯 돌아가세요. 부디 저를 용서하세요.'

무옥이는 얼른 고개를 들고 살며시 대문을 열고 밖으로 나왔다.

무옥이의 발자국 위로 눈이 내려 흔적을 지워 갔다.

이천 년 전, 먼먼 아유타국의 공주 허황옥이 가야로 올 때처럼 무옥이는 두려움과 기대감을 가슴에 꼭꼭 다져 품고 수인선 기차를 타러 한발 한발 눈길을 걸었다. 1949년 정월, 무옥이 열여덟 되던 해였다.

제2부

모닥불

1

6시 15분, 수인선 첫차가 야목역에 도착했다. 썰렁한 역사에서 무옥이가 곱은 손을 호호 불며 반 시간 가량 기다린 뒤였다. 평상시 같으면 수원으로 통학하는 학생들로 몹시 붐비겠지만 방학이라 사람이 많지 않았다. 그래도 다른 칸에는 사람들이 좀 있었는데 무옥이가 탄 끝 칸에는 오십대 남녀 둘뿐이었다. 부부로 보이는 두 사람은 인천에서부터 타고 왔는지 한참 잠에 곯아떨어져 코까지 골고 있었다. 서로 마주 보고 앉으면 나중에 그 부부가 눈을 떴을 때 민망해할 것 같아 무옥이는 대각선으로 끝 쪽에 가서 앉았다. 처음 타 보는 기차가 낯설고 불안했다.

기차가 요란스레 기적을 울리고 천천히 출발하자 무옥이는 얼른 창밖을 내다봤다. 하얀 이불을 덮은 논이 잠을 자듯 나른하게 한없이 이어졌고 멀리 나지막한 산들도 온통 흰 눈이 소복이 쌓여 흡사 눈나라에 온 것 같았다. 저 마을에도 예외 없이 고통스럽고 힘든 삶을 살아 가고 있는 사람들이 자고 있을 것이다. 혹은 너무 고통스러워 밤을 새우고 있는 이도 있을 것이다. 눈은 그 모든 것을 너그럽게 덮어 주고 있었다. 눈 덮인 마을은 성스럽고 신비한 아름다움을 지니고 있었다. 그래서 춥다기보다 오히려 포근한 느낌이 들었다.

'강두'라는 일본 사람이 만들었다는 '강두방죽' 너머로 조그맣게 샘골이 보였다. 고통과 슬픔 속에 보낸 곳이었지만 지금은 어쩐지 뼈에 사무치도록 그리운 감정만이 치밀어 올랐다. 무옥이는 문득, 아직 제대로 속도를 내지 않고 소리만 요란한 기차에서 뛰어내려 아무 일도 없었던 것처럼 다시 샘골로 돌아가고 싶은 마음에 가슴이 저려 왔다. 다시는 이곳에 돌아오지 못하리라. 그런들 그 누가 아쉬워할까라고 중얼거리다 문득 할아버지와 시아버지와 막내 시누이 얼굴이 차례로 떠올랐다. 그리고 또 사촌 동서, 시동생, 기와집 할머니와 순둥이 엄마, 또 많은 동네 아줌마들 얼굴이 떠올랐다. 무옥이는 '나와 나타샤와 흰 당나귀'를 나직나직 외워 보았다. 정말 눈이 푹푹도 나리고 있었다.

어천역과 고색역에서 몇 명씩 더 태우고 덜컹거리며 달려간 기차는 마침내 수원역에 도착했다. 코가 비뚤어지게 자고 있던 부부는 수원역에 거의 다 올 때까지도 코를 골아 댔다. 무옥이는 내리기 전에 깨워야 하나 말아야 하나 망설였다. 그런데 수원역에 도착하기 직전, 두 사람은 약속이나 한 듯 눈을 번쩍 떴다. 그 모습을 보고 웃음이 나와 무옥이는 얼른 보따리를 들고 그 부부보다 먼저 기차에서 내렸다. 차가운 바람이 귓불을 때렸다.

영등포 가는 기차를 타려고 표를 사러 가니 영등포행은 네 시간 뒤에나 있었다. 무옥이는 미리 표를 샀다. 그나마 입석이었다.

역사에 가만히 앉아 있을 수도 없어 보따리를 들고 밖으로 나왔다.

문을 열자 불이 환하게 켜진 역 앞으로 많은 사람들이 총총총 걸어 다니고 있었다. 조용한 시골과는 다른 활기찬 모습에 무옥이는 잠깐 어깨가 움츠러들었다.

역에서 벗어나 뒷골목으로 들어가자마자 간판도 없는 허름한 국수집이 보였다. 안에는 술꾼들인지 새벽일 나가는 일꾼들인지 몇몇이 후루룩 국수를 먹으며 막걸리를 들이키고 있었다.

잠시 망설이던 무옥이는 머리와 어깨에 쌓인 눈을 털며 문을 밀고 안으로 들어갔다.

"저, 여기 국수 한 그릇 주세요."

"예."

잠시 후 아주머니는 김이 무럭무럭 나는 뜨거운 국수를 한 대접 가득 담아 내왔다. 멸치를 우려낸 국물에 말아낸 뜨끈한 국수가 빈속으로 들어가니 온몸이 훈훈하게 데워졌다. 마지막 국물까지 말끔히 마신 뒤 무옥이는 그제야 젓가락을 내려놓았다.

"아가씨, 국수랑 국물 좀 더 줄까? 시장한 것 같은데?"

"아, 아니에요. 아까도 많이 주셨는데요, 뭘. 충분해요. 너무 맛있어서 다 마신 거예요."

"그렇게 맛있게 먹어 주니 내가 더 고맙수. 그런데 보따리를 보니 어딜 가는 모양이우?"

"예. 영등포에 좀 가요."

"영등포는 왜?"

"예. 방직 공장에 다니는 친구가 있거든요. 만나려구요."

"으응."

몸은 고달프겠지만 방직 공장에서 돈을 벌면 차곡차곡 모아 시골 친정어머니를 불러 같이 살아야겠다고 생각했다. 아줌마는 뭔가 더 물어보려는 듯 무옥이를 바라보다 그만 입을 다물고 식탁을 행주로 닦기 시작했다. 국수를 먹던 아저씨들이 돈을 내고 무옥이를 힐끗 보고 나가자 식당에는 아주머니와 무옥이만 남았다. 갑자기 식당은 조용해졌다. 무옥이는 그만 나가야 되나 망설였다. 그런데 아주머니가 먼저 말을 붙였다.

"영등포 기차는 열두 시에나 있을 텐데?"

"네. 그렇더라구요."

"그럼 여기서 조금 있다 나가요. 밖에 눈도 오는데."

"정말 그래도 될까요?"

"아휴, 그럼. 나두 심심한데 같이 얘기나 합시다. 해장하러 오는 술꾼들도 이젠 끝났구 점심때나 돼야 손님들이 닥치지. 그때까진 한 가하니까."

주인아주머니는 채반에 굵은 멸치를 가득 담아 들고 와 탁자에 놓았다.

"멸치나 다듬어야겠다. 멸치 똥을 안 빼구 국물을 우리면 씁쓸해서 말이야."

무옥이도 얼른 멸치 배를 갈라 검은 똥을 빼냈다.

"아이구 관둬요, 참. 국수 사 먹으러 와서 원, 일까지 거들다니 될 말인가?"

"아줌마. 저두 심심찮구 좋아요."

"참, 아가씨는 사랑을 많이 받구 살겠구만. 하나를 보면 열을 알지, 암."

"그래요?"

무옥이는 아줌마를 보고 함빡 웃었다. 자신이 그렇게 보인다니 다행이라고 생각했다. 남들 눈에 소박이나 당하게 생겼다면 자신이 너무 초라할 것 같았다.

멸치를 다듬으며 아줌마는 자신의 이야기를 했다.

"내 살아온 얘기는 숙향전이 고담이라우. 하지만 그까짓 것 힘들어두 괜찮다, 괜찮다 하면서 살다 보니 어떻게 죽으란 법은 없는지 살아지더라구. 다들 그렇게 사는 거라우."

아줌마에게 아무 말도 하지 않았는데 자신의 처지를 빤히 들여다 보는 것만 같아 무옥이는 깜짝 놀라 새삼스레 국수집 아줌마를 물끄러미 바라봤다.

열두 시 좀 전에 무옥이는 인사를 하고 식당을 나왔다.

"이거 인절미야. 몇 개 먹고 나머지는 싸줄 테니 가다가 출출할 때 먹우."

"이런 걸 다, 고맙습니다."

밖으로 나오며 인정 많은 아줌마 얼굴을 다시 한 번 돌아보니 손님들 주문 받느라 정신이 없었다. 여전히 눈이 내리고 있었다.

역에는 기차를 타려는 사람들로 발 디딜 틈조차 없었고 표는 벌써 동이 났다. 기차가 하루에 네 대밖에 없으니 미어터질 수밖에 없었다. 아까 미리 끊어 놓지 않았다면 무옥이도 못 탈 뻔했다. 무옥이는 조금 일찍 개찰구로 나갔다.

'경연방직은 크다고 했으니까 잘 찾아갈 수 있겠지?'

무옥이는 애써 두려운 생각이 드는 것을 누르고 밝은 생각만 하려고 애썼다.

기차에 올라 둘러보니 아랫녘에서부터 타고 온 사람들이 너무 많아 빈자리는커녕 발 디딜 틈도 없었다. 통로에 서서 눈 내리는 창밖을 물끄러미 바라봤다.

가다 보니 안양 어디쯤을 지나면서부터는 눈이 안 왔는지 쓸쓸한 겨울 벌판만 한없이 이어졌다. 무옥이는 한날한시에 어디는 눈이 오고 어디는 눈이 안 온다는 사실이 신기하기만 했다. 자기 동네에 눈이 오면 옆 동네도 눈이 오고 다른 모든 동네도 당연히 눈이 올 거라고 생각했는데 그게 아닌 모양이었다. 창밖을 내다보니 햇빛이 비쳐 눈이 부셨다.

'막내 애기씨는 깨어나서 울지 않았을까? 동서도 지금쯤은 내가 떠난 걸 알게 되었겠지? 할아버님과 아버님은? 시동생은? 기와집 할머니는 뭐라 하실까?'

처음 시집와서는 늘 친정 서근리만 떠오르더니 지금은 샘골 생각만 머릿속에 가득했다. 그렇게나 힘든 곳이었는데도 그립다는 게 믿어지지 않았다.

속이 울렁거리도록 덜컹덜컹 흔들리며 달린 기차가 영등포역에 도착했다. 무옥이는 기차에서 내려 싸늘한 대합실에서 아줌마가 싸준 인절미를 꼭꼭 씹어 먹었다.

무옥이는 사람들을 따라 역을 나왔다. 경성에 처음 와본 무옥이는 높은 건물을 보고 깜짝 놀랐다. 4층짜리 건물도 있고 이층 삼층짜리도 심심찮게 보였다. 시골과 달리 치마저고리를 입지 않고 양장을 한 사람들이 많았다. 또 멀리 산등성이에는 초가집이 닥지닥지 붙어 있었지만 역 주변에는 초가집이라고는 거의 눈에 띄지 않았다. 전차와 자동차와 소달구지가 함께 거리를 달렸다. 무옥이는 털목도리를 머리와 목에 두르고 장갑을 끼고 옷 보따리를 들고 역사에서 나왔다. 지나가는 아저씨에게 '경연방직'이 어디냐고 물었다.

"걸어가기는 좀 멀고 전차 타구 두 정거장 지나 내려서 다시 사람들에게 물어보시우."

"전차는 어디서 타나요?"

"저기 저 앞에서 타시오."

인사를 하고 무옥이는 전차 타는 곳으로 가 전차가 가는 방향으로 걷기 시작했다. 시간도 많은데 굳이 돈을 내고 전차를 탈 까닭이 없었다.

삼십 분 가량 물어물어 걸어가자 커다란 공장이 불쑥 나타났다. 클 거라고는 생각했지만 생각보다 훨씬 컸다. 공장 굴뚝에서 하얀 연기가 뭉클뭉클 비어져 나와 바람에 이리저리 흩어졌다.

공장으로 다가가 보니 웅장한 정문은 닫혀 있고 그 옆에 작은 쪽문이 열려 있었다. 그 문으로 들어서니 왼쪽에 붙은 작은 사무실에서 유리창으로 밖을 내다보던 제복 입은 남자가 유리창을 드르륵 열었다.

"무슨 일이오?"

"저, 아저씨. 제 친구 순자를 찾으러 왔는데요."

"순자? 그렇게만 말하면 여기서 어떻게 찾겠수? 여기 공원이 백 명두 훨씬 넘는데."

"백 명이요?"

"그럼. 그러니 무슨 과 누구라고 똑똑히 알아야지. 무슨 과인지는 모르슈?"

"네."

무옥이 가슴이 철렁 내려앉았다.

"낭팰세."

"그럼, 저, 몇 시에 끝나나요?"

무옥이는 초조했지만 애써 그런 마음을 감추며 담담하게 물었다.

"여덟 시."

"그럼 이따 여덟 시에 다시 올게요."

"그러슈."

무옥이는 공장을 나와 여기저기 돌아다녔다. 가만히 서 있으면 바람이 차가워 온몸이 얼어붙을 것 같았다. 멀리 갔다가 길을 잃게 될까 봐 조금 갔다가 다시 돌아오고 다른 방향으로 갔다가 다시 오며 시간을 보냈다.

여덟 시가 다 되어갈 즈음 무옥이는 공장 앞으로 갔다. 퇴근 시간이 되어 물밀 듯이 쏟아져 나오는 사람들을 보고 깜짝 놀랐다. 순자를 찾을 수 없을 만큼 밀려 나왔기 때문이다.

서로 이름을 부르기도 하고 노래를 흥얼거리기도 하면서 몰려나온 사람들은 뛰어가기도 하고 걸어가기도 하면서 이곳저곳으로 흩어졌다. 무옥이는 눈이 빠지게 사람들을 살폈지만 아무리 두리번거려도 순자는 보이지 않았다. 거의 대부분 순자 또래의 여자아이들이라 비슷비슷해서 더 구별이 되지 않았다. 순자 쪽에서 반대로 서 있는 무옥이를 본다면 모를까 그 많은 사람들 중에 순자를 찾는 건 무리였다.

한 이십 분쯤 지나자 공장 문 앞은 무옥이 말고는 아무도 없이 적막해졌다. 무옥이는 어쩔 줄 모르고 발만 동동 굴렀다. 순자를 못 만나리라곤 생각도 못해 봤기 때문에 무척 당황스러웠다.

어쩔 줄 모르고 망설이는 사이 주변의 불빛이 하나둘 꺼지기 시작했다. 공장 주변 조금 밑에는 술집들인지 불빛이 제법 반짝였지만 막상 공장 앞은 지나다니는 사람이 아무도 없어 무섭기까지 했다. 공장 안에서는 야근을 하는지 불이 환하게 켜져 있고 윙윙 기계 돌아가는 소리가 들려왔다.

공장 앞에 마냥 서 있을 수도 없어 천천히 불빛이 비치는 인가를 향해 걸어 내려왔다. 한참 내려오니 십자 모양의 막대기를 걸쳐 놓은 건물이 나왔다. 예배당인 모양이었다. 한쪽 옆으로 창고 같은 허름한 공간이 보였다. 순자를 만나면 함께 먹으려고 저녁도 굶은 무옥이는 배도 고프고 다리도 아팠다. 바람은 살을 에이 듯이 불어오는데 무옥이는 막막하고 두려워 울고만 싶었다.

'지금쯤 샘골에서는 한바탕 난리가 났을까? 어무니는 시원해 하실까?'

따뜻한 방에서 동서와 시누이와 함께 책을 보던 일이 생각났다. 무옥이는 고개를 세차게 흔들었다. 그 아랫목이 아무리 따뜻해도 다시 돌아가지는 않으리라.

가만히 보니 창고 앞에 나무로 만든 둥근 작은 의자가 있었다. 무옥이는 그 의자에 털썩 주저앉았다. 순자 이외에는 서울에 아는 사람이 아무도 없다는 게 떠올랐다.

'정신 차리자. 이제 어떻게 해야 할까? 우선 혼자라도 저녁을 먹고 아무 집이라도 두드려 하룻밤 재워 달라고 할까?'

시골에서는 그렇게 하면 하룻밤 지낼 수가 있겠지만 서울은 어떨지 알 수 없었다. 특별한 해결책이 떠오르지 않아 무옥이는 잠시 아무 생각 없이 앉아 있었다.

삐걱.

창고 문이 열렸다. 무옥이는 의자에서 벌떡 일어났다. 젊은 남자 둘이 무슨 말인가 주고받으며 창고 안에서 나왔다.

"어? 누구세요?"

무심히 나왔다가 무옥이를 본 남자들이 물었다.

무옥이는 당황해 그대로 달아날까 하는 생각도 했다. 경성은 눈 감으면 코 베어 가는 곳이라는 말을 귀에 못이 박이도록 들었다. 하지만 지금 도망간다고 해도 이 사람들이 잡으려고 한다면 열 발짝도 못 가 잡힐 터였다.

"어떻게 오셨죠?"

"저… 경연방직에 다니는 친구를 만나려고 왔다가 못 만나서… 지금 어떻게 해야 하나 몹시…… 난처한 중이에요."

"아, 그래요? 이거 참, 딱하게 되셨네요."

키가 홀쩍 크고 눈꼬리가 처져 순하게 생긴 남자가 말했다.

"그렇담 잠깐 들어오시지요."

"아, 아닙니다."

무옥이는 두 손을 절래절래 흔들었다. 외간 남자들하고 같이 모르는 곳으로 들어간다니 말도 안 되는 일이다.

"일단 들어오세요. 안에 여자 분도 많이 있습니다."

젊은이 중 상냥하게 생긴 남자가 안심하라는 듯 말했다. 자세히 들어보니 여자들 소리가 울려 나왔다. 뭔가를 같이 따라서 외치는 것 같았다.

무옥이는 창고 안으로 따라 들어갔다. 창고 안쪽은 다시 칸이 막아져 안에 사람들이 있는지 시끄러웠고 밖은 사무실처럼 책상과 의자, 난로가 있었다. 젊은 남자는 난로에서 끓고 있는 물을 한 잔 따라 줬다. 안쪽 방 앞에 '永登浦努動夜學'이라 써 있었다.

"영등포노동야학?"

무옥이는 가만가만 한자를 읽어 보았다.

'야학은 밤에 공부하는 학교라는 뜻인데 노동야학은 뭘까? 노동하는 사람들이 배우는 야학인가? 시골에만 야학이 있는 게 아니고 경성에도 야학이 있네? 그럼 나도 공장에 다니면서 여기 다니며 공부할 수 있을까?'

무옥이는 가슴이 두근거렸다. 얼마나 하고 싶었던 공부였던가? 젊은 남자는 무옥이가 현판을 보며 입으로 한 글자 한 글자 읽는 것을 보고 웃으며 물었다.

"한문을 배웠습니까?"

"아니요, 뭐 조금."

무옥이 얼굴이 뜨거워졌다. 남자는 의미심장하게 고개를 끄덕였다. 그저 단순한 버릇인지도 몰랐다.

"저, 여기는 어떤 사람이 들어올 수 있나요?"

"아무나 배우고 싶은 사람이면 다 들어올 수 있죠."

무옥이도 따라서 고개를 끄덕였다. 공장에 취직이 되면 꼭 다녀야겠다고 생각했다.

"심심할 텐데 이 책 읽고 계세요. 저는 볼일이 있어서 이 친구하고 나가던 길이라서요."

'혈흔'이라는 책이었다. 얼떨결에 무옥이는 책을 받았다.

무옥이는 얼른 일어나 주인도 없는 집에서 이렇게 있어도 되냐는 뜻으로 난감한 눈빛을 지어 보였다.

"뭐, 괜찮습니다. 지금은 수업 시간이고 조금 있다 쉬는 시간에 사람들이 나올 겁니다. 그럼 이재유를 찾아온 사람이라고 말하십시오."

무옥이는 엉거주춤 일어나 고개를 숙였다.

"저는 한 시간쯤 있다 돌아올 겁니다."

책을 펼치니 여러 제목이 있었다. 짧은 글을 모아 놓은 소설책인 모양이었다. 그중에 '탈출기'라는 제목이 눈에 들어왔다.

'탈출기라고? 나도 샘골에서 탈출한 거 아닌가? 무슨 이야기일

까?'

무옥이는 최학송이라는 사람이 쓴 그 짧은 글을 읽었다. 살길을 찾아 간도로 떠난 가난한 부부와 노모 이야기였다. 주인공의 처지는 무옥이의 탈출과는 비교도 되지 않을 정도로 비참하고 절박했다. 결국 주인공은 아무리 충실하게 일해도 목숨을 연명하기도 힘든 상황에 절망을 느껴 XX단에 가입한다는 결말이었다. XX단이 무엇인지, 고통을 함께 나누어도 어려울 텐데 이제 막 해산한 부인과 늙은 어머니는 그럼 그 뒤 어찌 되었을지 무옥이는 가슴이 무겁기만 했다. 왜 이런 이야기를 썼을까 궁금하기도 했다.

잠시 후 쉬는 시간인지 교실 안에 있던 사람들이 우르르 몰려나와 난롯가로 다가왔다. 무옥이는 엉거주춤 일어나 사람들을 바라봤다.

"어, 누구세요?"

"저, 이재유 선생님이 이곳에서 잠시 기다리라고 해서……."

"그래요? 이 선생님하고 아는 사이세요?"

"아닙니다. 사실… 친구를 만나러 왔다가 못 만나고 갈 곳이 없어서 이 앞에 앉아 있다가… 선생님을 만나서 들어와 있습니다."

무옥이는 갑자기 자기 신세가 처량하여 울컥 울고 싶어졌다. 무옥이 처지를 딱하게 여기는 여자들의 안타까운 탄성이 여기저기서 들려왔다.

"어, 그래요? 저녁은 어떻게 했어요?"

"아, ……괜찮아요."

그때서야 무옥이는 배고픈 걸 깨달았다. 하지만 처음 본 사람들에게 배고프다고 할 수는 없었다.

"안 먹었군요?"

누가 찐 고구마 두 개를 가져와 무옥이에게 주자 다른 사람이 주전자에서 뜨거운 물을 따라 왔다.

"고마워요."

무옥이는 천천히 고구마를 먹었다.

"그럼 오늘은 어디서 잘 건가요?"

"……"

대답을 못하고 가만히 있는 무옥이를 보고 여학생 둘이 자기들끼리 뭐라 소곤거렸다.

"저, 그럼 오늘은 우리 집에 가서 자고 내일 찾아보실래요? 우리 집은 바로 요 뒤예요."

"아, 미안해서……."

"내 이름은 준자예요. 얘는 명순이고."

"네. 저는 무옥이에요. 허무옥."

"몇 살이에요?"

"이제 설 쉤으니 열여덟이에요."

"어머. 우리 모두 동갑이네요. 동무하면 되겠다. 우리 말 놓을까……요?"

"좋아요."

"호호호. 말 놓으라니까."

무옥이는 명순이 얼굴을 보고 활짝 웃었다. 처음 본 사람을 따라가서 잠을 잔다는 게 두려웠다. 만약 그냥 시골집에 있었다면 상상도 할 수 없는 일이었을 것이다. 하지만 야학에 나와 공부를 하는 사람이라는 게 마음이 놓였다. 공장에 다니면서 공부를 할 정도의 사람이라면 나쁜 짓을 할 리는 없을 것 같았다. 오히려 처음 본 무옥이가 꺼림직할 텐데 선뜻 나서서 자러 가자고 하는 그 여자애들에게 말할 수 없이 고마운 마음이 들었다.

얼마 뒤 돌아온 이재유가 명순에게 무옥이를 하룻밤 재워 줄 수 있냐고 물었다.

"네, 선생님. 걱정 붙들어 매세요. 벌써 같이 가기루 했답니다. 호호호."

여기 처녀들은 뭐가 그리 좋은지 줄곧 호호거렸다.

명순이네 집은 허름한 판잣집이었다. 좁은 방에 두 사람이 함께 살고 있었는데 둘 다 근처 유리 공장에 다닌다고 했다. 물론 둘 다 영등포노동야학 학생이었다.

"이재유 선생님은 일본으로 유학까지 갔다 온 분이야."

"어머, 정말?"

"그래. 선생님 아버지가 총독부에 들어가라고 하셨지만 안 들어가고 여기서 야학을 하고 있지. 교회에서 창고를 빌려 줘서 야학을 하는 건데. 아무튼 그것도 문제가 있는데, 에휴. 니가 그것까지 알 필요는 없을 것 같다. 우리는 선생님이 정말 고맙지만 선생님이 너무 고생하는 게 미안해서 죽겠어."

"응. 그렇구나."

세상엔 참 별 사람도 다 많다고 무옥이는 생각했다. 고생을 사서 하는 사람이 다 있다니. 어디 모자라는 바보같이 보이지는 않던데. 그렇게 생각하다 문득 무옥이는 친정아버지가 떠올랐다. 두 사람이 다를 바 없다고 생각하니 피식 웃음이 나왔다. 그러고 보니 아버지도 보통 사람이 이해하기 힘든 사람 중의 한 분인 건 틀림없었다.

무옥이까지 함께 누우니 방이 비좁아 다리를 구부려야 할 지경이었다. 고단해서 그런지 무옥이는 눕자마자 남의 집인 것도 잊고 깊은 잠에 빠졌다.

집 주인이 공장에 가려고 일어나기 전 새벽에 무옥이는 살그머니 일어나 부엌으로 나갔다. 늘 새벽같이 일어나던 버릇 때문에 저절로 눈이 떠졌다. 작은 항아리를 여니 곡식이 있었다. 쌀과 보리와 조를 섞어 밥을 짓고 된장국을 끓였다.

"아니, 언제 일어나서 밥을 했어? 세상에."

명순이와 준자와 무옥이는 부지런히 밥을 먹고 공장을 향해 갔다.

"친구 꼭 찾기 바래. 만약에 못 찾으면 밤에 우리 집으로 다시 와."

"고마워."

두 사람은 자기 공장을 향해 뛰어갔고 무옥이는 경연방직 앞으로
갔다. 뒤를 돌아보니 명순이와 준자도 마침 돌아보고 있다 손을 흔
들었다. 무옥이는 마주 손을 흔들었다. 아버지 장례 때 서근리 앞까
지 바래다 줬던 산골 아저씨 얼굴과 기와집 할머니 얼굴도 떠올랐
다.

아직은 이른 시간이라 정문 앞에 사람들이 거의 안 보였다. 잠시
뒤 한두 사람씩 출근을 하기 시작했다. 무옥이는 한 사람이라도 그
냥 지나쳐 갈까 봐 두 눈을 똑바로 뜨고 꼼꼼히 살펴보았다. 조금 지
나자 한꺼번에 사람들이 몰려와 정신을 차릴 수 없었다. 지각을 하
지 않으려고 뛰어서 들어가는 사람들을 천천히 가라고 할 수도 없어
무옥이는 발을 동동 구르며 한 사람이라도 더 살폈다. 가끔 덜 바쁜
것 같은 사람을 붙잡고 순자를 아느냐고 물어보기도 했다. 한꺼번에
많은 사람들이 몰려가고 나서 간간히 뛰어오는 사람들이 있는 걸 보
니 출근 시간이 끝나 가는 모양이었다.

"저, 누구 찾아요?"

예쁘장하게 생긴 아가씨였다.

"네, 오순자라고, 제 친구예요."

"순자요? 생사부 오순자? 우리 방에 있는 애 같은데? 기숙사 말이
에요. 난 어제 어디 갔다 오는 길이고 기숙사 있는 사람은 정문으로
안 오고 바로 공장으로 가는 길이 따로 있거든요."

"네?"

"잠깐 기다려 보세요."

그 아가씨는 바쁘게 달려갔다. 십 분쯤 지났을까.

"무옥아!"

무옥이는 자기를 부르는 소리가 들리는 곳으로 급히 몸을 돌렸다. 공장 쪽이었다.

"순자야!"

순자가 달려와 무옥이 뺨을 두 손으로 감쌌다.

"정말 왔구나? 정말로 올 거라고는 생각도 못했어. 정말 왔구나! 세상에, 세상에나, 너 무옥이 맞지?"

얼마나 힘들었으면 왔을까 싶은지 순자는 무옥이 손을 어루만지며 자꾸만 탄식을 했다.

"언제 왔어? 이런 새벽에 왔을 리는 없고."

"어젯밤에."

"어젯밤에 왔다구? 아니, 그럼 어젯밤은 어디서 잤어?"

순자는 반가워 발을 동동 구르며 질문을 그치지 않았다. 직공들이 두 사람을 힐끗힐끗 바라보며 지나갔다. 무옥이야말로 오늘도 못 만나면 어떡하나 가슴이 무거웠다가 이렇게 순자를 만나니 말할 수 없이 기뻤다. 어쩐지 가슴이 뭉클해지는 게 마음이 탁 풀어지며 아련하게 슬픈 것 같기도 하면서 기운이 쏙 빠졌다.

"어제 왔는데 여기서 너를 기다리다가 못 만났어. 그래서 저기 영등포야학에 다니는 어떤 여자애들 집에서 잤어. 그리고 오늘 새벽같이 나와서 너를 기다린 거야."

"영등포야학? 어머. 그랬구나. 나는 기숙사에 있으니까 퇴근을 안 해. 내가 편지에 그 이야기를 깜빡하고 안 썼지 뭐니. 온다고는 했지만 설마 정말로 올 거라고는 꿈에도 생각 못했거든. 너 같은 겁쟁이가 설마 시집을 나올 줄이야."

얼마나 마음고생이 심했으면 이렇게 집을 나왔을까 싶은지 순자는 목이 메었다.

"순애가 어떤 여자애가 정문에서 나를 찾더라는 얘기를 하는데 넌가 해서 나오면서도 설마 너라고는 짐작 못했어. 잘 왔어. 들어가자."

순자는 무옥이를 데리고 사무실로 갔다.

"조장님, 제 친군데 우리 회사에 들어오면 안 돼요? 굉장히 똑똑한 친군데."

"국민학교 졸업장은 가져왔어?"

"아, 아니요."

"졸업장이 있어야 되는데?"

무옥이는 방직공장에 취직을 못하면 어떡하나 덜컥 걱정이 됐다. 그럼 식당에라도 취직을 해야지 별 수 없을 것 같았다. 식당보다 방직공장이 세 배는 더 월급을 많이 받을 수 있다는데, 시골에 송아지도 사주고 잘만 하면 밭떼기도 사줄 수 있는 건 그래도 방직공장밖에 없다는 말을 들은 기억이 났다.

"조장님. 저 일 끝날 때까지 제 친구 여기서 기다리라구 해도 돼요? 어디 갈 데도 없는데……."

"좋도록 해."

무옥이는 사무실에 남고 순자는 일을 하러 갔다. 무옥이는 사무실 안을 여기저기 꼼꼼하게 살폈다.

조금 있다가 짙은 색 작업복을 입은 어떤 남자가 사무실 문을 열고 씩씩거리며 들어왔다. 키가 크고 우락부락해 보였다.

"무슨 작업 지시를 이렇게 내리는 거야? 지가 많이 배웠다고 자랑하는 거야 뭐야? 정말 못해 먹겠네, 에이 씨."

그 사람은 둥글게 말았던 종이를 책상 위에 팽개쳤다.

종이는 책상에 부딪쳐 튕겨 나와 무옥이 앞으로 떨어졌다.

무옥이는 종이를 집어 얼른 훑어봤다. 모두 아는 한자였다.

"반장님. 양 과장이 또 온통 한문으로 된 지시서를 줬어요?"

"아, 그래. 야, 옥편 좀 가져와 봐. 미치겠네. 내가 그렇게 한문을 잘 알면 이런 공장에서 기계하구 씨름하고 있겠냐? 씨. 누구 기죽이려고 작정했나? 우라질."

옥편을 신경질을 부리며 넘겨 보지만 잘 찾아지지 않는지 자꾸 구시렁거렸다

"저, 저기요."

무옥이는 조심스럽게 반장을 불렀다. 반장은 뜨악하게 돌아다봤

다.

"뭐야?"

"제가 그 글자를 한번 봐도 돼요?"

"얼씨구! 봐서 뭐 하려구?"

반장은 코웃음을 치며 무옥이를 위아래로 훑어보곤 대꾸할 가치도 없다는 듯 고개를 돌렸다.

"저희 할아버지가 서당 훈장님이어서, 제가 한문을 좀 배웠거든요."

그제야 반장은 다시 한 번 무옥이를 위아래로 훑어보더니 종이를 내려다봤다.

"그래? 어디 한번 봐 보던지……."

밑져야 본전이라고 생각했는지 반장은 시큰둥하게 종이를 내밀었다.

作業指示書
生絲原段二千匹徹夜作業

"기계 가동 멈추지 말고 철야로 원단 이천 필을 생산하라는 뜻인데요. 그 밑에는 납품할 곳 이름하고 날짜, 수량이구요."

"허어, 이거 참."

의자에 윗몸을 젖히고 앉아 있던 반장은 얼른 똑바로 앉으며 아래턱을 끌어들여 커다란 두 손으로 얼굴을 썩썩 문질렀다. 고개를 들어 힐끗 무옥이를 봤다가 얼른 시선을 거두며 바로 말투를 바꿨다.

"고맙수, 허 참."

입은 거칠어도 마음은 순진한 사람인 듯했다.

"그런데 누군데 왜 여기 있수?"

"친구 기다리고 있어요."

"친구? 누군데?"

"생사부 오순자라구……."

"아아, 그래? 아가씨도 여기 취직하려구?"

"취직하고 싶은데…, 국민학교 졸업장이 없어서요."

"그래? 좀 기다려 보시오. 내가 추천해 줄 테니까. 걱정 마슈. 그리구 앞으루두 그 한문 실력 좀 종종 부탁헙시다. 아무튼 벌써 점심시간이 됐으니까 식당에 가서 밥이나 먹읍시다."

"친구가 저를 찾아올 거예요."

"그럼 그 친구 오면 같이 가서 먹지 뭐."

점심시간에 순자와 무옥이는 반장과 함께 관리자 식당에 가서 밥을 먹었다.

"우와. 관리자 식당은 반찬이 진짜 좋다. 우린 맨날 불어터진 국수나 수제비만 주는데."

순자의 말에 반장은 당연하지 않느냐는 듯한 낯빛을 지었다. 순자는 반장 몰래 입을 삐쭉였고 무옥이는 그 모습을 보고 웃었다.

반장의 추천으로 무옥이는 그날 바로 경연방직에 취직이 되었다.

무옥이는 반장에게 고맙다고 몇 번이나 머리가 땅에 닿도록 인사를 했다. 공장 문을 열고 들어간 무옥이는 기계 소리에 귀청이 떨어질 것만 같았다.

"아이고. 이렇게 시끄러워서 어떻게 일을 하니?"

자신도 모르게 목소리를 높여 소리를 질렀다.

"뭐?"

무옥이가 하는 말은 바로 옆 순자 귀에도 안 들리는 것 같았다. 몇 번 소리를 지르다가 무옥이는 이내 소용없다는 걸 깨달았다. 가만히 보니 공장 안 한쪽 벽에 꽹과리가 걸려 있었다. 직공 전체에게 보내는 신호를 할 때에 관리자가 그걸 쓰는 것 같았다. 개개인에게 하는 신호는 호루라기를 불었다. 공장 안은 한 여름처럼 더워서 직공들은 반팔 단체복을 입고 일을 했다.

"신발이 왜 저래?"

기계 앞에서 일하는 여공들 신발을 보니 모두 앞부분이 터져 있었다. 한두 사람이 아닌 걸로 봐서 일부러 그런 것 같았다. 무옥이가 가리키는 바닥을 따라 눈길을 돌리던 순자가 말했다.

"응. 공장 안이 너무 더워서 발이 뜨거워 미칠 것 같거든. 신발 앞코가 아주 푹 젖어서 찔꺽거린다니까. 그래서 앞부분을 공기가 통하게 터 버린 거야."

"응. 그렇구나."

"한겨울에도 무좀이 생긴다니까."

여기저기 실에서 나온 잔 먼지가 떠돌아다녀 공장은 안개가 낀 것처럼 뿌옜다. 그래서 그런지 유난히 잔기침을 하는 여공들이 많았다.

첫날이라 무옥이는 별다른 일은 하지 않고 여기저기 다니면서 앞으로 어떤 일을 해야 하는지 설명을 들었다.

무옥이는 순자와 같은 기숙사방을 썼다. 원래 서너 명이 쓰면 알맞을 방을 열두 명이 쓰고 있다고 했다.

"아니 또 들어와? 다른 방 없어?"

거기다 무옥이까지 들어오니 기숙사생들은 대놓고 반갑지 않은 눈치를 보냈다.

"네. 다른 방도 마찬가지래요."

순자 대답에 나이 많은 고참들이 투덜거렸다. 무옥이가 쭈뼛거리며 서 있자 순자가 일일이 고개를 숙여 보이더니 무옥이를 데리고 방으로 들어갔다.

순자와 무옥이 자리는 방문 바로 앞이었다. 방에는 벼룩과 빈대가 많아 밤새 긁적이느라 잠을 잘 수가 없을 지경이었고 한 데나 다름없이 추웠다. 무옥이는 자리가 부족해 칼잠을 자야 했는데 이불도 변변치 않아 덜덜 떠느라 거의 한숨도 잠을 이룰 수 없었다. 친정도 그렇고 비록 마음고생을 죽도록 한 곳이긴 하지만 시댁도 먹고살기에는 넉넉한 편이라 먹고 입고 자는 데 궁색해 본 적은 없었다. 하지만 이곳은 달랐다. 하루하루가 견디기 힘들 정도로 고달팠다.

경연방직은 한 달에 두 번만 쉬는데 그것도 일거리가 많으면 쉬지 못하고 나와서 일을 해야 했다. 그것도 돈 한 푼 받지 못하고 하는 공짜 노동이었다.

무옥이가 경연방직에 와서 처음으로 쉬는 일요일이었다. 쉬는 날이면 근처 문래 시장이나 영등포 시장으로 구경을 갔다. 시골에서 조암 오일장에 가본 적은 있지만 이곳과는 비교할 수 없을 정도로 규모가 작았다. 이렇게 많은 물건들이 다 어디서 나오는지 신기하기만 했다.

시장 구경을 대충 하고 옥수수 가루로 만든 풀빵을 두 봉지 사 들고 야학을 찾아갔다. 야학 이야기를 하자 순자도 단박에 관심을 보였기 때문에 쉬는 날 찾아가기로 했던 것이다. 혹시 아무도 없으면 어떡하나 걱정했는데 일요일인데도 야학에는 사람들이 꽤 많이 모여 있었다.

"아, 그때 그 뭐더라 무옥이였던가?"

아는 사람이 아무도 없으면 어떡하나 했는데 다행이 영등포에 처음 올라온 날 잠을 재워 줬던 준자와 명순이가 있었다.

"아, 준자야. 명순아."

순자에게 소개를 하고 다른 사람들과도 인사를 했다. 이재유도 반가워했다.

같이 풀빵을 나누어 먹었다.

"두 분 다 야학에 나오세요. 좀 늦어도 돼요."

이재유가 두 사람을 번갈아 보며 말했다.

"네, 꼭 나올게요. 근데 선생님, 저희한테 말 놓으세요."

"그럴까?"

"네. 그럼요. 저희보다 훨씬 손위신데."

"내가 그렇게 많이 늙지는 않았는데?"

"헤헤. 그런데 무엇을 배우나요?"

"한글도 배우고 소설책도 읽고 산수도 배우고 또 세상 돌아가는 일도 배워요."

"세상 돌아가는 일도 배운다고요? 재미있겠네요. 꼭 다니고 싶어요."

순자가 씩씩하게 대답을 했다. 일요일에는 한글과 숫자를 복습한다고 했다. 준자와 명순이는 한글을 배우러 일요일에도 나온 모양이었다. 무옥이는 샘골 동서가 생각났다. 한글 공부를 하며 기억나지 않을 때마다 자기 머리통을 쥐어박던 모습이 생각나 풋 웃고 말았다.

함께 풍로에 밥을 지어 먹고 나니 온 지 얼마 안 지난 것 같은데 벌써 밖이 깜깜했다. 다음에 다시 오겠다고 인사를 하고 야학을 나오면서 무옥이가 순자에게 말했다.

"그런데 너무 힘들어서 야학에 다닐 수 있을까?"

"일단 괜찮은지 며칠 다녀 보지 뭐."

정문으로 들어올 때 수위가 불렀다.

"어딜 갔다 이렇게 늦게 와?"

"야학에 갔다가 오는 길이에요."

"뭐?"

무옥이 대답에 수위는 깜짝 놀라 밖으로 나왔다.

"그런 데는 왜 다녀? 괜히 헛바람 들어서 경치려구."

"네? 이상한 거 하는 데 아니고 공부하는 곳이에요."

"공부는 얼어 죽을. 다시는 다니지 마. 얼른 기숙사로 들어가고. 괜히 밤늦게 싸돌아 댕기지 말고."

무옥이와 순자는 수위한테 고개를 숙여 보이고 기숙사로 들어갔다.

"야학은 공부 가르쳐 주는 곳인데 왜 저러지?"

"야학 같은 데 다니는 거 작업장에서는 싫어하는 거 같애. 이유는 나도 잘 모르지만."

"그래? 그럼 다니지 말아야 되겠네. 회사에서 싫어하는데 굳이 다닐 필요 없잖아."

"난 아냐. 무옥아, 기회 봐서 다시 한번 가 보자. 야간 할 때 일찍 일어나서 뭐 사러 간다고 하고 갔다 오자. 그 사람들 다 좋아 보이던데."

"글쎄. 괜히 문제 생기는 거 아닐까?"

무옥이는 내키지 않았지만 순자는 눈을 빛내며 꼭 다시 가자고 했다.

다음 날 양과장 앞으로 불려간 무옥이와 순자는 야학에 갔다고 일장훈계를 들어야 했다. 시말서까지 쓰라는 걸 마침 들어온 조반장 때문에 그 선에서 끝났다.

"과장님. 얘네들 시골에서 온 지 얼마 안 돼 뭘 몰라서 그래요. 그렇지? 모르고 그런 거지? 너희들, 다시는 가지 마."

무옥이와 순자는 얼른 고개를 끄덕였다. 양과장은 못마땅한지 입맛을 다셨지만 조반장 얼굴을 한 번 힐끗 보더니 그만뒀다.

"그럼 조반장이 보증 서는 걸로 알고 여기서 끝내지. 가 봐."

양과장 말 때문이 아니라 영등포 야학에 다니겠다는 건 마음뿐이었다. 방직공장 일은 생각보다 훨씬 힘들었다. 공장 일 말고는 손가락 하나 까딱하기 힘들었다. 끊어진 실을 연결하러 열두 시간을 이리 뛰고 저리 뛰고 나면 온몸이 땀에 절어 파김치가 됐다. 저녁도 먹는 둥 마는 둥 한술 떠먹고는 그대로 잠이 들곤 했다. 그나마 주간 근무는 나았다. 야간 근무는 정말 사람이 할 짓이 못 됐다.

처음 야간을 하던 날, 미리 낮에 잠을 자 두려고 누웠다. 하지만 깊은 잠을 잘 수 없었다. 평상시에는 몰랐는데 시끄러운 소리가 많이 났다. 지나다니는 사람들 소리, 누구를 부르는 소리, 개 짖는 소리, 싸우는 소리, 엿장수 소리. 옆 사람 잠꼬대 소리, 자다 깨서 변소에 가느라 잠결에 문 옆에 누워 있는 무옥이를 밟는 경우도 많았다. 잠들만 하면 들려오는 이런저런 소리에 한 번씩 깨어 이리 뒤척, 저리 뒤척 하다가 저녁이 되어 공장에 갔다. 귀에서 비잉 소리가 나고 머리가 어질어질했다.

초저녁은 그래도 견딜 만하지만 새벽 세 시를 넘기면서부터는 그대로 주저앉을 것만 같았다. 도저히 더 이상은 일을 할 수가 없었다. 관리자들이 돌아다니며 옷핀으로 졸고 있는 여공들 팔뚝을 찔렀다. 하얀 옷에 핏방울이 스며들기도 했다. 무옥이 자리에 온 조반장이 온몸이 땀에 절어 녹초가 된 무옥이 얼굴을 보았다.

"야, 일어나. 잠깐 밖에 나갔다 와. 대신 해줄 테니까. 첫날이라 봐준다."

화들짝 놀라 고개를 든 무옥은 고맙다고 연신 인사를 하고 밖으로 나왔다. 밖은 공장 안과 달리 몹시 추웠다. 반팔 차림이라 금방 소름이 쪽 끼치고 잠도 확 달아났다.

간신히 야간 열두 시간을 끝내고 아침 여덟 시에 옷을 갈아입으러 가다가 복도에 있는 거울을 보고 무옥이는 깜짝 놀랐다. 하룻밤 사이에 십 년은 더 늙어 보였다. 핏기가 하나도 없는 얼굴은 부황 걸린 듯 누렇게 뜬 데다가 눈은 움푹 들어가고 흰자위에는 핏줄이 서 흡사 눈병이라도 걸린 듯 빨갰다.

순자와 같이 기숙사에 오자마자 쓰러져 잠이 들었다. 꿈도 꾸지 않고 기절하듯이 깊은 잠을 잤다.

저녁 먹으라는 순자 말에 겨우 눈을 떴다. 벌써 저녁을 먹고 공장에 가야 할 시간이 된 것이다. 눈은 모래알이 들어간 것처럼 서걱거리고 목도 따갑고 온몸이 가라앉는 것 같았다. 사람이 밤을 새워 일을 한다는 게 보통일이 아니라는 걸 무옥이는 하룻밤만 겪어 보고도 충분히 알 것 같았다.

"조금 지나면 괜찮을 거야. 나도 처음에는 힘들어서 울기도 많이 울었다니까."

"그래. 괜찮아. 나두 견딜 수 있어."

무옥이는 얼른 일어나 앉았다. 어지럼증이 일었다.

"무옥아, 난 힘들어두 우리 오빠 생각하면서 참는다. 우리 오빠 늦었지만 고등공민학교 다니는 거 알지? 꼭 고등학교 학비 끝까지 내가 대줄 거야. 오빠만이라두 인간 대접 받으면서 살았으면 좋겠어."

무옥이는 친정 할머니가 순자네를 늘 중인 집안이라고 했던 게 생각났다.

"순자야, 혹시 우리 할무니 때문에 어렸을 때 마음 상한 적 있니? 그렇담 내가 대신 사과할게."

순자는 눈을 동그랗게 떴다.

"아니. 너랑 너네 아버지랑 모두 얼마나 좋은 사람들인데. 그런 생각 조금두 안 해."

순자는 고개를 저었다.

일도 힘들고 밥도 형편없었다. 다 불어터진 국수나 수제비가 나오는 날이 허다하고 반찬이라야 무짠지에 멀건 된장국, 깍두기, 제일 싼 비지뿐이었다.

공장에서 무옥이는 이를 악물고 일했다. 어차피 요령 피우며 해도 힘든 건 마찬가지일 거라고 생각했다. 그나마 이 공장에라도 못 들어왔다면 어떻게 되었을까? 샘골로 돌아갈 수도 없고 친정으로는 더더욱 돌아갈 수가 없다. 하지만 아무리 열심히 해도 형편은 나아지지 않았다. 살이 쪽쪽 빠져 볼이 홀쭉해졌고 눈 밑이 시커메졌다. 오줌이 노랗고 찔끔거리며 눌 때마다 따가웠다. 황달이 다시 도지나 싶어 무옥은 걱정이 됐다. 공장 노동자 생활이 얼마나 어려운 일인지 하루하루 절감하고 있었다.

2

몇 개월이 지나자 기숙사 방 식구들하고도 제법 친해졌다. 그중에 순애라는 애가 나이도 동갑이고 성격도 좋아서 순자와 셋이 가장 친했다. 경연방직에 온 첫날 얼른 뛰어 들어가 순자를 불러다 준 애가 바로 순애다.

순애는 원래 성격이 싹싹해서 무옥이가 오기 전부터 순자와 친하게 지내고 있었다고 한다. 순애는 누구든 만나면 환하게 웃으며 팔짱을 끼고 반가워했다. 쌍꺼풀 진 눈과 웃을 때마다 옴폭 파이는 볼우물이 사랑스러웠다. 같은 여자가 봐도 이렇게 기분이 좋은데 남자들이 볼 때는 얼마나 예쁠까? 과연 순애는 남자들한테 인기가 많았다. 자신도 그렇게 사랑스럽게 굴었다면 남편이 떠나지 않았을까 하는 생각이 들기도 했다. 그 얘기를 했을 때 순자는 화를 냈다.

"야, 말도 안 되는 소리 하지도 마. 혼인 첫날밤에 도망친 위인인데 애교가 있고 없고가 무슨 소용이야? 그 사람은 악당도 못 되고 그냥 덜 자란 어린애일 뿐이야."

무옥이는 쓴 웃음이 나왔다. 남편 욕을 하는 친구를 고맙다고 해야 하나 서운하다고 해야 하나. 자신도 어떤 심정인지 알 수가 없었다.

순애하고는 숨기는 것 없이 모든 걸 다 말하고 지냈다. 물론 혼인했던 이야기는 하지 않았다. 속이려고 그런 게 아니라 그건 정말 아무에게도 말을 꺼내고 싶지 않았다. 순애는 누구하고나 그렇게 잘 지냈다. 순애는 엄마가 아파서 공장에서 버는 돈을 거의 다 엄마한테 보낸다고 했다. 생긴 것도 고운데 마음씨는 더 고왔다.

어느 날 야간에 공장에 갔더니 사람들이 기계 앞에서 웅성거리고 있었다. 교대해 줄 생각도 안 하고 어수선하게 허둥거렸다. 모두들 입을 꽉 다물고 있는 것이 화가 난 것 같았다.

"무슨 일 있어요?"

"휴."

속 시원히 대답은 안 해주고 한숨만 쉬었다. 그때 양과장이 나타났다. 평상시에도 입이 거칠고 함부로 걷어차기를 잘하는 사람이라 무옥이는 되도록 부딪히지 않으려 노력하는 중이었다. 작업 지시서를 한문으로 갈겨쓰는 건 여전해서 조반장은 수시로 무옥이에게 와

한문을 읽어 달라고 했다.

"뭐 해? 빨리빨리 교대 안 해? 뭐, 구경났어?"

주간반 사람들은 아무 말 없이 인수인계를 하고 돌아갔다. 양과장도 돌아다니며 위협적으로 사람들을 닦달하는 체하더니 슬그머니 자취를 감췄다. 과장 이상은 주간만 하고 야간일 때는 최고 높은 관리자가 반장이다.

조반장이 무옥이 자리 기계에 기름을 칠하러 왔을 때 무옥은 넌지시 물었다.

"아까 무슨 일 있었대요? 교대하기 전에요."

"주간반 어떤 여자애를 두들겨 팬 모양이더라. 양과장 승질머리 알아줘야 되거든."

"두들겨 팼다고요?"

무옥이 깜짝 놀라자 조반장은 뭐 흔히 있는 일이라는 표정을 지었다.

"사람을 왜 때린대요? 말로 하면 되지. 그렇게 배웠다고 자랑하는 사람이 무식하게."

"무옥이 너도 양과장한테 걸리지 않게 조심해. 밉보이면 킥이야."

조반장은 손으로 목덜미를 사선으로 내리 그으며 익살맞게 웃었다. 무옥이는 웃고 있는 조반장이 어이가 없어 일만 했다. 무옥이가 한자를 읽어 준다는 것을 알고 난 뒤부터 양과장은 무옥이를 볼 때

마다 고까운 눈으로 훑어보곤 했다

열두 시 야식 시간에 순자를 만나 조반장이 한 말을 전해 주자 순자는 깜짝 놀랐다.

"또? 그 양과장 진짜 나쁜 놈이다. 왜 그렇게 애들을 때리냐? 자기 화난다고 남한테 화풀이하면 안 되잖아."

순자는 씩씩거리고 순애와 무옥이는 아무 말 없이 조와 보리가 반씩 섞인 밥과 소금만 넣고 푹푹 삶은 비지찌개를 무심하게 떠먹었다.

일은 거기에서 끝난 게 아니고 그 다음 날도 이어졌다. 전날 맞았던 여자애가 다음 날 또 꼬투리를 잡는 양과장한테 뭐라고 대들었다고 한다. 양과장은 욕설을 퍼부으며 여자애 정강이를 군화발로 찼고 여자애 정강이가 깨지면서 피가 난 모양이었다. 그 여자애는 울며불며 대들고 주변에 있던 여러 명이 기계를 세우는 일까지 생겼다고 한다. 그러자 양과장은 일단 꽁무니를 뺐고 웅성거리던 사람들은 한참 뒤에야 자기 자리로 돌아가 일을 했다고 한다.

교대를 하러 야간반이 공장에 들어서자 역시 어제처럼 공장 분위기가 싸늘했다. 교대하며 야간반 사람들한테 대략적인 이야기를 들려주는 사람들이 많았다. 폭행뿐 아니라 한 달에 두 번 있는 휴일도 바쁘면 돈도 안 주고 일을 시키는 문제나 식당 밥 문제, 월급 문제 여러 가지 불만이 사람들 입에서 나오기 시작했다. 한번 불평이 터지기 시작하자 공장은 사람들의 불만으로 가득 찼다. 무옥이는 무슨 일이 터질 것만 같은 공장 분위기가 불안했다.

며칠 뒤 주간반 다섯 명과 야간반 두 명을 공장 측에서 일방적으로 해고했다. 양과장에게 맞았던 여자애와 그때 불만을 얘기했던 사람들이었지만 회사 측에서 내민 해고 이유는 근무태만과 사생활 불량이었다. 야간반 두 명은 기숙사에서 평소에 불만이 많았던 고참들이었다.

공장은 삽시간에 절간처럼 조용해졌다. 해고된 사람들이 불만이 있는 줄 회사에서 어떻게 알았을까가 사람들의 관심사였다.

해고된 사람들은 다음 날 아침에 공장에 나왔다가 정문 앞에서 회사 관리자들에게 끌려 나간 모양이었다. 기숙사에 있는 무옥이와 순자는 그 모습을 직접 보지는 못하고 출근하는 사람들한테서 전해 들었다. 무옥이는 자신도 공장에서 잘리면 당장 갈 곳도 없고 돈도 없고 난감할 것 같았다. 공장 생활이 힘들고 어려운 것은 사실이지만 그래도 여기 있으면 굶어 죽지는 않을 것 아닌가. 비참하지만 무옥이는 지금 상태에서는 그나마 이 공장에 붙어 있는 게 최선이라고 생각했다. 설사 불만이 있더라도 참는 수밖에 없지 않은가. 그런 말을 하자 순자는 한숨을 쉬며 말했다.

"그렇지만 마냥 시키는 대로 일만 하고 있으면 백날 천날이 가도 요 모양 요 꼴로 죽도록 일만 하면서 살 수밖에 없잖아. 아무런 희망도 없이. 그게 무슨 인간이니?"

순자와 이런저런 이야기를 하며 조금 늦게 기숙사에 갔더니 몇몇

고참들이 뭔가 얘기를 하다가 순식간에 입을 다물었다. 분명히 순자와 무옥이를 보고 입을 다문 게 틀림없었다. 무슨 이야기를 하고 있었던 것일까. 그런 일이 몇 번 반복되던 어느 날, 기숙사에 가 보니 방 한가운데 순애가 고개를 숙이고 앉아 있고 고참 몇이 빙 둘러앉아 있었다.

"바른대로 말 안 해? 니가 양과장한테 국례랑 순덕이 일러바쳤지? 회사 욕한다고?"

"아, 아니에요."

"이게 정말. 너 지난 일요일에 양과장하고 화신백화점에 들어가는 거 본 사람이 있어. 너 일러바치고 뭐 받았어? 엉?"

"이런 의리 없는 기집애. 너 양과장하고 무슨 사이야?"

순애는 이상하게 변명도 하지 않고 기숙사 방 한가운데 엎드려 울기만 했다.

무옥이와 순자는 멀뚱멀뚱 사람들을 내려다보기만 했다.

"어, 언니. 설마 순애가 그랬을라고요. 뭐 잘못 안 거 아닐까……."

"넌 모르면 가만있어."

순자 말에 고참들은 이런저런 증거를 댔다. 기숙사 방에서 몇 명이 한 말인데 꼭 양과장이 조회 시간에 그 말을 똑같이 한 적이 많아 이상하게 생각했던 점. 몇 번이나 양과장과 함께 밖에서 만나는 걸 본 사람들이 있다는 것. 그리고 몰래 순애 짐 보따리를 뒤져 봤더니 비싼 화장품 구리무와 코티분이 나왔다는 것. 그 말을 다 하는 동안에도 순애는 아무런 말도 하지 않았다. 무옥이는 착하고 성격 좋은 순애가 왜 그랬을까 이해가 안 갔다.

"또 한 번 그랬다간 너 가만 안 둬."

고참들은 못을 박은 뒤 자리에 누웠다. 흐느끼던 순애는 조용히 자기 자리에 누워 아무 기척도 없었다. 무옥이와 순자도 자리에 누워 잠이 들었다.

얼마나 시간이 흘렀는지 새벽녘에 무옥이는 바스락 하는 작은 소리에 잠이 깼다. 깜깜한 어둠 속에서 누군가 숨을 죽이고 무언가를 뒤지고 있었다. 정신이 바짝 들었다. 몇 시쯤 됐을까? 창문도 없는 방이라 깜깜 절벽이었다. 누굴까? 잠시 후 그 사람은 일어나 사람들이 깨지 않게 조심조심 문을 열고 밖으로 나갔다. 순애인 것 같았다. 무옥이는 따라가 볼까 하다가 그만뒀다.

아침에 일어나니 온 방안이 난장판이었다. 기숙사 식구들 짐 보따리가 다 풀어 헤쳐 있고 속에 감춰 뒀던 돈이 몽땅 없어졌다. 물론 순애도 보이지 않았다.

"아, 이 쌍년. 그 돈 갖고 잘사나 어디 두고 보자."

여기저기서 순애를 욕하는 소리가 들렸다. 무옥이와 순자 돈도 몽땅 없어졌다. 은행에 갈 시간이 없어서 짐 보따리 안 시집 속에 넣어 뒀는데 마치 알고 있었기라도 하듯 돈만 쏙 빼갔다. 지난번 야간 할 때, 가지고 있던 돈을 은행에 넣기를 천만다행이었다. 기와집 할머니가 준 돈과 지금까지 모은 돈 전부를 저금했다. 안 그랬으면 몽땅 다 잃어버렸을 텐데, 이번 달 월급만 잃어버린 건 불행중 다행이었다. 시집은 두고 갔으니 다행이라고 무옥이는 쓴웃음을 지었다. 사람은 겉모습만으로 알 수 없다는 사실을 뼈저리게 느꼈다. 같이 밤낮으로 죽어라 고생하는 사람들 돈을 어떻게 가져갈 수가 있을까?

그 일이 있고 얼마 뒤 새로 사람들을 모집해서 기숙사 방에도 낯선 사람이 넷이나 들어왔다. 다시 또 기숙사 분위기는 서먹서먹해졌다.

"무옥아, 우리 차라리 자취를 하자. 둘이 같이 하면 기숙사에 있는 것보다 돈이 더 들지는 않을 거야. 싼 방을 알아 보자. 기숙사 밥이 너무 형편없어. 잠두 편히 못 자니까 피곤하구. 내가 모아 둔 돈이 좀 있으니까 그 돈으로 보증금 하고 월세는 둘이 나눠서 내고."

"그래, 좋아."

무옥이 생각에도 자취를 하면 야학에도 매일은 아니더라도 좀 자유롭게 갈 수 있을 것 같았다. 무옥이와 순자는 며칠 동안 방을 구하러 다녔다. 마땅한 방이 없어 이 골목 저 골목 며칠을 헤맨 끝에 영등포역 뒷골목 산언덕에 허름한 방 하나를 얻었다. 경연방직 근처와는 딴판이었다. 다 쓰러져 가는 판잣집 천지였다. 공장까지 가려면 꽤 걸어야 하지만 공장 바로 앞보다 월세가 훨씬 쌌다.

영등포 시장에 가서 밥해 먹을 그릇과 작은 솥을 사왔다. 저녁밥을 해먹고 함께 누우니 고향 생각이 절로 났다. 어릴 때 늘 함께 놀던 순자와 같이 사니 마음이 포근했다. 아무것도 두렵지 않았다. 그

동안 마음고생 했던 이야기도 밤새도록 털어놓을 수 있었다.

주인 할아버지 내외는 육십대였는데 자식 없이 두 분만 살고 있었다. 부부는 바깥마당을 작은 텃밭으로 일궜는데 말이 밭이지 경사가 심해 거의 산비탈이었다. 거기서 나는 채소를 무옥이네 방 앞에 넌지시 가져다 놓곤 했다. 무옥이와 순자는 월급날 떡과 사탕을 사 왔다. 할머니는 다시는 사오지 말라고 야단을 쳤지만 안 먹고 아껴 두었다가 누가 놀러 왔을 때 내놓고 문간방 처녀들이 사온 거라며 자랑을 했다. 할아버지는 말수가 적어 마주쳐도 인사하는 무옥이와 순자에게 고개만 끄덕였다.

'엄니는 어떻게 살고 계실까?'

무옥이는 주인 할머니를 볼 때마다 어머니가 떠올랐다. 혈육이라고는 무옥이 하나뿐인데 얼굴도 못 보고 살다니.

'얼른 돈 벌어서 엄니를 모셔 와야지.'

무옥이는 마음속으로 다짐을 했다. 말 많은 시골에서는 무옥이가 혼인을 계속하지 못하고 시집을 나온 게 커다란 흠이 되겠지만 서울에서는 누가 무얼 하다 왔는지 말만 하지 않으면 내력을 알 수 없을 테니 엄마와 함께 살면 될 일이었다. 누구도 뭐라 하지 않을 것이라고 생각하니 안심이 됐다.

어느 날 퇴근하니 할아버지가 마루에 앉아 술을 마시고 있었다. 처음 보는 일이었다. 그동안 술 마시는 모습은 본 적이 없었다.

"할아버지, 다녀왔습니다. 약주 드세요?"

할아버지는 고개만 끄덕였다. 그런데 할머니 얼굴이 심상치 않았다. 할아버지가 술 마시는 걸 몹시 싫어하는 것 같았다.

저녁을 지어 먹고 막 자리에 누우려고 할 때 우당탕 요란한 소리가 났다. 무옥이와 순자는 누가 먼저랄 것도 없이 안채로 뛰어 들어갔다. 할아버지가 술상을 마당으로 내던졌는지 접시가 깨지고 뒤집혀 나뒹굴고 있고 상도 다리 하나가 부러져 덜렁거렸다. 그뿐만이 아니었다. 할아버지는 소리를 지르며 할머니를 마구 때리고 있었다.

"하, 할아부지."

"……."

순자와 무옥이는 입만 딱 벌린 채 말리지도 못하고 마당에 서 있었다. 더 이상한 건 할머니였다. 그렇게 맞으면서도 신음 소리 한 번 내지 않았다.

"죽어, 죽어……."

할아버지는 가쁜 숨을 몰아쉬며 이 말만 되풀이했다. 순자가 뛰어 들어가 할아버지 손을 잡고 말리는 동안에도 무옥이는 몸만 떨릴 뿐 꼼짝할 수가 없었다. 순자까지 떠밀어 버린 할아버지는 숨이 차 더 이상 때릴 수 없을 때까지 할머니를 때리고는 비틀비틀 방으로 들어갔다. 할머니는 울지도 않고 한숨만 쉬며 일어나 앉아 있는데 무옥이와 순자는 눈물을 줄줄 흘렸다. 무옥이는 마당에 있는 상을 바로 놓아 깨진 그릇을 주워 부엌으로 갔다. 반찬 찌꺼기를 대강 치우고 마루로 나오니 할머니가 어서 들어가 자라고 손짓을 했다.

"할무니. 할아부지가 또 때리믄 어떡해요? 우리 방에 가서 주무세요."

순자 말에 할머니는 고개를 저었다. 그때까지만 해도 순자와 무옥이는 할아버지가 그날 술 마시다 화나는 일이 있어 그런 걸로만 알았다. 그런데 그날부터 몇날 며칠 동안 할아버지는 밥도 안 먹고 술만 마시며 할머니를 때렸다. 무옥이는 불안해서 죽을 지경이었다. 오줌소태가 다시 생겼다.

일주일쯤 그러던 할아버지가 앓아누웠다. 할머니는 밉지도 않은지 할아버지 먹을 흰죽을 쒔다.

"홧병이여. 일본 탄광 노무자로 갔다가 해방돼서야 나왔어. 죽을 고생하고 병 걸리구 돈두 한 푼 못 벌구. 그러두 해방돼서 좋다구 했는데 잘 자란 우리 아덜이 고무공장 다니다 재작년에 사고루 죽었어. 그 뒤루 술병이 생긴겨. 한두 달 아무치두 않게 잘 살다가 술병이 도지믄 내내 술만 퍼먹음서 나를 줘 패는겨. 허긴 나 말구 팰 사람이 누가 있어."

"할머니를 왜 때리는데요?"

"아들 살려 내라구. 내가 맞어 죽어서 그 애가 살아난다믄 백번 천번이라두 죽겄는디, 그럴 수가 읎잖여. 뭐, 나두 맞는 게 맘이 편해. 내 몸뚱어리가 펜하게 있는 게 더 못 견디겠어. 은제나 죽어 그 앨 만날까."

그래서 할머니는 소리 한 번 지르지 않고 가만히 맞고 있었구나.

엄마도 무창이를 생각하면 죽고만 싶을까. 무옥이는 할머니 손을 꼬옥 잡았다. 할머니 손은 엉덜바위처럼 거칠었다.

술병에서 일어난 할아버지는 또 누구보다 부지런하게 텃밭으로 나가 일을 했다. 그동안 술 마셨던 게 부끄럽기라도 한 듯 무옥이와 순자하고는 눈도 못 마주쳤다. 그러다가도 또 술을 마시기 시작하면 세간을 부수고 할머니를 때렸다. 희한한 일이었다. 철이 바뀌듯 할아버지도 주기적으로 술을 마셨다 끊었다를 반복했다. 양같이 순한 할아버지가 언제 술주정뱅이 폭군으로 돌변할지 몰라 무옥이와 순자는 불안하기만 했다. 퇴근하면 먼저 주인집 마루부터 살폈다. 혹시 할아버지가 술을 마시고 있나 싶어서였다. 그런데 그 동네는 그런 집이 많았다. 술 마시고 부인을 때리는 남자들이 많았다. 시골에서도 그런 집이 더러 있기는 했다. 집이 서로 떨어져 있어서 잘 몰랐는지는 알 수 없지만 이렇게 심하지는 않았다. 툭하면 이집 저집에서 싸우는 소리가 들려왔다. 무옥이는 공장에서 녹초가 되어 집에 와서도 마음이 편치 않았다. 그래서 더 야학을 찾게 되는지도 몰랐다. 야학에 가면 마음이 편안해졌다.

자취를 하니 공장에 있을 때보다는 자유롭게 야학에 다닐 수 있었다. 공장일에 어느 정도 익숙해져 가기 때문이기도 했다.

오랜만에 쉬는 일요일, 순자는 미아리에 있다는 작은고모 집에 다녀온다고 했다. 순자가 전차를 타러 나갈 때 무옥이는 함께 집을 나섰다. 순자와 헤어져 야학이 있는 문래동 쪽으로 내려갔다.

야학이 있는 교회 문 앞에 왔을 때였다. 앞에서 걸어오고 있던 남녀를 본 순간 무옥이는 벼락이라도 맞은 것처럼 놀랐다. 자기도 모르게 그 자리에 우뚝 섰다. 미처 피할 수도 없는 거리였다. 걸어오던 남녀는 미처 무옥이를 보지 못했는지 웃으며 얘기를 하고 있었다. 성두였다. 검은 양복을 입고 중절모까지 쓴 모습은 어디다 내놔도 손색이 없는 모던 보이였다. 옆에 성두 팔짱을 끼고 웃고 있는 여자도 양장을 하고 있었고 머리는 꼬불꼬불했다. 무심코 앞에 서 있는 무옥이를 슬쩍 보고 고개를 돌리던 성두가 흠칫 놀라며 다시 무옥이를 보고는 그 자리에 우뚝 섰다. 그제야 알아본 것 같았다.

"어."

"……."

옆에 있던 여자도 뭔가 이상한 느낌이 들었는지 성두 얼굴과 무옥이 얼굴을 번갈아 바라보다 마침내 성두를 툭툭 쳤다.

"왜 그래요?"

"어어. 응?"

당황했는지 성두는 대답을 하지 못했다. 무옥이는 그 자리에 주저앉을 것만 같았다. 자신의 모습이 너무 초라했다. 이대로 이 자리에서 한 점 연기로 사라질 수만 있다면.

"누구냐니까요?"

여자 목소리가 날카로워졌다.

"응? 누구냐구? 아는 사람이에요?"

"아, 아무도 아냐."

무옥이는 그 말에 정신이 번쩍 났다.

"아무것도 아냐. 가자."

성두는 다시 한 번 무옥이를 부정하고 스쳐 지나갔다.

'아무도 아니라고? 아무것도 아니라고? 내가 당신한테는 아무것도 아니라고?'

무옥이는 그 자리에 선 채 한 발자국도 움직일 수 없었다.

'당신, 정말 이대로 끝인가요?'

얼마나 서 있었는지 다리가 뻣뻣했다. 성두에게 아직 미련이 남아 있었던 것일까? 그것이 무너져서 서운한 것일까? 샘골을 떠나올 때 모든 인연이 끝났다고 생각하지 않았던가. 성두에게 한 조각 애정도 자랄 시간이 없었으므로 언젠가 이런 장면을 보게 된대도 아무렇지 않을 것 같았다. 그런데 이렇게 가슴이 아프고 허전해지는 건 무엇 때문일까.

"무옥아."

"으응?"

준자와 명순이였다.

"왜 안 들어가고 서 있어? 순자는?"

"으응. 고모 집에 갔어."

"그래? 그런데 너 어디 아프니? 얼굴이 이상한데?"

"으응? 아, 아냐."

"그럼 얼른 들어가자. 부꾸미 해왔어. 들어가서 먹자."

무옥이는 둥둥 떠 가듯이 야학으로 들어갔다. 다른 사람들이 무슨 말을 해도 귀에 들어오지 않았다. 바로 집으로 간다고 하면 오히려 더 이상할까 봐 참고 있었다. 집으로 간다고 해도 순자도 없으니 더 심란하기만 할 것 같았다.

"무옥아?"

"으응? 뭐라고?"

"무슨 생각을 그렇게 해? 선생님이 너한테 물어보잖아."

"응? 뭘?"

이재유가 무옥이 얼굴을 빤히 들여다보고 있었다.

"지금까지 읽은 책 중에서 제일 기억에 남는 책이 뭐냐고."

"어어. 그렇게 많은 책을 읽지는 못해서요. ……음, 그중에서 상록수가 기억에 남아요."

"그래? 좋은 책이지."

이재유는 고개를 끄덕였다.

"맞아. 좋은 책이긴 하지만 우리도 읽었는데 비판도 많이 했어."

명순이가 말했다.

"비판을? 왜?"

"농민들을 불쌍하게만 보고 가르치려 드는 인테리들의 한계가 너무 드러나서."

"인테리? 그게 뭐야?"

"많이 배운 사람을 인테리라고 해."

무옥이는 책을 비판한다는 생각은 한 번도 해본 적이 없었다. 감히 책을 평가하다니.

"글도 모르는 시골 사람들이 그럼 불쌍하지 않아? 그 사람들에게 글을 가르쳐 준 게 잘못이야?"

"불쌍하게만 생각해서는 안 되고, 잘못된 것을 함께 고쳐 나가는 동지로 봐야지."

"동지?"

무옥이는 모르는 게 너무 많다고 생각했다. 재유는 웃기만 했다.

"무옥이도 같이 책을 읽고 얘기해 보면 좋을 텐데."

"네. 되도록 여기 나오도록 할게요."

마음이 엉망진창이었는데 사람들과 웃고 얘기하다 보니 조금 진정이 되는 것 같기도 했다. 저녁때 집으로 돌아갈 때 재유가 따라왔다.

"나도 그쪽으로 갈 일이 있어서. 같이 가자."

사람들과 와자지껄 떠들 때는 몰랐는데 둘이 밖으로 나오자 또 마음이 울적해졌다.

"무슨 일이 있니?"

한동안 말없이 걷던 재유가 무옥이 얼굴을 찬찬히 들여다보며 물어왔다.

"네? 아, 아니……."

"네 얼굴이 아무래도 무슨 일이 있는 거 같았어, 아까부터. 지나치게 창백하고 멍하니 있고……."

"……."

부끄러웠다. 성두가 자신을 버리고 떠났다는 사실이 견딜 수 없이 자존심이 상했다. 순자 이외의 그 누구에게도 얘기하고 싶지 않았다.

"그래. 말하고 싶지 않으면 말하지 마. 난 네가 걱정이 돼서. 순자 없다고 굶고 자지 말고 꼭 밥 해먹고 자라."

"네."

무옥이 집 앞까지 바래다 준 재유는 손을 들어 흔들고 뒤돌아 갔다.

자신의 인생은 참 이상하다고 무옥이는 생각했다. 주변의 많은 사람들이 자신을 진심으로 아껴 주려 하는데 정작 인생에서 가장 중요한 성두만은 왜 그렇게 가슴에 못을 박는 것일까? 대체 자신은 인복이 있는 것일까 없는 것일까?

밤에 순자가 돌아왔다. 이불도 펴지 않고 멍하니 앉아 있는 무옥이를 보고 순자는 무슨 일이 있었냐고 물었다.

"아까 야학 가는 길에……."

"가는 길에?"

"…… 만났어."

"누굴?"

"……."

무옥이가 말이 없자 순자는 무옥이 앞에 앉았다.

"누구를 만났는데?"

"……."

"혹시?"

무옥이는 고개를 끄덕였다.

"진짜? 니 남편을 만났어? 그래서 그 사람이 뭐라 그래?"

"말은 못해 봤어."

"왜?"

"어떤 여자하고 함께 있어서……."

"뭐라고? 나쁜 인간. 내가 같이 만났어야 되는데. 뺨이라도 한 대 올려붙여 줬을 텐데."

"……."

"아니다, 아냐, 이제 그럴 필요도 없다. 정말 이제는 깨끗이 싹 지워 버려. 미워하지도 말고 그냥 남남인 거야. 무옥아, 알았지?"

무옥이는 고개만 끄덕였다. 이제는 정말 남남이라고, 저기 무심하게 길거리를 지나가는 사람들과 다를 바 없다고 몇 번이나 중얼거렸다.

"너 혹시 아직도 미련이 있는 거 아니지?"

무옥이는 머리를 흔들었다. 하지만 속으로는 깨끗이 정리가 된 건지 아닌 건지 알 수가 없었다. 말할 수 없는 서러움이 온몸으로 퍼져 나갈 뿐이었다.

그 다음 쉬는 날이었다.

"순자야. 나, 머리 자르고 싶어."

혼인 때 쪽을 찐 무옥이는 영등포로 올 때 하나로 묶고 온 그대로였다.

"그래? 그럼 머리 자르고 옷도 한 벌 사자. 내가 한 벌 사줄게."

"아, 아냐. 너 돈 모아야지. 나도 있어."

기와집 할머니가 준 돈은 차비를 빼고는 아직도 그대로 있었다. 월급 탄 돈도 많이 남아 있었다. 순애가 가져가지 않았다면 더 남았겠지만.

무옥이와 순자는 영등포 뒷골목 시장으로 갔다. 이발소 말고 서울에는 여자들만 다니는 미장원이라는 데가 있었다. 들어가 의자에 앉자 미장원 주인아줌마가 보자기를 둘러 주며 물었다.

"빠마를 하지 그래요. 어울릴 것 같은데. 촌스럽게 단발하지 말고 빠마를 해요. 내가 아주 특별히 싸게 해줄게."

"빠마요?"

"머리카락을 곱슬곱슬하게 하는 건데 아주 예뻐. 모던 걸들은 다 그렇게 해요."

성두 옆에 있던 여자가 생각났다.

"아, 아니에요. 그냥 단발로 잘라 주세요."

"에이. 빠마하면 이쁠 것 같은데……. 얼굴이 작고 동그랗고 귀여워서 어울릴 텐데."

"아니에요."

"그럼 그러던가. 다음에는 꼭 빠마를 해봐요."

무옥이는 미장원 거울을 바라봤다. 지치고 슬퍼 보이는 여자아이가 거울 속에서 무옥이를 마주 바라보았다.

싹둑.

유난히 까맣고 반질거리는 머리카락이 뭉텅 바닥에 떨어졌다. 무옥이는 태어나서 처음으로 머리를 잘랐다. 시원섭섭했다. 왠지 뭔가가 툭 떨어져 나가는 것 같기도 하고 한편으로는 자기를 꽁꽁 졸라매고 있던 밧줄이 투둑 끊어져 나가는 것처럼 홀가분하기도 했다. 거울로 다시 한 번 자기 얼굴을 들여다보았다. 아직도 솜털이 보송보송한 열여덟 소녀가 마주 보고 웃었다. 무옥이는 왠지 혼인하기 전 어린 시절로 돌아간 것만 같아 마음이 가볍게 설레었다.

'아, 정말 그때로 돌아갈 수 있다면 얼마나 좋을까?'

한없이 거울을 바라보는 무옥이를 순자가 툭 쳤다.

"무옥아, 왜 이렇게 넋이 빠졌어?"

"으응? 으 아냐, 아무것두."

"이야. 훨씬 잘 어울린다. 이제 모두 다 새로 시작해, 무옥아. 나쁜 건 다 잊어버리고."

무옥이는 웃었다. 정말 새로 시작할 수 있을까?

"하하하."

입을 크게 벌리고 소리 내어 웃어 봤다. 어쩐지 얼굴이 점점 더 환해지는 것 같았다.

'무옥아, 용기를 내. 넌 잘할 수 있어. 부디 용기를 내. 다 괜찮아질 거야.'

무옥이는 자신에게 몇 번이나 다짐을 했다. 이제부터 허무옥은 어제의 그 사람이 아니라고, 정말 모든 걸 잊고 다른 사람이 되자고.

머리를 자르고 영등포 시장 구경을 했다. 생전 처음 보는 물건이 많아서 무옥이와 순자는 시간 가는 줄 모르고 돌아다녔다. 무옥이는 자신의 작은 어깨를 누르던 짐이 조금씩 가벼워지는 느낌이 들었다. 무옥이는 순자 손을 자꾸만 꼬옥 잡았다.

공장 일이 점점 익숙해지면서 무옥이는 야학에 빠지지 않고 다니려 노력했다. 공부를 배운다는 것 이전에 야학에 가면 마음이 편했다. 주눅들 필요도 없고 눈치를 볼 필요도 없었다. 따뜻한 느낌이었다.

성두와 마주친 뒤 무옥이는 잡념을 잊어버리려고 일만 했다. 그렇게 일한 덕분인지 오월에 무옥이는 모범근로상을 받았다. 영등포에 온 지 일 년 반 만이었다. 경연방직에서는 일 년에 한 번씩 신입생 중 한 명과 기능공 중 한 명을 뽑아 상장을 주고 또 몇 푼 안 되지만 상금도 주는 제도가 있다. 무옥이는 사무실로 올라가 총무 부장한테서 상장과 상금을 받아 왔다.

다음 날 교대 시간이었다.

입이 부르퉁 나온 교대 아가씨가 무옥이를 잡고 불편한 속내를 드러냈다.

"아가씨. 뭔 일을 그렇코롬 한다요? 아가씨 땜시 나가 허벌나게 심드요."

"네?"

"아, 반장이 아가씨 일헌 거허고 나가 헌 거허고 저울질을 안 허요? 일 좀 작작 허드라고요. 그거이 성실한 건 줄 알믄 곤란혀요. 한 명한테 상금 주고 다른 사람들 죽사사자 일 시키자는 회사 심뽀를 참말로 모른다요?"

"아, 네."

무옥이는 괜히 미안해서 얼굴이 붉어졌다. 허긴 조회 시간마다 양과장은 무옥이 생산량을 들먹이며 더 열심히 하라고 목청을 높이곤 했다.

교대조 아가씨는 혼잣말처럼 계속 투덜거렸다. 하지만 무옥이 들으라고 일부러 그런다는 게 빤히 보이도록 알아듣고도 남을 만치 큰 소리로 중얼거렸다.

"국민핵교도 안 댕긴 주제에 반장 눈에 들어서 다니는 거 누가 모를 줄 안당가? 근면상? 조반장이 추천해서 됐다는 거 다 아는 사실이구만, 홍. 뭔 관겐진 모르겠지만……"

"마, 말이 너무 심한 거 아니에요?"

무옥이는 가슴이 떨려 왔다. 다른 직공들이 자기를 싫어할 수도 있다는 생각이 갑자기 가슴을 조여 왔다. 잘못이 없어도 자기를 미워하는 사람은 있게 마련이란 걸 샘골에서 너무 많이 겪었지 않은가. 더구나 너무 열심히 일해서 자기만 잘 보이려고 다른 사람까지 힘들게 한 것 같아 무옥이는 깜짝 놀랐다. 일을 열심히 하는 것도 중요하지만 작은 상금에 눈이 어두워 기계처럼 일하는 사람이란 인상을 줄 수도 있다는 걸 깨달았다. 다른 사람의, 더구나 같은 직공의 미움을 받기는 싫었다. 무옥이는 세상이 어릴 때 생각했던 것처럼 단순한 곳이 아니라는 걸 다시 한 번 깨달았다. 자기가 자꾸 작아지는 것 같았다.

한동안 잔업에 특근이 겹쳐 야학에 가지 못했다. 열두 시간 일한 뒤 다시 또 불량품 선별과 제품 포장을 하고 나면 잠자러 집에 오는 길도 피곤해 쓰러지기 일보 직전이었다.

근 한 달 만에 야학에 갔더니 재유가 야학을 그만뒀다고 명순이가 말했다.

"그래? 그럼 어디로 가셨어?"

"몰라. 자리 잡히면 연락한다고 했는데 아직 연락이 없다."

"......."

"너희한테도 인사 못하고 간다고 안부 전해 달라고 하셨어."

물론 딴 선생들도 많고 명순이와 준자도 있었지만 무옥이는 왜 그런지 야학이 텅 빈 것처럼 쓸쓸해 보였다. 누구의 딸, 누구의 아

내, 누구의 엄마가 아니라 너 자신을 잘 들여다보라고 했던 재유의
말이 떠올랐다.

　‘누구의 무엇이 아닌 허무옥 나 자신. 제가 과연 그걸 찾을 수 있
을까요, 선생님?’

　무옥이는 야학 여기저기를 찬찬히 둘러보았다.

3

삼팔선 근처에서 남북이 총질을 한다는 소식이 심심할 만하면 한 번씩 들려왔다. 대통령은 남한이 북한을 삼 일 만에 점령할 수 있다고 호언장담하곤 했다. 허풍이라고 생각하면서도 자꾸 듣다 보니 정말 삼 일이면 압록강까지 올라가 백두산에 태극기를 꽂을 거라고 믿는 사람들이 늘어났다.

삼팔선에서의 충돌이 심해지고 있다는 말이 들려왔다. 늘 있는 일이라 크게 번지지는 않을 거라고 순자는 말했다. 나라가 어떻게 되어가는 건지 그 내막도 잘 모르는 터라 무옥이는 그런가 보다 하고 별 마음을 쓰지 않았다. 그런데 유월 들어 심상치 않은 일이 벌어진 것 같았다.

새벽에 삼팔선 전역에서 남북이 총격전을 벌였다는 소문이 삽시간에 퍼졌다. 밖에 나가면 사람들이 모두 우왕좌왕 거리를 뛰어다녔다.

일요일이라 주인 할머니가 가져다 준 부추로 모처럼 집에서 부침개를 해먹고 있던 무옥이와 순자는 어찌할 바를 모르고 주인집으로 들어갔다. 할아버지는 또 며칠 전부터 술병이 나서 밤이면 할머니를 때리고 낮에는 자다 깨다 술 마시다 하고 있었다.

"통장이 그러는디 이박사가 아무 걱정허지 말라는 방송을 했댜. 좀 지달려 보믄 뭔 소식이 있겄지. 늬덜두 어디 나댕기지 말구 꼼짝 말구 있어야 혀."

"예."

하지만 저녁때, 청량리에 사는 주인 할아버지 육촌 동생이 찾아와 대문간에서부터 와자하게 떠들었다.

"큰일 났어유. 전쟁이 났슈. 형수님, 어서 피난을 가야 헐 것 같어유. 어휴, 성님은 또 술타령이래유?"

"예? 피난이라뉴? 피난을 가재두 워디루 간단 말유?"

"고향으루라두 일단 내려가야지 않을까유?"

그 사람은 무옥이와 순자한테도 얼른 피난을 가라고 했다.

"이번 달 월급 받아야 되는데요?"

"아가씨들, 월급이 문제가 아녀. 얼른 피난을 가야 혀. 집으루들 가던지."

아저씨는 주인 할머니가 가져온 냉수를 벌컥벌컥 들이켰다.

"의정부 저쪽은 포 소리에 총소리에 땅크 굴러 오는 소리에 지옥이 따로 읎어유. 죽어 나자빠진 시체가 즐비혀유."

무옥이와 순자는 서로 얼굴만 바라봤다.

"피난을 간다면 서근리로 가야 하나?"

근심 섞인 무옥이 말에 순자는 머리를 저었다.

"무옥아. 그래도 서울에 있는 게 낫지 않을까? 좀 지나면 잠잠해지겠지."

"정말 삼팔선에서 자주 일어나는 충돌일까? 좀 기다려 볼까, 순자야?"

"그러자."

무옥이와 순자는 판단을 할 수가 없어서 머뭇거렸다.

다음 날 공장에 나가니 직공들은 거의 다 나오지 않았다. 나온 사람들도 기계를 돌리지 않고 웅성거리기만 했다. 공장 간부들도 아무도 나오지 않아 일을 시키는 사람도 없었다. 몇몇 사람들이 기계를 돌려 일을 시작했다. 하지만 점심시간 조금 전까지만 일을 하고 그마저도 기계를 세우고 저마다 집으로 돌아가자고 했다.

텅텅텅

다음 날 새벽, 주인집 할머니가 무옥이 방문을 두드렸다. 무옥이는 퍼뜩 잠이 깨 방문을 열었다.

"야들아. 어여 일어나 피난 가. 오늘 새벽에 한강 다리가 폭파됐

댜. 어여 준비혀서 내려가."

"할머니는요?"

"우린 그냥 여기 있을겨. 죽게 되문 기냥 우덜 둘이 손 꼭 붙들구 죽지 뭐. 영감 버리구 갈 수두 읎구 함께 갈 수두 읎잖여. 어쩌든지 내가 우리 영감보담 하루라두 더 살어야 쓰것는디……. 전쟁 끝나구 그때두 살어 있으믄 만나자."

"할머니."

"살 만치 살었어. 더 살구 잡은 맘 눈꼽때기만침두 읎다. 어여 느덜은 가거라. 꼭 살어서 낭중에 서울 오믄 혹시 우리 두 늙은이 죽었나 살었나 좀 딜여다봐아. 우리헌테는 아무두 읎이께. 두 늙은이 죽었거든 구데기 끓지 않게 흙이라두 점 덮어 주구."

"할머니두 우리랑 같이 가요."

"씰데읎는 소리. 을매나 더 살겠다구."

할머니는 얼른 손을 젓고 안채로 들어갔다.

무옥이와 순자는 밥을 지어 대충 주먹밥을 해 소반에 담아 보자기에 쌌다. 시집 사슴 속에 저금통장을 잘 싸서 옷가지 속에 넣고 보따리를 챙겨 영등포역으로 향했다.

영등포역은 사람들로 발 디딜 틈도 없었다. 모두들 한강 다리를 폭파한 걸 얘기하고 있었다.

"다리에 사람들이 하나 가득 건너고 있을 때 폭파해 버려서 수백 명이 죽었다네. 나쁜 놈덜."

232·

"이북 놈덜이 그런 거 아닌가?"

"말이 되는 소릴 해. 그럼 지들은 어떻게 넘어올라구 다리를 폭파했겠어?"

"한강 위쪽은 벌써 인민군이 다 장악했다구 허든데?"

"뭔 소리래? 우리 군인이 해주까지 쳐 올라갔다구 대통령이 그랬잖어."

"그 말을 믿을 수 있나 몰라. 피난 내려오는 사람들 말은 전혀 다르던데."

드디어 기차가 역사에 들어왔다. 사람들이 몰려들어 아수라장이 되었다.

무옥이와 순자는 서로 놓칠세라 손을 꼭 잡고 기차에 올랐다. 한강이 끊어져 영등포역이 출발역이 되는 바람에 그나마 서서 가는 자리라도 탈 수 있었다.

빼곡히 들어찬 사람들은 머리를 돌릴 공간도 없어 그 자세 그대로 선 채 차가 움직이기를 기다렸다.

이윽고 기차가 기적을 울리며 출발했다. 시흥역에 거의 다 가서 창문으로 밖을 보니 영등포역에 있던 사람들보다 더 많은 사람들이 기차를 기다리고 있었다. 시흥역에서 기차는 설 듯하더니 문을 닫은 채 그대로 역사를 통과했다. 창문으로 밖을 보니 사람들이 기차를 쫓아 우르르 달려오다 점점 멀어졌다.

"어어? 순자야, 저거 순애 아니니?"

"어디? 정말."

기차를 따라 안타깝게 달리는 사람들 속에 서 있는 예쁘장한 여자애는 분명 순애였다. 다른 사람들처럼 달리지도 못했다. 옆에 병색이 완연한 아주머니와 아이들이 함께 있었다. 아마 순애 엄마와 동생들인 모양이었다.

"정말 양과장과 그렇고 그런 사이였을까? 잘 살고 있을까?"

무옥이의 혼잣말에 순자는 고개를 저었다.

"잘 살겠니? 뻔하지. 얼굴값도 못하는 바보 같은 기집애."

순자도 속상한지 기차 뒤쪽을 한동안 바라봤다. 무옥이는 목을 빼고 기차를 따라서 달리는 사람들을 돌아다봤다. 사람들이 점점 작아지며 멀리 바람에 날려가는 것처럼 보였다.

기차는 다음 역에서도 문을 열지 않고 그냥 달렸다. 무옥이와 순자가 내리려던 수원역에서도 기차는 서지 않고 달렸다.

"어떡하니?"

무옥이와 순자는 발을 동동 굴렀지만 어쩔 수 없었다. 기차는 그렇게 아무 역에도 서지 않고 대전역까지 왔다.

대전역에서 처음으로 기차가 섰다. 문을 열었지만 별로 내리는 사람이 없었다.

"삼일 만에 서울이 함락됐다는데 대전두 낼모래지. 은제 들이닥칠지 몰러. 아예 끝까지 가 봐야지 뭐."

사람들은 대전이나 부산이나 타향이긴 마찬가지니까 이왕이면 제일 먼 데까지 피난을 가자는 사람들이 많았다. 무옥이와 순자도 결정을 못 내리고 다른 사람들 눈치만 봤다.

"어쩌지, 순자야? 여기 대전역에서 내릴까?"

"그냥 부산역까지 가 보자. 대전이나 부산이나 아는 사람 하나 없기는 마찬가진데."

무옥이와 순자는 기차 안에서도 행여 서로 떨어질세라 손을 놓지 않고 있었다. 삼십 분 뒤 기차는 대전역을 출발해 부산역까지 쉬지 않고 달렸다.

부산역에 도착해 밖으로 나오니 역 광장은 바늘 하나 꽂을 곳 없을 정도로 사람들로 붐볐다. 팔도 사투리로 떠들어 대는 사람들과 엄마를 찾는 아이들의 울음소리로 옆 사람과 이야기도 못 할 정도로 시끄러웠다.

무옥이와 순자는 부산역에서 한참 떨어진 허름한 산동네로 가 방을 얻었다. 언제 취직할지 알 수도 없는 상황에서 한 푼이라도 헛되이 쓸 수 없었다. 영등포 집보다 더 상황이 안 좋았지만 방값은 오히려 배나 비쌌다. 그래도 방을 구할 수 없을 지경이었다.

날이 갈수록 퀴퀴한 냄새가 온 부산 시내에 진동했다. 아무 곳에나 주저앉아 밥을 먹는 사람들, 밥을 하는 사람들, 드러누운 사람들, 아무 곳에나 똥오줌을 싸 대는 사람들. 부산은 그야말로 아수라장이었다. 좁은 도시에 전국에서 모여든 피난민으로 온 도시가 거지 떼 소굴이 됐다. 원래 인원보다 족히 몇 배는 넘는 인구가 들끓는 데다

꾸역꾸역 사람들이 밀려들어 오니 별 수 없었다. 악취와 파리, 모기는 이골이 나서 견딜 만했고 견딜 수밖에 없었다. 더 무서운 건 사람 잡는 물가였다. 돈도 못 벌고 쓰기만 하는 무옥이와 순자의 저금통을 야금야금 갉아먹었다. 아무리 절약을 해도 취직을 못하면 얼마 못 가 바닥날 것이 뻔했다.

무옥이와 순자는 아침마다 일거리를 찾아 나섰지만 허드렛일밖에는 할 일이 없었다. 그나마도 늘 할 수 있는 게 아니었다. 골목마다 마땅히 잘 곳이 없는 사람들 천지였고 그나마 겨울이 아니라 한데서 자도 얼어 죽지 않는 것이 다행이라면 다행이었다. 연일 어느 마을에선가 불이 났고 살인 사건이 났다. 밤이 되면 술 취한 남자들의 주정과 고함과 뭔가를 들어 부수는 소리가 끊이지 않았다. 그 와중에도 술집 여자들은 야한 옷차림으로 술집 앞에 나와 지나가는 남자들을 잡아끌었다. 눈살을 찌푸리든 혀를 차든 아랑곳하지 않았다. 한번 물면 놓지 않는 진드기 같았다. 하지만 그나마 총알과 폭격이 없는 게 어딘가!

"지겨워. 이놈의 부산 떠나야지."

피난 온 지 한 달도 안 돼서부터 사람들은 이런 말을 입에 달고 다녔다. 하지만 말은 그렇게 하면서도 너나없이 총알이 빗발치는 다른 도시로 갈 엄두는 못 내고 있었다.

무옥이와 순자는 그동안 조금씩 아껴서 저금했던 돈을 야금야금 찾아 쓰며 시장통에 가서 채소와 생선을 손질해 주고 반찬이나 조금씩 얻어 와 밥을 해 먹으며 간신히 살아갔다. 날이 갈수록 점점 더 초조해졌지만 그래도 둘이 함께 있다는 게 커다란 위안이 되었다. 그렇게 하루하루 여름이 지났다. 전쟁은 끝날 줄 몰랐다.

그날도 무옥이는 순자와 같이 집을 나와 국제 시장 앞에서 일거리를 찾으러 각자 헤어졌다. 국밥집과 미장원을 지나 거리의 가게를 기웃거리며 가다가 뜻밖의 사람을 만났다.

"어어어?"

"어머."

무옥이를 경연방직에 취직시켜 줬던 조반장이었다.

부산 거리에서 아는 사람을 만나니 친 동기간이라도 만난 것처럼 반가웠다.

"어? 이게 누구야? 엉, 무옥이 아냐?"

"반장님!"

"야, 반갑다."

"언제 피난 나오셨어요?"

"한 달쯤 됐어. 그래 지금 어디서 사나? 어떻게 지냈어?"

"여기 범일동에서 살아요. 사는 게 아니라 그저 하루하루 버티는 거죠, 뭐."

"그래. 피난은 언제 나온 거야? 용케 서울을 빠져나왔네."

"한강 폭파된 날 아침에 왔으니까 아마 6월 28일 날 기차를 탔나봐요. 벌써 넉 달이 다 돼 가네요."

조반장은 길게 한숨을 쉬었다.

"일찍 부산으로 잘 내려왔구만. 나는 며칠 늦는 바람에 기차 꼭대기에 올라타고 열흘 걸려서 부산까지 왔어. 기차 고장 나면 역에 서서 한나절이구 하루 종일이구 무작정 기다리구. 솥단지 꺼내서 밥해 먹구. 고치면 또 올라타고 가다가 폭격하면 다들 내려서 다리 밑으루 숨구. 졸다가 떨어져 죽은 애들 많이 봤다. 안 보이면 떨어져 죽은 거야."

"우린 다행이었네요. 그때 서서는 왔지만 지붕에 탄 사람은 없었는데."

무옥이는 조반장 얼굴을 바라봤다. 그나마 무옥이는 자신은 운이 좋았다는 걸 알게 됐다.

"사람이 많이 타기도 했지만 열차 안에는 어땠는 줄 알아? 높은 놈들이 피아노다 반닫이다 심지어 개새끼까지 태우고 쿨쿨 자면서 왔다니까. 높은 관리 놈들 정신상태가 그러니 전쟁이 안 나게 생겼어? 관리들이 솔선수범은 못할망정 하나같이 머리에 똥밖에 안 들었다니까. 허긴 대통령부터 녹음해 놓은 거짓말만 방송하면서 저는 전쟁이 나자마자 똥줄 빠지게 줄행랑을 쳤는데 누구한테 뭘 기대하겠냐? 아무튼 서울서 빨리 피난 오길 잘했어. 서울은 지금쯤 아마 지옥일 거야. 그런데 지금 너는 어떻게 살고 있니?"

"네에. 피난은 왔는데 일거리가 없어서 시장에서 잔심부름하면서 근근이 살고 있어요."

"그래? 나는 여기 조선방직에 아는 사람이 있어서 취직이 됐는데. 너도 거기 한번 가 볼래?"

무옥이는 너무 반가워 손뼉을 쳤다.

"정말요? 반장님, 고맙습니다. 고맙습니다."

무옥이는 몇 번이나 고개를 숙여 인사를 했다. 같은 여자였으면 꼭 끌어안고 빙글빙글 돌았을 것이다.

"참, 제 친구 순자 아시죠? 순자도 그 공장에 가면 안 될까요?"

"그래? 순자하구 같이 피난 왔구나."

"네."

"으응. 그래, 그럼 같이 내일 아침 일곱 시에 조선방직 정문 앞에서 만나. 소개는 해 주겠지만 붙고 떨어지는 건 장담 못해. 조선방직은 경연방직하고는 비교도 할 수 없을 정도로 커. 들어오고 싶어 하는 사람들도 많고. 내가 소개하기도 하고 경력도 있으니까 잘하면 붙을 수도 있겠다. 늬들 운에 맡겨야지. 조방은 문이 여럿이니까 꼭 정문 앞으로 와야 돼."

"그렇게 커요?"

"그럼. 육칠만 평도 넘어. 직공이 6천이 넘으니까."

"네에? 우와. 크다는 소리는 들었지만. 그렇게 클 줄은 몰랐네요."

"상상도 안 가지?"

무옥이는 고개를 끄떡였다.

"그럼 내일 보자구."

"고맙습니다. 안녕히 가세요."

무옥이는 구십 도로 고개를 숙여 인사를 하고 순자를 찾아 달음박질쳤다.

다음 날 무옥이와 순자는 새벽밥을 해먹고 사람들에게 물어물어 조선방직 정문을 찾아갔다. 조반장은 무옥이가 도착한 지 얼마 안 돼 정문으로 나왔다. 순자와 조반장은 지옥에서 만난 동기간처럼 손을 마주잡고 웃었다.

정문에서 바라보니 끝도 없이 길게 공장 담벼락이 이어졌다. 공장 옆으로는 기차가 지나다녔다.

"저 기차는 어디 가는 기차예요?"

사람들이 타는 기차보다 훨씬 작은 기차가 지나가는 걸 보고 무옥이가 조반장에게 물었다.

"응. 저건 조선방직에서 만든 물건을 싣고 부두까지 다니는 기차야. 말하자면 조선방직 전용 기차인 셈이지. 거기서 배로 인천을 통해 서울로 운반하지. 광목 재료인 면사를 싣고 오거나 군복을 싣고 가거나."

조선방직은 꿈에서도 상상해 보지 못할 만큼 컸다. 공장이 아니라 한 마을 같았다. 물론 한눈에 들어오지도 않았다.

"우와."

"어마어마하다. 끝이 안 보여."

"건물이 도대체 몇 개나 되는 거야?"

총무부장은 무옥이와 순자를 데리고 사무실로 들어갔다. 조반장은 조선방직에서는 경비반장을 하고 있었다.

"건물이 6, 70채나 되고 공장 안에 병원까지 있어. 지금은 병원에 전쟁터에서 부상당한 군인들이 가득하지만."

"도대체 전쟁은 어떻게 되어 가고 있대요?"

"휴, 서울 수복했을 때만 해도 곧 끝날 것처럼 떠들더니 꼭 그렇지만도 않나 봐."

전쟁 이야기가 나오자 모두들 기분이 가라앉았다.

"그럼 전쟁 전에는 공장 사람들이 아프면 입원했나요?"

순자가 분위기를 바꾸려는 듯 명랑하게 물었다.

"그렇지. 비싸니까 입원은 잘 안 했겠지만. 부산 시민들도 이용했구."

"네에. 대단하다."

"원체 큰 회사라 경비만도 백 명이 넘어."

"우와."

"경연방직에 있을 때는 내가 관리자라고 생각했는데 여기 오니까 나도 노동자라는 생각이 절로 든다."

경비 반장이 신원보증을 서 주고 필기시험에 합격하여 무옥이와 순자는 조선방직에 취직하게 되었다. 경연방직에서 일을 했다는 게 인정되어 무옥이는 초보 직공보다 일당이 십 원이나 높았고 순자는 경연방직에서 삼 년 넘게 일했기 때문에 기능공으로 인정을 받아 십오 원이나 높았다. 같이 있고 싶었지만 무옥이는 7공장, 순자는 5공장으로 배치가 되었다. 마침 그 공장에서 사람이 급해 얼른 투입이 되어야 한다고 그렇게 한 것이다.

조선방직은 경연방직과 뭔가 분위기부터 달랐다. 사람들은 모두 활기찼고 따뜻했다. 처음 온 무옥이와 순자에게 모르는 것을 가르쳐 주려고 애를 썼다. 특히 나이 많은 아저씨들과 고참들이 많이 도와 줬다. 관리자들도 친절했고 존다고 옷핀으로 찌르거나 욕을 하는 사람도 없었다. 똑같이 고된 일을 하는데도 경연방직에 있을 때와는 엄청나게 달랐다.

무옥이는 같은 과의 김씨라는 오십대 아저씨와 영분이라는 여자와 첫날부터 친해졌다.

"내가 오늘 단팥죽 사 주끄마. 가자."

같은 과 고참들과 함께 시장에 가는 일은 정말 즐거웠다. 달콤한 단팥죽 한 그릇씩을 먹거나 생전 처음 먹어 보는 국밥을 먹으며 웃고 떠들 때 무옥이는 문득 이렇게 행복해도 되는가, 하고 깜짝 놀라 주위를 두리번거리곤 했다. 가끔 영화를 보러 가기도 했다. 변사의 말에 따라 울다가 웃다가 정신을 못 차렸다. 영화를 처음 본 무옥이와 순자는 화면 속 세상에 폭 빠지곤 했다.

조선방직 사장은 정호종이라는 사람이었다. 사장은 일주일에 한 번씩 간단한 조회를 했는데 조회 시간마다 늘 이렇게 강조했다.

"한두 시간 일하는 것도 아닌데 몸을 생각해야 합니다. 되도록이면 자주자주 환기를 시키고 공장도 자주 청소해야 합니다. 자기 기계 앞은 자기가 청소를 합시다. 또 한 시간에 한 번씩은 자리에서 일어나 간단한 맨손체조라도 해서 굳은 몸을 풀고 일을 합시다. 우리는 몸이 전 재산 아니요?"

서로 알아서 청소를 하고 환기를 해서 그런지 조선방직은 경연방직과는 비교할 수 없을 정도로 깨끗하고 쾌적했다.

조선방직 공장이 2교대에서 3교대로 바뀔 때 시간이 줄어드는 대신 월급도 작아진다고 반대하는 직공들이 많았다고 한다. 사장은 그 사람들을 몇 번이고 설득했다고 한다.

"비록 월급이 조금 깎인다고 해도 장시간 노동을 하는 것보다는

낫습니다. 열두 시간 맞교대를 하면 당장 돈을 좀 더 벌 수 있겠지만 우리 몸은 고장이 나고 말 겁니다. 우리 몸은 기계가 아니라서 혹사 시키다 보면 다시 되돌릴 수 없게 망가지고 맙니다. 당장만 생각하지 말고 하루 여덟 시간 삼교대로 합시다."

7공장 왕고참 김씨가 무옥이에게 아버지처럼 자상하게 전해 준 이야기다. 또 부산 토박이 영분이도 유난히 친절하게 이것저것 설명을 해줬다.

"공장은 내년 봄에 조선방직공장 자주관리위원회가 적산불하 받을 기다."

"적산불하요?"

무옥이가 자기만 모르는 것 같아 조심스레 물어보자 영분이는 웃으며 설명을 해줬다.

"적산이라카는 거는 일본놈들이 도망갈 때 두고 간 재산을 말한다. 그라고 불하는 그 재산을 정부가 민간인이나 단체에 넘기는 기라."

"......?"

"그라이께네 조선방직을 우리 공장자주관리위원회가 정부로부터 받는 기다."

"네에? 진짜요? 꽁짜로요?"

"오데. 시상에 꽁짜가 어딨노? 그 대신에 오랜 시간을 두고 그 값을 쪼매씩 갚아 나가는 기다. 다 갚고 나몬 조선방직은 참말로 우리 노동자들 게 된다 아이가."

"정말요? 정말 이 큰 공장이 우리들 게 돼요?"

"그람. 우리들은 일본 정치 때부터 여서 일을 해왔다 아이가. 지금도 전쟁 기간에 공장을 돌려 군복을 만들어 내고 있고 1년에 무려 80억 원 이상 순이익을 보고 있거덩."

"80억 원이요? 와, 그게 도대체 얼마나 많은 돈일까요? 대단하다."

"그러이까네 그 이익은 우리들이 만들어 내는 기지. 아무리 기계가 일을 한다캐도 사람 읎이 기계 혼차 돌아가나? 어림읎데이. 결국은 우리들이 잠도 몬 자고 노동을 한 덕분이제."

"그럼 사장은 지금 사장님이 그대로 되나요?"

"하모. 아마 그럴 끼다. 불하금을 빌려 주는 사람은 물론 돈 많은 다른 사람이 있겠지만 공장 전체 관리야 그래야 되지 않겠나? 뭐 딴 사람이 될 수가 읎다."

무옥이는 귀를 쫑긋하고 열심히 들었다. 완제품을 포장하며 영분이는 무옥이에게 자세하게 이야기를 계속했다.

"우리 사장님을 싫어하는 사람은 마 읎을끼라. 우선 정직하고. 그만한 사람 읎데이. 나는 그래 생각한다. 여어 조방에서 잔뼈가 굵었고."

"와. 우리 사장님도 여기 조선방직 다녔어요?"

"하모. 우리 조방의 산 증인이제. 열일곱 살에 조방에 들어와 모든 기술을 다 배와뺏다카더라. 참 똑똑하제? 자기도 직공이었으니까네 우리 직공들 맘을 잘 알아준데이."

"와. 서울서 방직 공장에 다녔지만 거기는 불하니 뭐니 그런 말이 없던데 왜 여기만 적산불한지 뭔지 그걸 한대요?"

"그기사 우리 선배들이 전평 때부터 무수히 싸워 온 결과제."

"싸워요? 어떻게요? 누구랑요?"

"그야 일본 총독부하고도 싸우고 자본가 측에도 맞서서 싸운 기제. 니는 궁금한 게 억수로 많은가 보네."

"헤헤."

"그라모 무옥이 니 독서회에 들어올래? 노조에서 운영하는 책 읽는 모임인데 셈공부도 같이 한다. 다른 모임들두 있지만서두 무옥이 니는 책 읽는 걸 좋아할 것 같은데, 안 글나?"

"책을 읽는다구요? 좋아요. 제 친구도 같이 가면 안 돼요?"

"누구?"

"5공장 오순자라구 시골 친구예요. 서울 경연방직에두 같이 있었구."

"하모, 좋다. 이번 굉일날 열 시에 부산극장 앞에서 만나제이."

일요일 부산극장 앞에서 만나 모임 장소로 가니 열댓 명이 넘는 사람들이 모여 있었다. 무옥이는 부끄러워 들어가지 않으려 했다.

"괜않다. 다들 우리 조방 식구들이다, 마. 들어온나."

영분이가 손을 잡아끌어 방으로 안내했다. 무옥이는 남자들도 있어 고개도 못 들고 앉아 있었다.

"오늘 처음 온 두 사람은 신고식을 하쇼."

방에 있던 사람들이 짓궂게 자꾸 노래를 하라고 했다. 먼저 순자가 '목포의 눈물'을 불렀다.

사공의 뱃노래 가물거리며
삼학도 파도 깊이 스며드는데
부두의 새악시 아롱 젖은 옷자락
이별의 눈물이냐 목포의 설움

순자는 이난영도 울고 갈 정도로 애절하게 노래를 불렀다. 순자가 노래를 잘하는 건 시골 온 동네가 다 알았다. 무옥이는 해방된 날 당산나무 아래서 몇 곡이나 부르던 순자 모습이 떠올랐다.

방 안에 있던 사람들 모두 한 곡 더 부르라고 아우성이었다. 순자는 이번에는 이난영의 '불사조'를 불렀다.

"다음은 허무옥."

짝짝짝

무옥이는 음치였다. 여러 사람 앞에서 노래를 불러 본 적도 없어 더 얼굴만 화끈거렸다. 학교 다닐 때도 무옥이는 다른 과목은 잘했지만 음악 시간 노래 부르기는 젬병이었다.

"저, 정말 노래를 못 불러요. 그 대신 제가 좋아하는 시를 하나 읊으면 안 될까요?"

"시라꼬? 안 되는데?"

"에이, 그럽시다. 우리가 명색이 독서회 아니요? 시 좀 들어 봅시다 그려."

무옥이는 일어나서 백석의 '모닥불'을 낭독했다. 무옥이가 알고 있는 시인이라곤 백석뿐이었다. 아버지 얼굴이 떠올랐다.

새끼오리도 헌신짝도 소똥도 갓신창도 개니빠디도 너울쪽도 짚검불도 가랑닢도 머리카락도 헝겊조각도 막대꼬치도 기왓장도 닭의 깃도 개터럭도 타는 모닥불

재당도 초시도 문장(門長) 늙은이도 더부살이 아이도 새사위도 갓사둔도 나그네도 주인도 할아버지도 손자도 붓장사도 땜쟁이도 큰 개도 강아지도 모두 모닥불을 쪼인다

모닥불은 어려서 우리 할아버지가 어미 아비 없는 서러운 아이로 불상하니도 몽둥발이가 된 슬픈 력사가 있다

"와, 거 누구 시요? 은근히 재미있구려."

"아니 이런 것도 시여?"

"그러게. 난 시라구 허믄 뭔 소린지 하나도 모르는 어려운 소리를 주르륵 늘어놓은 건 줄 알았더니."

"헌신짝, 소똥, 짚검불, 가랑잎? 하하하."

"똑 우리들맨치로 보잘것없는 것들이네."

"앗따, 우덜이 왜 보잘것이 읎당가? 조방의 씩씩한 노동자 아닌가?"

"옳다구나."

"맞어. 나는 친근하니 참 좋다는 뜻이여."

"이런 시는 나도 지을 수 있당게."

"그럼 하나 지어 보슈. 하하하."

"그러지 뭐. 에 그러니까 뭐다냐. 에, 우리 마실에는 똥개 한 마리가 참, 거시기혀요."

"나 참. 거시기가 뭐여?"

"아따메 거시기가 거시기지 뭐당가? 거시기는 귀신두 몰른당게. 아구 몰겄다. 것두 쉰 게 아니네잉."

"참말로 말이 나왔으니 말이지 모닥불 피우는 것만큼 재밌는 일이 또 있을라구. 불이 혀를 낼름낼름 내밀면서 탄단 말여. 기러믄 기냥 그 둘레에 모여설라무네 손을 쬐구 돌어서서 응뎅이를 녹이구."

"참말로 고향 생각난다. 모두들 둘러서서 모닥불 쪼이구 고구마도 구워 먹구. 언제나 이눔에 부산 떠나서 고향으로 갈랑가."

모두들 잠시 고향 생각에 젖어들었는지 조용해졌다.

"참. 우리 독서회 모임 말여, 이름두 읎는데 '모닥불'이라구 허면 위때?"

"모닥불? 거 좋은데?"

반대하는 사람 없이 모두들 좋다고 해서 모임 이름은 '조방독서 모임'에서 '모닥불'로 바뀌었다.

"아는 시 있으믄 하나 더 읊어 보시오."

무옥이는 역시 백석의 '여우난골족'을 읊었다. 모두들 가만히 듣고 있었다. 시의 내용이 남의 일 같지 않고 자기 어린 시절 이야기 같았기 때문일 터였다.

"다음 모임 때 읽을 책은 강경애의 '인간문제'입니다. 바쁘더라도 꼭 읽어 오기 바랍니다. 동아일보에 연재했던 건데 책으로는 안 나왔습니다. 조방 관리위원회 사무실에 등사한 거 몇 권 있으니까 부지런히 읽고 돌려 보세요."

저녁때 사람들은 모임 집을 나와 뿔뿔이 흩어졌다. 인사를 하고 순자와 영분이와 함께 골목을 돌아오는데 모임에 늦은 사람인지 한 남자가 그때서야 들어왔다.

"무옥아, 순자야."

무옥이는 자기에게 다가와 그렇게 말하는 사람을 자세히 봤다.

처진 눈꼬리. 살이 너무 많이 빠져 미처 못 알아봤다.

"아!"

"이재유 선생님?"

"너희들도 부산에 왔구나!"

무옥이와 순자는 이런 자리에서 아는 사람을 만난 게 여간 신기하지 않았다. 재유가 야학을 그만뒀다고 했을 때 자신도 모르게 가슴이 뻥 뚫린 것 같은 상실감을 느꼈던 무옥이였다.

"그때 어디로 간다고 하더니 부산에 내려오셨던 거예요?"

"그래. 조방은 정말 중요한 공장이거든. 너희들까지 들어오다니 잘됐다. 너희들은 언제 내려왔어?"

"전쟁 나고 며칠 안 돼 내려왔어요."

순자가 내려올 때 모습을 자세히 들려주었다. 무옥이는 영등포 야학 모습이 떠올랐다.

"명순이와 준자는 어떻게 되었어요?"

"부산으로 내려와서 조방에 취직하고 한두 번 편지하고 그랬는데 전쟁통에 소식이 끊겼어."

"네에."

이 전쟁통에 어디에선가 잘 살고 있었으면 좋겠다고 무옥이는 속으로 기원했다.

"그래, 너희는 공장 일에 이젠 좀 적응이 되니?"

"네. 그때하구는 비교할 수도 없죠, 뭐. 이제는 숙련공이 다 됐답니다. 그런데 선생님은 언제 조선방직에 들어오셨나요?"

"입사한 지 몇 달 됐어. 그러고 보니 내가 선배다."

재유는 무옥이를 보며 부드럽게 웃었다. 하얀 이가 가지런히 보였다. 사람들이 모두 부산에서 만나는 게 신기했다.

"이쪽은 우리 과 언니예요."

"고영분이라고 합니더."

"이재유입니다."

둘은 고개를 숙여 인사를 했다.

"저 잠깐만."

이재유는 무옥이와 순자를 데리고 조금 걸어간 뒤 작게 말했다.

"저, 명순이가 내가 일본에서 학교에 다녔다고 얘기했다고 하던데 다른 사람들한테는 말하지 않았으면 좋겠어. 국민학교만 나왔다고 하고 조선방직에 입사했거든."

"네. 알겠어요. 다른 사람들한테는 말하지 않을게요."

"참, 무옥아. 아까 밖에서 들어 보니 백석 시를 읽던데, 그 시는 어떻게 아니?"

"아, 아버지가 사슴이라는 시집을 주셨어요, 돌아가시기 전에."

"음, 사슴은 백 권 한정본으로 나온 귀한 시집인데……. 나도 필사한 것밖에 못 봤거든. 아무튼 조선에서는 처음 보는 획기적인 시집이지. 아, 무옥이 네가 백석을 알고 있다니."

"백기행 씨는 아버지 친구라고……."

아버지 생각을 하니 또 목이 메었다.

"그래?"

재유는 정말 놀랐는지 입을 다물지 못하고 있다 아버지 생각에 눈물이 글썽해진 무옥이를 보더니 어깨를 투덕여 주었다.

재유는 다시 영분이 앞에 와서 인사를 했다.

"그럼 다음 모임 시간에 만납시다. 안녕히들 가세요."

네 사람은 손을 흔들고 헤어졌다.

영분이가 무옥이 팔짱을 끼며 재유를 힐끗 돌아보고 말했다.

"저 사람 멋있다. 몇 달 전 처음 들어왔을 때부터 눈에 띄더니만."

"호호 언니, 왜 관심 있어?"

"그래. 와? 소개해 줄래?"

"내가 소개한다고 들어주실까?"

어쩐 일인지 영분이 얼굴이 빨개졌다.

순자와 무옥이는 영분이네 집에 함께 갔다. 영분이는 조선방직에 다니며 동생 셋을 돌보는 처녀 가장인데 막내 동생이 약해서 늘 걱정을 달고 산다고 했다. 부모님은 전쟁 나기도 전에 세상을 떠났다고 한다. 언제나 밝고 명랑해서 그렇게 힘들게 살고 있는 줄은 전혀 눈치채지 못했다. 알고 보면 모두들 힘든 사연이 있었다. 아무 걱정 없이 사는 사람은 이 세상에 아무도 없는 것 같았다.

영분이 동생들과 함께 저녁을 먹고 순자와 무옥이는 손을 잡고 집으로 돌아왔다.

"우리 공장 사람들은 모두 한 식구 같다. 그치?"

"그러게."

무옥이는 모처럼 사람 사는 것 같은 느낌이 들었다. 지금도 부산 밖에서는 전투가 한창이라고 하지만 이곳 부산은 전쟁과는 한참 거리가 멀었다.

"참! 다음 주 일요일에 야유회 간댄다."

"야유회가 뭔대?"

"소풍이지 뭐야. 공장관리위원회에서 부서별로 지원금을 준대."

"야호. 그럼 우리 먹을 거 싸들고 가나?"

"그럼."

조선방직 독서모임반 '모닥불'은 해운대로 야유회를 갔다.

부산 바다는 넓고 파랬다. 파도에 젖었다 말랐다 하는 모래는 무척 곱고 하얗고 반짝거렸다. 파란 바다 위로 하얀 새가 한가로이 날아다녔다.

"저 새 이름이 뭐예요?"

"갈매기지 뭐긴 뭐꼬?"

무창이와 바닷가에 갔을 때도 그 하얀 새들이 많이 날아다녔는데. 오늘에서야 그 새 이름을 알게 되었다.

서해안 바다와 부산 바다는 많이 달랐다. 고향 팔탄 바닷가는 뻘 천지라 물이 검누랬는데 해운대 바다는 파랗고 하얗게 한없이 펼쳐져 있었다. 마셔도 될 만큼 물이 깨끗해 보였다. 첨벙 뛰어 들어가 헤엄치고 싶었다. 하얀 모래는 발바닥에 붙었다가도 털면 금방 깨끗해졌다. 발가락 사이로 쑤욱 빠져나가며 발가락을 간질이던 팔탄 바다 뻘흙이 생각났다.

무창이와 걸어서 바닷가에 갔던 날, 땀에 흠뻑 젖은 무창이를 업고 올 때 입 안이 말라 쇳내가 났던 그 길이 지금은 몹시도 그리웠다. 등에 축축하게 감기던 무창이의 체온이 느껴졌다. 그날 바라봤던 쌍무지개의 고운 빛깔도 떠올랐다. 그 이후로 무지개는 종종 봤지만 쌍무지개는 한 번도 본 적이 없다.

'우리 무창이가 살아 있다면 얼마나 좋을까? 순자는 즈이 오빠를 고등학교까지 꼭 보내 줄 거라고 자랑하는데 나도 무창이가 살아 있다면 고등학교 아니라 대학교까지라도 보내 줄 텐데.'

"무옥아."

순자였다.

"왜 그래?"

"……."

"어, 너 울어?"

"아, 아니. 무창이가 생각나서……."

"무창이?"

"무창이랑 백고지 개펄로 놀러 갔을 때……"

"아아, 그때. 게랑 조개 잡아왔을 때?"

무옥이는 고개만 끄덕였다.

"그래. 너네 무창이만 살아 있다면 얼마나 좋겠니, 휴. 우리 오빠두 전쟁터에 끌려가서 몸 성한지 걱정돼 죽겠다. 전쟁은 도대체 왜 안 끝나는 거야?"

순자도 금세 시무룩해졌다.

사람들이 먹을 걸 다 늘어놓고 무옥이와 순자더러 빨리 오라고 난리였다.

"아, 빨리 오구려. 그래야 우리도 먹지. 지금 침이 모래 바닥에 떨어질 지경이유."

무옥이와 순자는 얼른 뛰어갔다. 맛있는 것도 배부르게 먹고 노래도 부르고 놀이도 했다. 전쟁 중이라는 게 믿어지지 않을 정도로 야유회는 재미있었다. 웃고 떠드는 소리가 끊이지 않았다. 순자는 5 공장 사람들과 함께 바닷물 속으로 들어가 장난을 치고 있었다. 무옥이가 결혼해 서근리 집을 떠난 이후 가장 행복한 날이었다. 재유가 무옥이 옆으로 다가왔다.

"무옥아, 저기 한번 가 볼까?"

재유가 앞에 보이는 소나무 숲을 가리켰다. 무옥이는 고개를 끄덕였다. 재유와 무옥이는 잔잔한 파도가 치는 바닷가를 걸었다. 재유가 휘파람을 불었다. 들어 본 적이 없는 노래였지만 달콤한 리듬이었다. 소매를 걷어 올린 재유의 팔뚝에 힘줄이 불끈 솟아 있는 게 보였다. 무옥이는 가슴이 설레어 재유의 팔뚝을 넋을 잃고 바라보다 그런 자신에게 깜짝 놀랐다. 서울에 있을 때는 하얀 얼굴에 적당히 살이 붙어 고생 모르고 자란 부잣집 도련님처럼 보였는데 지금은 단단한 청년으로 바뀌어 있었다.

저녁이 되자 바다 중간에 아름다운 불빛이 수십 개 반짝였다.

"무슨 불빛이에요? 예쁘다."

검은 바다에 빛나는 불빛은 마치 귀한 보석같이 화려해 보였다.

"뭐, 높은 관리들, 사장들, 군인 별자리들 배라고 하더라. 여차직하면 일본으로 내뺄라고 배에다 세간살이 다 실어 놓고 대기하고 있단다."

"에에?"

"부산까지 위험해지면 미련 없이 떠나겠다 이거지."

"하 참."

"딴 나라 가서 잘 먹고 잘살겠다 이거지 뭐. 나쁜 놈들."

배울 만치 배운 사람들이 자기들 살 궁리만 하려는 걸 보자 무옥이는 새삼 아버지가 떠올랐다. 아버지라면 아무리 급한 상황이라도 자기만 살겠다고 도망치지는 않았을 것이다.

나라는 높은 자리에 있는 사람들이 알아서 다스리는 거라고 생각했더니 그렇지만도 않은 모양이었다. 그럼 누가 나라를 이끌고 가야 하나? 잘난 사람들도 자기만 살려고 저러는 마당에. 무옥이는 한숨이 나왔다.

"전쟁이 끝나도 난 아무래도 부산에서 살아야겠어."

"부산이 좋으세요?"

"왜, 넌 싫으니?"

"처음엔 부산이 싫었어요. 사람들도 너무 우왁스러운 거 같고. 꼭 싸우려고 대드는 사람들 같았어요. 날마다 시골집으로 가는 꿈만 꿨어요. 그런데 지금은 또 여기 부산이 저도 정이 들긴 하네요. 사람들도 사귀어 보니까 진국이구요."

"애들 생기면 데리고 바닷가에도 오고 또 금정산이 좋다고 하니까 거기도 한번 가 보고……."

"……."

재유가 무옥이 손을 잡았다. 이제 그만 돌아가자고 무심결에 잡은 거였다. 그런데 무옥이는 깜짝 놀라 얼결에 손을 탁 뿌리쳤다. 재유도 당황하고 무옥이는 얼굴이 확 달아올랐다.

밤이 늦도록 모닥불 회원들은 해운대 바닷가에서 아이들처럼 정신없이 놀았다.

4

금방 끝날 줄 알았던 전쟁은 중국 인민군의 개입으로 장기전으로 돌입했다. 전선에서는 하루하루 전사자들이 숫자를 셀 수 없이 늘어갔다.

하지만 부산은 전쟁과는 동떨어진 도시였다. 달마다 15일 조방 월급날은 온 부산 시내가 들썩거렸다. 부산 시내 가게란 가게는 모두 월급 대목을 맞아 평상시보다 두세 배 많은 물건을 들여놓고 장사 준비를 했다.

무옥이는 월급으로 팔천구백 원과 광목 세 필이 나왔고 순자는 구천구백 원과 광목 세 필 반이 나왔다. 부두 노동자나 농사꾼으로서는 상상도 할 수 없는 큰돈이었다. 영분이가 왔다.

"무옥아. 순자야. 이번 공일날 국제 시장에 광목 팔러 가자."

세 사람은 일요일 모임을 끝내고 광목을 들고 국제 시장에 갔다. 무옥이는 미리 최상품 한 필을 남겨 놓고 나머지만 들고 나왔다.

"광목 사이소."

이불에 넣을 솜을 만지던 포목점 아줌마가 반색을 했다.

"하이고 조방 가시나들이네. 어서 온나. 앉으라마."

영분이는 포목점 안으로 들어가지 않고 먼저 흥정을 했다. 생각 없이 쫄랑쫄랑 들어가던 무옥이와 순자한테도 거기 서라고 눈짓을 했다. 둘은 엉거주춤 포목점 아줌마와 영분이 사이에 섰다.

"요새 마 광목 값이 금값이라 카던데 을매나 쳐 주실라요?"

"누가 금값이라 카드노. 요새 광목 값 읎다. 전쟁통에 마 누가 옷을 해 입어야 말이제."

"어데예. 전쟁은 전쟁이고 멋은 멋이지예."

"아이다카이. 진짜다. 와 그래 못 믿노, 가스나야."

"아지매, 그람 다른 가게로 갈까예?"

영분이가 슬그머니 나가는 시늉을 하며 무옥이와 순자도 나오라고 손짓을 했다. 무옥이와 순자는 포목점 방바닥에 놓았던 광목을 집어 들고 어색하게 밖으로 나갈 채비를 했다. 무옥이는 속으로 민망해 어쩔 줄 몰랐다. 포목점 아줌마는 영분이 손목을 왈칵 잡아 앉히며 눈을 흘겼다.

"아따, 가스나 성질 보래이. 앉으라마. 내사 딴 가게보담 더 쳐주믄 더 쳐줬제 헐케는 안 한다카이. 내도 니만 한 딸래미가 있다. 잘

해 주꼬마 고마 앉으라."

아줌마는 무옥이와 순자 광목을 얼른 잡아 뺏었다.

"하이고 깍쟁이들. 너거들 어매는 얼매나 좋을꼬."

포목점 아줌마가 세 사람을 하나하나 바라봤다.

"마 조방 가시내들 월샀이 시골 군수보다 낫다는 말두 안 있나?"

영분이는 가려던 건 시늉뿐이었는지 슬그머니 주저앉았다.

"어데예. 그기 다 헛소문인기라요."

포목점 아줌마는 무옥이와 순자를 보고 웃으며 말을 걸었다.

"그래 느그는 고향이 어디고?"

"경기도 화성이요."

"화성이 어디멘고?"

"수원 근처예요."

"아따 그럼 수원 깍쟁이들이네. 둘 다?"

"예. 아래윗집 친구예요."

"그래. 너거들 집에 송아지는 사줬나?"

무옥이는 순자 얼굴을 보고 말을 이었다.

"저는 얼마 안 다녀서 모은 돈이 없구요, 이 애는 작년에 송아지 한 마리 사 드렸는데 전쟁이 나는 바람에 어찌 됐는지 편지를 해도 답장이 없어 걱정하고 있어요."

포목점 아줌마도 영분이도 한숨을 쉬었다.

"낙동강 전투가 말도 몬하게 치열했던가 보데. 이제 마 다 이북군이 점령하는갑다 했드마 다시 쳐 올라갔다카이 다행이다만."

"그러게요."

"매가돈가 뭔가 하는 장군이 인천을 뚝 끊어 쳐들어가 위아래로 막 때려 뿌순다카더만 전쟁 끝났다는 소리는 읎고 중공군이 떼로 밀려 내려오고. 또 그기 언제고? 감감무소식이다."

순자는 오빠가 학도병으로 나간 뒤 연락이 안 돼 걱정을 하고 있던 터라 금세 얼굴이 흐려졌다.

"마 어서 전쟁이 끝나야 안 되겠나? 전 세계 이상야릇하게 생긴 군인덜이 다 몰려왔다카더만."

아줌마는 광목을 펼쳐 여기저기 살펴보더니 돈 통에서 돈을 꺼내며 한숨을 쉬었다.

"그래도 여 부산 있는 사람덜이 심들다카믄 마 호강에 초친 소린기라."

포목점에서 광목을 팔고 나오자 영분이가 돼지국밥을 사준다고 범일시장 안에 있는 할매돼지국밥집으로 데리고 갔다.

"요즘 이기 맛나다 카더라. 함 묵어 보자."

무옥이는 국밥 같은 걸 먹어 보지 않은 데다가 돼지국밥이라는 이름이 왠지 께름칙하고 맛이 없을 것 같아 미적거렸다. 국밥 집에는 사람들이 바글바글 앉을 자리도 없었다. 구수한 냄새가 식당 안에 꽉 차 있었다. 간신히 자리에 앉으니 뽀얀 국물이 담긴 투가리가 나왔다. 국물은 설설 끓고 있었다. 영분이가 하는 대로 부추무침과

새우젓으로 간을 하고 국물을 한 입 먹어 보니 담백하고 구수한 게 일품이었다. 돼지 잡내도 하나 나지 않았다. 무옥이는 정신없이 뜨거운 국물을 떠 넣었다.

"아, 맛있네. 원래 부산 음식이에요?"

"잘은 모르지만 아이지 싶다. 내는 부산 살아도 그전에 한 번도 묵어 본 적이 읎다. 전쟁통에 내리온 이북 사람들이 유행시킸다카든데. 함경도 음식이라든가? 우리 처지에 마 마냥 싸다고는 할 수 읎지만도 맛은 있다. 한 번은 묵을 만하제? 그라고 더 묵고 싶으마 을마든지 더 달라캐라. 더 준다."

맛있는 국밥을 먹으니 서근리 엄마가 생각났다.

'엄니는 어떻게 지내고 계신지. 할아버지는 돌아가셨을까? 동서는 벌써 아기가 많이 컸을 텐데…….'

문득 엄마와 샘골 생각에 목구멍으로 뜨거운 게 울컥 올라왔다. 아직도 전쟁은 끝나지 않고 사람들은 자꾸 죽어 나가고 있었다.

영분이 덕분에 광목을 제값을 받고 팔아 받은 돈은 은행에 넣었다. 무옥이와 순자는 월급 받은 돈에서 삼분의 이씩 무조건 은행에 저축을 했다. 돈은 차곡차곡 모아졌다.

무옥이는 서근리 어머니에게 편지를 쓴 뒤 남겨 두었던 상품(上品) 광목감과 함께 소포로 붙였다.

"편지도 갔는지 안 갔는지 답장도 없는데 더구나 소포가 무사히 갈까? 이런 노래두 있잖아."

하루 종일 정거장

흐지부지 우체국

먹자판이 재판소

깜깜절벽 전기회사

종이쪽지 세무서

가져오라 면사무소

텅텅 벗다 배급소

고드름 장작 때구 냉수 먹세.

순자가 노래까지 했지만 무옥이는 설사 엄마에게 도착하지 못한
다 해도 꼭 부쳐야 마음이 편할 것 같았다.

소포를 부치고 열흘쯤 지나면서부터 이제나 저제나 편지가 올까
기다렸지만 답장은 오지 않았다. 친정엄마는 글을 모르니 육촌 동생
들이 대신 읽어 줘야 할 텐데, 혹시 모두 피난을 가서 아무도 읽어
줄 사람이 없나 걱정이 되기도 했다.

한달 두달이 지나자 이제는 답장이 올 거라는 기대가 점점 희미
해졌다.

"아마 중간에 누군가 광목만 빼서 쓰고 편지는 없애 버렸나 부
다."

"누가?"

"모르지. 아마 체부나 누가."

"설마 그럴려구."

하지만 석 달이 지나자 무옥이는 정말로 그런가 하는 생각이 들기도 했다.

아무튼 전쟁통에 제대로 돌아가는 게 하나도 없었다.

그런데 여름도 끝나 가는 어느 날 무옥이에게 소포가 왔다.

"순자야, 시골집에서 소포가 왔어."

"어? 진짜? 얼른 풀어 봐."

소포는 무옥이 치마저고리였다. 곱게 개 보자기에 싼 다음 다시 빳빳한 종이로 여러 겹 싼 뒤 소포로 부친 것이다. 치자 물을 들인 노란 저고리에 검정 치마였다. 무옥이는 서근리 고향집에서 엄마가 바느질하는 모습이 보이는 것만 같았다.

"아휴, 곱기도 하다. 너희 엄니가 지어 보내셨나 보다. 입어 봐."

"으응. 잠깐만. 여기 편지가 있네."

무옥이 눈에서 벌써 눈물이 뚝뚝 떨어졌다.

무옥이 보아라. 이 에미는 니가 전쟁통에 죽었는지 살았는지 몰라 애를 태웠구나. 니가 시집을 나와 서울로 갔을 때는 속상해서 죽을 것만 같더니 이젠 나도 모르겠다. 이렇게 전쟁이 나니 멀쩡하던 사람들도 다 죽고 병신 되고. 뭐 어떻게 사는 게 옳은 건지. 나는 너한테 뭐라고 해야 할지 모르겠다. 아무튼 니 소포를 보고 마음이 놓이고 참 좋다. 살아 있으면 됐다. 순자도 같이 있다구? 순자 엄니는 피난을 갔는데 아직 안 돌아오는구나. 나허구 당숙모는 피난을 안 갔다. 당숙 아저씨는 그 나이에 국민병으로 나갔는데 소식이 없어 걱정하고 있단다. 니가 그렇게 큰 공장에 다시 취직해서 잘 다닌다니 고맙고 다행이다. 어디서 살든 꼭 몸조심하구 있다가 전쟁 끝나면 만나자꾸나. 곧 전쟁이 끝나것지 뭐. 암튼 순자허구 잘 지내라. 나는 무창이하구 늬 아부지 명줄을 이어받았는지 오히려 옛날보다는 한결 몸이 건강하다. 그러니 아무 걱정 마라. 부디 밥 꼬박꼬박 먹구 잘 지내라.

에미가

무옥이는 편지를 가슴에 꼭 끌어안았다.

"야, 그만 울고 얼른 입어 봐."

"으응."

그동안 살이 빠졌는지 저고리는 조금 컸다.

"야. 노란색하고 까만색도 참 잘 어울린다. 날씨 쌀쌀해지면 입으면 좋겠다. 나비 같애."

"엄니 옷 해 입으라니까 왜 내 옷을……."

"무옥아, 진짜 예쁘다."

치마저고리를 벗어 곱게 접어 보자기에 싸 방 윗목 궤짝 안에 고이 넣어 놨다. 모닥불 모임에 갈 때에도 꺼내 입지 않고 아꼈다.

일요일, 모닥불 회원들이 속속 들어왔다. 뭔가 한 가지씩 먹을 걸 싸들고 왔다. 떡을 들고 오기도 하고 엿을 사오기도 하고 부침개를 부쳐 오기도 하고. 먹을 게 수북이 쌓였다. 따로 점심을 먹지 않아도 될 정도였다.

"자, 그럼 오늘은 이기영의 '서화', 시작하겠습니다."

줄거리를 잠깐 얘기하고 서로 의견을 주고받았다.

"우리 농촌의 현실을 잘 드러냈다고 봅니다. 일제시대 암울한 상황에서 굶어 죽기 직전의 사람들이 뭔 일인들 못하겠습니까? 노름에 빠진 사람들을 일방적으로 잘못됐다고 볼 수는 없다고 생각합니다. 두레고 뭐고 다 없어지고."

"처음에 쥐불 놓는 부분이 나오는데요, 소설 제목도 서화, 즉 쥐불이고 말이죠. 어떤 의미가 있을까요?"

순자가 사람들을 둘러보며 질문을 했다.

"아, 원래 겨울에 쥐불을 놨잖아요. 담 해 농사 잘된다고. 해충도 죽고. 근데 이 소설에서는 사람들이 쥐불을 점점 안 놓는다고 했잖아요? 땅을 다 빼앗겨서 농사지을 곳이 없는 사람들이 뭔 신명이 나서 쥐불을 놓겠어요? 쥐불을 놓으며 서로 자기네 논이 잘 타도록 쌈질도 하고 그런 것 자체가 희망이란 말이죠."

"저도 그렇게 생각했어요. 희망이라고."

순자는 고개를 끄덕였다.

"역시 카프 소설은 생생해부러. 마치 우리 마실서 일어난 일 같당게요."

사람들은 활발하게 자기 의견을 말했다. 무옥이는 침만 꼴깍 삼키고 다른 사람 얘기만 듣고 있었다.

"무옥 씨, 어떻게 봤어요? 얘기 한번 해 보지."

재유가 무옥이를 보며 부드럽게 웃었다. 무옥이는 화들짝 놀라 사람들을 둘러봤다. 사람들이 한꺼번에 자신을 바라봤다.

"어, 어, 저, 그게."

말을 더듬자 사람들이 모두 괜찮다고 솔직하게 자기 느낀 점을 이야기하면 된다고 했다.

"어, 저는 솔직히 말하면 어, 좀 거칠다고 해야 되나? 암튼 소설을 읽으면서 느끼는 아름다움이나 어, 음, 그러니까 감동이나 뭐, 이런 거는…… 별로 없었어요."

사람들이 눈도 깜빡이지 않고 무옥이 입만 바라봤다.

"그러니까 그게 다 읽고 나서도, 말하자면 그래서 뭘 어쩌라는 건지, 그게 잘 모르겠더라고요. 아, 죄송해요. 제가 좀 이해력이 떨어져서. 죄송합니다."

"아, 괜찮아요. 자기 의견을 솔직하게 얘기해야지요. 사람들이 모두 똑같은 생각만 해야 한다면 그거야말로 억지죠."

"네에. 저, 그리고…… 아무리 바보라지만 남편이 있는데 유부녀인 이쁜이와 돌쇠가 아무렇지도 않게 서로…… 좋아한다는 게 맘에 걸려요. 아, 제가 뭘 몰라서 횡설수설했네요. 전 읽고 나면 가슴이 뭉클해지는, 내 마음을 흔드는 그런 소설이 좋더라고요. 자꾸자꾸 생각나고 읽을 때마다 눈물이 나는 그런 소설이요. 이건…… 솔직히 말하면 그렇지는, 않았어요. 딱히 나쁜 것은 아니지만 마음이 아주…… 무거웠어요."

무옥이는 자신이 독서모임 분위기를 망쳐 놓은 것 같아 말을 마치고 나서 속으로 후회를 했다. 다음에 이야기한다고 하고 그냥 듣고만 있을 걸 괜히 잘 알지도 못하면서 얘기한 거 같아 속상하기까지 했다. 하지만 재유는 빙긋 웃고 무옥이 말을 이어 얘기를 했다.

"그래요. 무옥 씨 말대로 카프 문학의 최대 단점은 거칠고 직설적이라는 점이죠. 문학 작품이라기보다 구호나 선동의 성격이 더 짙은 작품이 많습니다. 물론 모두 그런 건 아니죠. 문학적으로도 뛰어난 작품이 많이 있습니다. 일제의 민중 수탈 상황에서 나온 카프 작가들의 고육책이라고 생각합니다만. 문학적 형상화보다 시대적 사명의식이 더 절박했다고나 할까요. 이 글은 이기영이 1, 2차 카프 검거선풍으로 두 차례의 옥고를 치르기 전에 쓴 단편 소설이에요. 이 무렵은 만주사변이 일어났고 신간회도 해체되고 전국적인 소작쟁의와 노동쟁의가 끊임없이 일어나던 시기입니다. 총독부는 치안유지법을 개정해 수천 명을 구속했구요. 그런 상황에서 나온 작품인 거죠. 정말 절박한 상황이지요?"

무옥이도 고개를 끄덕였다.

"몇십 년 뒤에도 카프 작품이 사람들 사이에 당당하게 살아남아서 사랑을 받고 있을지 저 개인적으로는 몹시 궁금합니다. 물론 그러기를 바라고요. 그리고 무옥 씨. 이기영의 〈고향〉도 꼭 읽어 보세요. 다른 사람들은 전에 읽었거든요. 비교하면서 생각해 보면 좋을 거예요."

다행히 재유가 제때에 이야기를 이어 줘서 분위기는 그 문제에 대한 토론으로 이어졌다. 무옥이는 더 깊이 책을 읽어야겠다고 생각했다.

순자는 노조 홍보부 부원으로 일하게 되었다. 감기가 들었는지 자꾸 기침을 하면서도 노조 일에 점점 더 열심이었다. 무옥이는 모닥불 모임 외에 다른 곳에는 나가지 않았다. 원래 성격이 적극적이지 않아 모임이 어색했기 때문이다.

"무옥아, 오늘 나 노조에 들렀다 갈 테니까 너 먼저 가."

"그래. 그럼 가서 저녁 해 놓을게."

늘 함께 집에 오던 무옥이는 혼자 조방 남문으로 나왔다. 조방 담을 따라 난 철길을 걸어 집으로 가는 길이었다. 퇴근해 집으로 가는 조방 직공들이 철길에 길게 늘어서 있었다.

"무옥아."

부르는 소리에 고개를 돌려 보니 이재유였다. 야학에서부터 익히 알고 있었지만 모닥불 모임에서 보니 이재유는 모르는 게 없었다. 모든 문제를 명쾌하게 설명하는 모습을 보면서 무옥이는 유난히 똑똑하고 머리가 좋은 사람이 따로 있나 보다는 생각을 했다.

"어머. 선생님?"

"선생님이라고 하지 말라니까."

"네. 뭐라고 불러야 할지……."

"글쎄, 저기 오빠라고 하면 어떻겠니?"

"네? 그건 좀. 제가 오빠가 없어서 오빠라고 불러 본 적이 없어서요."

"그럼 재유 씨라고 하던가."

"네에? 에이 그것도 좀. 감히 제가……."

"나 그렇게 많이 늙지 않았거든?"

"헤에에."

"그런데 왜 오늘은 혼자 가니?"

"네. 순자가 위원회 사무실에 들렀다 온다고 해서요. 선생님도, 아참, 저,…… 혼자시네요?"

"응."

재유와 무옥이는 나란히 철길이 끝나는 곳까지 말없이 걸었다. 공장 담 끝나는 곳에서 무옥이는 왼쪽으로 난 골목을 지나 언덕으로 가야 하고 재유는 곧장 걸어가 다음 골목에서 꺾어져야 한다.

"저, 그럼 다음에……."

"잠깐만, 무옥아."

"네?"

재유는 불러 놓고 얼른 말을 안 했다. 두 손을 마주 잡고 자꾸 비비기만 했다.

"왜요? 뭐 하실 말씀이라도……."

"저 그게……."

무옥이는 왜 그러는지 영문을 몰라 가만히 기다리고만 있었다.

"저, 저기, 그래 이번 일요일 모임 끝나고 차, 차나 한 잔 할까?"

"차요?"

"그, 그래. 저, 커피."

"에이 그 비싼 커피를 왜요?"

"응? 아니 그럼 뭐. 커피 말구 뭐, 그래, 저, 빵은 어때?"

"빵이요?"

재유는 고개를 끄덕였다.

"웬 빵이요?"

무옥이가 고개를 갸우뚱하는 사이 재유는 얼른 말했다.

"아니 할 말이, 빵이라도 먹으면서……."

"할 말이 있으면 지금 하세요. 아직 시간 있어요."

"지금? 아, 아니. 지금은 아니고, 아직 준비가 안 돼서……."

"준비요?"

무옥이는 재유가 오늘 따라 이상하다는 생각이 들었다.

"그냥 일요일 모임 끝나고 부산극장 앞 범일빵집에서 만나자."

"네."

"참, 다음 시간에 읽어야 할 책은 읽었니?"

"네. 범일서점에서 사서 순자도 읽고 저도 읽었어요."

"그래? 어때?"

"글쎄, 저는 좀 이해가 안 되는 게 많아요. 여러 책을 읽지 못해서."

"그럼 이것도 좀 읽어 봐. 카프 문학에 대한 비판과 옹호 글이니까."

재유는 가방에서 등사기로 민 시커먼 종이를 건네줬다. 말을 끝내고 재유는 부지런히 저 갈 길로 가 버렸다. 무옥이는 고개를 숙여 인사를 하고 집으로 갔다.

'뭐 그런 얘기를 그리 뜸을 들이나? 선생님도 참 우습네.'

무옥이는 무심코 재유의 뒷모습을 바라봤다.

다음 번 모임이 끝나고 재유와 같이 가려고 봤더니 어느 틈에 사라지고 안 보였다.

"언니, 순자야. 재유 오빠가 오늘 빵 사준다고 나오라더라. 같이 가자."

"오호, 정말?"

순자는 좋아서 팔짝 뛰는데 영분이는 괜히 또 얼굴이 빨개졌다.

"나는 안 갈란다. 너거들이나 묵고 온나."

무옥이와 순자는 눈을 찡긋하며 양쪽에서 영분이 팔짱을 꼈다.

"언니예, 가입시더."

경상도 사투리를 흉내 내며 간지럼을 태우자 영분이는 깔깔거리며 못이기는 척 함께 갔다.

범일빵집으로 들어가니 혼자 기다리고 있던 재유가 벌떡 일어났다. 무옥이와 함께 들어오는 순자와 영분이를 보더니 얼굴이 벌개졌다.

"헤헤. 우리 영분이 언니 보더니 왜 얼굴이 빨개지지요?"

순자와 무옥이는 얼굴이 붉어진 영분이와 재유를 보며 자꾸만 놀려댔다. 순자와 무옥이만 재잘거리며 빵을 먹었다. 영분이와 재유는 빵을 먹는 둥 마는 둥 했다.

"참 잘 먹었습니다. 다음에는 우리들이 사 드릴게요."

"고맙습니데이."

영분이도 고개를 숙이자 재유도 어색하게 고개를 숙이고 어정쩡하니 인사를 하고 서둘러 빵집을 나갔다.

"야들아. 우리 집에 놀러 갔다 갈래?"

"아니. 너무 늦었으니까 오늘은 그냥 갈래요."

"그래요, 담에 놀러 갈게요. 근대요, 재유 오라버니가 아무래도 언니를 좋아하는 것 같지 않아요? 괜히 우리 둘은 들러리고."

"아이 참말로. 너거들 참말로 늙은 언냐를 이래 놀릴래?"

"놀리기는요. 잘되믄 우리 국수 얻어 묵고 좋지요. 안 그러니, 무옥아."

"응. 그래."

영분이는 혼인할 나이가 꽉 찼다. 아니 오히려 늦었다. 동생들 뒷바라지하느라 혼인도 못한 걸 생각하면 무옥이는 영분이가 안쓰러웠다. 무옥이는 자기가 좋아하는 두 사람이 결혼을 한다면 정말 좋을 것 같다고 생각했다.

　며칠 뒤 점심을 먹고 식당 밖으로 나오다 무옥이는 또 재유를 만났다.

　"어?"

　"응? 응. 무옥이구나."

　"점심 드셨어요?"

　"응? 응."

　인사를 하고 가려는데 재유가 무옥이를 잡았다.

　"저기…… 내일 일 끝나고 그 빵집으로 좀 나와라."

　"내일요? 또요?"

　"응. 기다릴게."

　"네. 근데 무슨 일로? 저번에도 그러더니……."

　"그냥 좀 할 말이……."

　"네."

　걸어가는 무옥이 등 뒤에서 재유는 소리쳤다.

　"이번에는 아무에게도 말하지 말고 혼자 나와야 한다."

　무옥이는 이상했지만 혼자만 꼭 해야 할 말이 있는가 보다고 생각했다. 다음 날 일이 끝난 뒤 혼자 빵집으로 갔다. 순자에게도 잠시 볼일이 있다고만 했다.

　"선생님."

　"선생님이라고 부르지 말라니까."

"아, 참."

물을 마시고 있던 재유는 무옥이를 보자 엉거주춤 일어났다.

빵을 주문하고 나서도 재유는 자꾸 머뭇거렸다.

"차라리 술집에 가자고 할 걸 그랬나?"

재유 혼자 중얼거렸다.

"네에? 술집이요?"

무옥이는 술집이란 말에 입을 다물지 못하고 놀랐다. 점점 아리송하기만 했다. 언제나 모닥불에서 토론을 이끌어 가는 똑똑하고 당찬 재유다. 왜 저렇듯 허둥거릴까.

손만 마주 부비던 재유는 얼굴이 벌개진 채 더듬거리며 이야기를 시작했다.

"저, 내가 호, 혼인을 하게…… ."

"혼인요?"

"아니, 아니, 혼인을 하게 된 것이 아니고 혼인을… 하고 싶은……."

"혼인하고 싶은?"

"으, 그래, 혼인을 하고 싶은 사람이 생겼다는, 뭐 아직 혼인은 아니고 좋아하는 사람이……."

"그으래요? 어머, 축하해요. 영분이 언니랑 드디어 혼인하기로 결심했구나? 언니도 좋대요?"

무옥이는 손뼉을 치며 좋아했다. 그러지 않아도 둘이 참 잘 어울린다고 생각하고 있었다. 그게 옳다.

"영분 씨라니?"

재유가 고개를 들고 무옥이를 보는데 얼굴이 심하게 일그러졌다.

"네? 영분이 언니하고 혼인하는 거… 아니에요?"

"절대 아니야."

재유는 손을 내저으며 지나치게 얼굴이 딱딱해졌다.

"나는 영분 씨를 혼인 상대로 생각해 본 적이 단 한 번도 없어. 절대로."

"네에?"

뭐 그렇게까지 정색을 할 필요는 없을 것 같은데 재유는 얼굴이 점점 더 굳어졌다.

"아니 그럼… 누구랑?"

무옥이는 짧은 순간 머릿속으로 그 여자가 누굴까 생각해 봤다. 조선방직 안에서도 재유를 보는 눈이 남다른 여자아이들이 꽤 많다. 하지만 재유도 같이 좋아하는 여자가 누군지는 짐작이 전혀 안 갔다.

'혹시 순자가 나 모르게 선생님과?'

사실을 확인하려고 얼굴을 보는 순간 재유의 얼굴이 벌개졌다.

"그, 그건 바로……."

"……?"

"…무옥이, 너야."

"……."

무옥이는 멍하니 재유 얼굴만 바라봤다. 아무 말도 할 수가 없었다.

'나를? 맙소사. 내가 혼인을 한 여자라는 걸 말하지 않아서 생긴 일이야. 말해야 해.'

하지만 입이 떨어지지 않았다. 심장이 튀어나올 정도로 쿵쿵쿵 요동을 쳤다.

'내가 혼인한 적이 없었다면 어땠을까? 선생님의 고백을 받아들였을까?'

만약 그렇다면 당연히 받아들였을 거라고 생각했다.

자신은 자격이 없다고 미리 가슴에 못 박아 놓으니까 아예 재유가 남자로 생각되지 않았던 것이다. 아니, 이제 와 생각하니 가능성이 없다고 생각하면서도 남몰래 재유를 생각해 왔는지도 모르겠다는 자각이 들었다. 재유의 고백을 들으니 마음이 쿵 내려앉으면서 무슨 까닭인지 한없이 두려웠다. 재유에게 혼인했다는 말은 죽어도 하기 싫었다. 더구나 남편이 집을 나갔고 다른 여자와 살고 있다는 말을 하느니 차라리 혀를 깨물고 죽고만 싶었다.

'아아, 나는 엄연히 혼인을 한 여자다.'

"무옥아."

'아무 말도 말자. 혼인했다는 말을 하면 뒤도 돌아보지 않고 가겠지.'

"무옥아."

'속이는 게 아니고 그냥 말 안 하는 것뿐이다.'

"무옥아. 지금 당장이 아니라도 괜찮아. 생각해 보고 답을 줘. 지금 당장 결혼을 하자는 게 아니야."

"저, 죄송해요. 저는 재유 오, 오빠의 마음을… 받을 수가 없어요."

무옥이는 고개를 저었다.

"너, 너무 갑작스럽게 이야기를 해서 혼란스럽겠지. 그리구 내가 너보다 훨씬 나이도 많고……. 말 꺼내기가 쉽지 않았다. 기다릴게. 네가 생각을 해보고 결정을 내릴 때까지 기다릴게."

"아니요. 기다리지 마세요."

무옥이는 허둥지둥 자리에서 일어났다. 말하기 싫다, 말하기 싫다.

"……저, 저는 이미… 혼인을 했습니다."

무옥이는 얼이 빠진 재유를 남겨 놓고 빵집을 나왔다. 재유가 자신을 좋아한다는 게 가슴이 울렁거릴 정도로 기쁘다. 세상 사람들에게 크게 소리치고 싶다. 이재유가 나를 좋아한다고. 하지만 받아들일 수 없는 자신의 처지가 가슴이 아릴 정도로 슬프다. 달콤한 고통? 슬픈 행복? 뭐라고 말할 수 없는 복잡 미묘한 뒤섞임이었다. 집에 들어와 거울을 보니 온 얼굴이 눈물로 흠뻑 젖어 있었다.

그 뒤로 무옥이는 재유를 만날까 봐 공장일이 끝나면 바람같이 달려서 집으로 돌아왔다. 밤에 잠도 오지 않았다. 이리저리 뒤척이다 밤을 새는 날도 많았다. 무슨 까닭인지 하루 종일 재유 얼굴만 떠올랐다. 문득 정신을 차리고 보면 재유를 생각하고 있었다. 처음 만났을 때 모습, 영등포야학에서의 모습, 부산에서 다시 만나던 날, 재유가 고백하던 날을 야금야금 아껴 가며 천천히 기억하고 또 기억했다. 너무나 보고 싶으면서도 한편으론 만날까 봐 비슷한 모습의 남자 뒷모습만 봐도 가슴이 털컥 내려앉았다. 멍하니 있다가 반장에게 주의를 받은 게 한두 번이 아니었다.

며칠 뒤 재유는 집 앞 골목으로 무옥이를 찾아왔다.

"순자한테 네 이야기 들었다. 네 사정을 듣는데 마음이 많이… 아팠어."

자세히 보니 재유의 입술은 부르터 딱지가 앉았고 눈은 쑤욱 들어가 퀭했다. 그건 무옥이도 마찬가지였다. 며칠 동안 통 먹지도 자지도 못했다.

"하지만 한편 네 전 남편이 고맙기도 했지."

"……?"

"어쨌든 이젠 내가 너를 마음 놓고 좋아해도 되니까."

"……."

"혹시…… 아직도 그 사람한테…… 미련이 남아 있니?"

무옥이는 고개를 저었다. 조금의 미련도 남아 있지 않다. 만약 지금 앞에 와 무릎을 꿇고 용서를 빈다고 해도 남편과는 더 이상 어떤 관계도 맺지 않을 것이다. 남편이 마음을 돌이켜 남들처럼 아들딸 낳고 아무렇지도 않게 살게 되기를 얼마나 바랐던가. 원망도 많이 했다. 하지만 무엇이 옳은지 무엇이 그른지 생각할 수 있는 인간으로 다시 태어나게 된 지금의 모습도 모두 그 사람 때문이다. 그러고 보면 이 세상에 전적으로 나쁜 일도 전적으로 좋기만 한 일도 없다고 무옥이는 생각했다.

"고맙다."

무옥이는 자신이야말로 재유의 말이 고마워 아무 말도 하지 못했다. 당장 무옥이 마음을 꾀여 갖고 놀다 버리고 싶어 하는 말이라도 상관없다. 자신을 인정해 주는 사람이 있다는 게 고마워서, 고마워서 고개만 숙인 채 발등만 내려다봤다. 하지만 그런 속마음과는 달리 무옥이는 재유 앞에서 자꾸만 고개를 저었다. 재유에게 헛된 희망을 품게 할까 봐, 그랬다가 더 깊은 나락으로 떨어질까 봐 자기 스스로를 채근질하는 몸짓이었다. 무옥이는 두 손을 가슴에 올리고 숨을 고르며 태연하려 애썼다. 자신의 심장이 미지근해져서 더 이상 재유 앞에서 당황하지 않게 되길 빌고 또 빌었다.

"내 마음은 변함이 없다. 네 첫 혼인이 그렇게 된 건 네 잘못이 아니야. 자책하지 마라."

눈물이 났다.

"……."

"무옥아, 기다릴게."

재유는 두 손을 무옥이 어깨에 얹고 눈을 들여다봤다. 재유의 손이 닿은 어깨가 불타는 것처럼 뜨거웠다. 재유는 머리를 숙여 무옥이 이마에 살짝 자신의 이마를 댔다가 뗐다. 짧은 순간이었다. 훅, 바다 냄새 같은 재유의 향기가 끼쳐 왔다. 소금과 바람과 파도와 싱싱한 해초의 냄새. 어지러웠다.

무옥이는 그제야 고개를 들어 재유를 올려다봤다. 재유의 눈은 걱정하지 말라고 웃고 있었다. 하지만 무옥이는 웃을 수가 없었다. 무옥이 얼굴은 점점 더 굳어졌다.

5

조선방직은 잔칫집처럼 술렁거렸다. 아니 어떤 잔치도 이 정도로 들썩거리지는 못할 것이다.

"떡을 얼마나 해야 할까? 쌀값이 일 년 새 세 배나 올랐다는데. 월급은 안 오르는데 쌀값만 오르니 원."

직공 칠천 명에 이래저래 오는 손님까지 팔천여 명이나 먹어야 하니 음식을 장만하는 것도 보통 일이 아니었다. 노조 간부들은 온 범일동 음식점에 떡을 맞춘다, 삶은 돼지머리를 주문한다, 술을 담근다, 하며 아주 부산하게 움직였다.

사장은 전 직원을 모아 놓고 조회를 섰다.

"드디어 사흘 뒤면 조선방직 공장은 우리 노동자와 사원들 소유가 됩니다."

"와아아아!"

"우리 지금보다 더 열심히 일해서 얼른 불하금을 갚고 조방을 진짜 우리 직공들의 것이 되게 합시다."

사람들은 모두 웃으며 박수를 치며 환호했다.

"비록 일본놈들이 자신들의 야욕을 위해 1917년 조선방직을 세웠지만 이제는 정말 우리 직공들의 조선방직이 되도록 노력합시다. 그래서 우리 조선 사람들에게 따뜻하고 멋있는 옷을 입힙시다. 또 공장에 과일나무도 많이 심고 꽃도 가꿉시다. 전쟁도 언젠가는 끝날 겁니다. 우리 앞에는 희망과 밝은 앞날이 있습니다."

전 직원이 치는 박수 소리는 조선방직 담을 넘어 우렁차게 울렸다.

조회를 마치고 저마다 자기 공장으로 들어가 한참 일을 하고 있을 때였다. 갑자기 밖이 소란스러웠다. 무옥이는 무슨 일인가 궁금했지만 내일 행사를 앞두고 무언가 설치하느라 그런가 보다고만 생각했다.

잠시 후 누군가 뛰어 들어오며 소리쳤다.

"사장님하고 위원장이 경찰에 잡혀갔대."

"뭐라고? 왜?"

"몰러. 막 욕을 하고 때리면서 잡아갔다는데?"

"말리지 보고만 있었단가?"

"아, 말리려고 달려간 사람들두 모두 잡혀갔나 봐. 50명이 넘게 잡혀갔대. 그러면서 건드리믄 느덜두 공범이라구 곤봉으루 막 내리치더라는데?"

"죄명이 뭔대?"

"공금 횡령하구 이적 행위라는디?"

"공금 횡령?"

"이적 행위? 뭔 소리랴?"

"뭐 군복에 질 나쁜 낙면을 섞어 품질을 떨어뜨리고 공금을 횡령했다고 했다는구만."

"말도 안 되네. 그걸 믿을 사람이 세상 천지에 어디 있겠나?"

점심시간에 사람들은 후다닥 밥을 먹고 여기저기 모여앉아 이야기만 했다. 남자 직공들은 모두들 담배만 뻐끔거렸다.

교대하러 온 사람들이 소문을 물고 들어왔다.

"라지오에서 그러는디 사장허고 위원장이 빨갱이 좌익이었다네. 이거이 뭔 소리랴?"

"어림두 읎는 소리지유. 그 사람덜이 뭔 빨갱이래유?"

"아침에 잡아갈 때는 낙면을 섞고 나머지 돈을 빼돌렸다구 하더니만."

"생사람을 잡아갈라니 즈들두 죄목이 헷갈리는 게비쥬."

"썩을 놈들. 아마 지나가는 개새끼두 안 믿을 거랑게. 그란디 믄 이유루 잡아갔을 게라, 호랭이가 물어갈 놈덜."

"하필이믄 낼모래가 불하받는 날인디."

"아무래도 그 불하 때문 아니겠능교?"

"불하 때문에 와? 불하하기로 다 야그가 됐고 약속이 된 기 아이가?"

"그래도 뭐 이만 한 공장을 선뜻 주기 싫은갑제."

"설마. 어린애 장난두 아니구 그렇기야 헐라구."

"암. 아, 일국의 대통령이 철석같이 약속한 걸 손바닥 뒤집듯 뒤집을라구. 시정잡배도 아니구. 아무튼 기다려 보자구요."

무옥이도 그럴 거라고 생각했다. 아무려면 나라에서 국민에게 한 약속 시간을 불과 사흘 남겨 놓고 이렇게 바꿀 수는 없지 않은가. 정신병자가 아닌 다음에야.

하지만 다음 날 공장 여기저기에 사장과 위원장이 좌익 세력이라는 공고만 붙어 있을 뿐 공장 인도식은 며칠이 지나도 이루어지지 않았다. 물론 맞춘 음식도 모두 취소했다.

며칠 뒤 저녁에 일을 마치고 나오자 모두들 조회대 앞으로 모이라고 했다. 조회대 위에는 군복을 입은 낯선 사람이 서 있었는데 허리에 총을 차고 있었다. 옆에는 무장한 경찰이 여섯이나 서 있었다. 사람들이 어지간히 모이자 검은 안경도 벗지 않고 고압적인 자세로 말을 시작했다.

"사장 정호종과 노조 위원장 김진영은 공산주의 사상이 골수에 박힌 빨갱이였음이 밝혀졌습니다. 아마 며칠 중으로 구속영장이 떨어질 것입니다. 지금 때가 어느 땝니까? 전쟁 중입니다, 전쟁. 이적 행위를 하는 사람들은 그 자리에서 총살할 수도 있습니다. 여러분들은 동요하지 말고 열심히 지금과 똑같이 작업에 임하면 되겠습니다. 괜히 유언비어를 퍼트리는 사람은 신상에 좋지 않은 일이 생겨도 원망하지 말기 바랍니다. 이상."

조선방직 사람들은 아무도 믿지 않았다. 사장과 위원장이 곧 석방될 거라고 믿어 의심치 않았다.

"저 사람이 바로 경찰 특무대 김창룡 사령관이래."

"저 사람이 직접 우리 사장님하고 위원장을 잡아서 조사를 했다는데?"

"사장님하구 노조 위원장은 하두 고문을 당해서 만신창이가 됐대."

"하이구야, 뭔 일이랴? 같이 잡혀간 다른 사람덜은 괜찮은가?"

"뭐가 괜찮겠소. 다들 말이 아니겠지."

"하늘이 무섭지두 않남?"

"쉿!"

공장은 하루가 다르게 공포 분위기에 휩싸였다. 직공들도 경비들도 사무실 사람들도 모두 서로 눈치만 보았다.

사장과 위원장이 구속된 지 육 개월 뒤, 상공부로부터 새로운 사장이 파견됐다. 새로 온 강일매 사장은 특이하게도 칼같이 다린 군

복 차림에 군화를 신고 특무대 사령관과 똑같은 시커먼 안경을 쓰고
와 어디를 보고 있는지 알 수가 없었다.

"낯짝만 봐도 벌써 정이 안 간다. 뭐꼬 저기. 쥐새끼같이 생겨가
가."

공장에서나 모임에 가나 사람들은 모두들 새로운 사장에 대한 이
야기뿐이었다.

"이박사 심복이라카더만."

"아, 강일매 아부지가 이승만 집 묘지기였다는데?"

"양자라는 말두 있구."

"양자는 아닐기라."

"그기 아니라 강일매 애비가 형무소 옥리였다카데. 언제 이박사
가 감옥에 갔을 때 좀 봐줬다고 허지 아마."

"뭐가 맞는 긴지 통 모리겠네. 아무튼 이박사 측근인 것만은 학실
하데이."

"대통령이라는 이는 전쟁이 나자마자 다리는 똑 부러트려 지 나
라 백성들 생목숨 수천을 끊어 놓고는 저는 대구로 대전으로 이리로
목포로 부산으로 피난 다니느라 똥줄이 빠졌다구 허더만. 걱정 말라
구, 해주까지 쳐올라갔다구 방송만 해 싸서 그것만 믿구 있었더만,
것두 녹음해 놓은 걸 틀어 놓은 거였구."

"나두 그 소리 들었구먼."

"그러게 말여. 이틀 만에 대구까지 줄행랑을 쳤다가 참모들이

'각하 너무 많이 내려오셨습니다.' 하니까 다시 대전으로 갔다고 안 해? 인민군이 평택을 점령했다는 소문을 듣고 아무에게도 알리지 않은 채 다시 전주로 도망갔대지 아마. 그게 사실이 아닌 걸로 밝혀지자 다시 대전으로 돌아왔다가 다시 목포를 돌아 부산에 왔다구 허드만. 대구가 불안하다구 해서 그래 돌아왔다나 봐."

"대통령이라는 사람이 체통머리 읎기는 원. 미국놈들 똥꾸멍이나 핥을 인사."

"그기 쥐새끼들이나 헐 짓이지 오데 한 나라 대통령이 헐 행동이고? 참말로 남세시러바라."

"공장을 우리 노동자들에게 안 주고 대통령이 자기 개인 재산으로 할라카나?"

전쟁을 겪으며 이미 대통령에 대한 사람들의 실망이 도를 넘고 있었다.

"그렇게 표나게야 하겠습니까? 아마 가까운 누군가에게 넘기겠지요. 대신 그 사람한테 정치 자금을 받겠고요."

"그기 그거 아이가? 이승만 개인 걸로 맹근다는 기지. 그런 돈만 아는 인간이 대통령이라니, 참. 일국의 대통령이 그런다는 걸 누가 믿겠노, 어이? 전쟁 끝낼 생각이나 하지. 애꿎은 젊은이들이 도대체 을마나 더 죽어야 되노?"

"회사에 별 일은 읎어야 할 긴데."

"아무래도 느낌이 좋지가 않네요."

다음 날 회사에 가니 사람들이 공고판 앞에서 웅성거리고 있었다.

"아니 이럴 수가!"

"죽일 놈들."

나이가 많은 20년 이상 근속자 20명을 해고한다는 공문이었다. 7공장 김씨 아저씨 이름도 있었다.

"이 나이에 나가서 부두 노동을 할 수도 읎구 굶어 죽으라는 소리구먼."

"아니 이건 무슨 경우래요? 그동안 공장 일을 을매나 열심히 해 왔는데……."

"우리 같은 사람들은 죽든지 말든지 상관없다는 거겠지."

"강일매 사장이 대통령하구 각별한 사이라고 하더니만 그 빽 믿구 이런 짓을 벌이는구만."

무옥이는 김씨 아저씨를 찾아갔다.

"아저씨. 어쩐대요? 회사를 그만두시면."

"또 사는 방법이 안 있겠나? 너무 걱정 말그래이. 내사마 아아들도 다 컸고 영감 할멈 두 식군데 굶어 죽기야 하겠나? 괘안타."

"아저씨."

김씨는 눈물을 흘리는 무옥이 등을 오랫동안 두드려 줬다.

공고에는 공장과 본사를 독립시키는 기구를 두어야 해서 사원 67 명을 위시하여 총 120명을 새로 채용한다는 내용도 있었다. 며칠 뒤, 강일매의 처남 송유기가 총무부장으로 입사했다. 오래 근무한 직공들은 모두 내쫓고 자기 친인척들로 공장을 채웠다. 공장을 자기 마음대로 휘두르겠다는 심보인 듯했다.

사람들은 모이기만 하면 웅성거렸다. 공장 분위기는 점점 더 어수선해졌다.

"이제부터는 광목도 안 준다는데?"

"뭐어?"

"광목을 팔아서 돈을 해야 살지 어떻게 살라고? 우리가 작년에 생산한 걸 따져 보면 올해 광목은 전체 생산량의 5.5퍼센트를 줘야 하는데, 뭐? 광목도 못 주겠다고? 그럼 그만큼 돈으로 주든지. 그것도 아니고 광목만 떼먹으믄 그건 도대체 어느 나라 법이고?"

강일매 사장이 노동자들 편이 아니라는 것은 하루하루 지날 때마다 확연히 드러났다. 강일매 사장이 새로 들여온 신규 직공들은 일을 하기보다는 공장 사람들을 감시하고 폭행하는 일로 하루해를 보냈다. 자연히 공장 여공들과 마찰이 심했다. 하루에도 몇 건씩 폭행 사건이 터졌다. 여공들을 발길질하는 총무부장과 그걸 말리는 경비직 남자들과의 주먹다짐이 생기기도 했다.

조방자주관리위원회 밑의 모든 모임들이 공식적으로는 중단됐다. 하지만 비밀리에 더 끈끈하게 이어졌고 깊이 있는 학습을 하는 모임으로 바뀌어 갔다.

모닥불 모임도 지하 조직으로 바뀌었다. 문학책 토론보다는 공장 문제를 어떻게 해결해야 하는가를 의논하느라 밤이 새는 줄 몰랐다.

"이대로 있다가는 조방이 날아가게 생겼다. 우리 직공들이 인수해야 하는 게 당연한 건데 죽 쒀서 개 주는 꼴이 됐으니 어쩜 좋을까?"

"이렇게 움츠려 있으면 안 됩니다. 우리가 정신을 차리고 싸워야 합니다. 깨질 때 깨지더래두 붙어 싸웁시다. 까짓것."

언제나 시원시원하고 괄괄한 조반장이 얼굴이 벌개져서 이렇게 말하고 앉자 순자가 일어섰다.

"저도 조방을 위해서 무슨 일이든지 하겠습니다."

무옥이는 순자를 봤다. 어디서 저런 용기가 날까? 자신은 왜 저런 용기가 없는지 답답하고 안타까웠다. 옳다고 믿으면 누가 뭐래도 뛰어들어 바꿔 나가려는 뚝심. 순자에게는 있는데 왜 자신한테는 없을까. 같은 일을 겪으면서도 순자가 적극적으로 나오는 것과 달리 무옥은 요즘 상황이 아직 두렵기만 했다. 정부가 옳지 않다는 것은 알고 있으나 조방에서 쫓겨나면 어디로 가나 하는 생각이 먼저 들었다.

순자와 집으로 돌아오는 길이었다.

"순자야, 너는 어디서 그런 용기가 생기니?"

무옥은 살그머니 순자 손을 잡으며 물었다.

"나도 처음에는 두려웠는데 여러 사람들을 만나면서 어떤 사람이 진실된 삶을 사는 건지 알게 되었어. 인생은 어떤 사람을 만나느냐

가 중요한 거지."

무옥은 순자의 말을 다 이해할 수는 없었다. 무옥이 눈에 그런 생각이 비쳤나 보다.

"아무튼 하루아침에 변한 건 아니고 차츰차츰 마음이 굳어졌다고 할 수 있지."

"순자야, 나는 너처럼 그렇게 용기 있게 살지는 못할 것 같아. 너참 대단하다, 내 친구지만."

"무옥아, 그런데 내 생각에는 나보다 네가 더 강한 사람인 것 같아."

"무슨 소리야? 말도 안 돼."

"아냐. 너는 생각이 깊어서 덥석 뛰어들지 않는 것뿐이지, 옳다고 생각한 건 끝까지 지켜낼 성격이야. 넌 모르지? 네가 너희 아버지를 꼭 닮은 거."

"정말? 정말 그럴까?"

순자는 고개를 끄덕였다.

무옥은 자신은 어떤 사람일까 곰곰 생각해 봤다. 아버지나 순자, 재유는 옳다고 생각하는 일의 맨 앞에 서서 부딪혀 싸워 나가는 사람들이다. 그것이 자신에게 어떤 고통을 안겨 줄지 뻔히 알면서도 외면하지 못하는 건 아마 그 사람들의 천성일지도 모른다. 하지만 자신은 그럴 용기가 없다. 어떻게 그 사람들은 그렇게 용감할까? 자신은 너무 소심하다고 무옥이는 생각했다. 그렇다고 틀린 줄 뻔히 알면서도 남들 눈치 보며 잘못된 길을 가는 사람은 되지 않을 거라고 결심했다. 앞에 서서 싸우지는 못해도 어떤 게 옳은 길인지 생각하고 판단하고 깨어 있고, 언제까지나 그 길로 갈 거라고.

"무옥아, 나라면 이재유 선생님 청혼을 받아들일 거 같아. 너는 충분히 그럴 자격이 있어."

"……."

정말 그렇다면 얼마나 좋을까 생각하며 순자 얼굴을 바라보았다. 순자는 무옥이 손을 꼭 쥐고 크게 고개를 끄덕였다.

새로 온 사장은 조선방직 생산량을 10퍼센트 올려야 한다며 기계 속도를 빠르게 바꿔 놓았다. 당연히 불량률이 높아졌다. 그럴 때마다 사장은 직공들에게 시말서를 쓰라고 윽박질렀다.

조방 직공들의 분노가 폭발했다.

"공장 굴뚝에 프랑카도를 내겁시다."

이미 오래 전부터 모닥불은 문학 모임이 아니었다. 노조가 조선방직 투쟁을 이끌고 간다는 것은 표면적인 모습일 뿐이었다. 실상은 모닥불 사람들이 다른 여러 모임들을 이끌어 나가고 있었다. 조선방직 노동자들이 일제시대부터 얼마나 많은 투쟁을 거쳐 왔는지에 대해서도 여러 차례에 걸쳐 공부를 했다.

"뭐라고 적을까요?"

"'강일매는 집에 가서 이승만 묘지기나 해라!' 어때?"

누군가의 말에 사람들은 와하하 웃었다.

"재미있기는 한데 너무 장난 같잖아. 우리 조방 굴뚝은 부산 사람들이 다 보는 우리 얼굴인데."

"'폭군 강일매는 물러가라!' 어때요?"

"그래. 평범해두 그게 낫겠네."

"굴뚝에 사방에서 잘 보이게 네 개를 겁시다."

"그래, 그래."

"정문 위에도 겁시다."

정문 위에는 쇠 파이프로 언덕 모양을 만들어 조선방직이라는 네 글자가 붙어 있었다.

얼마만 한 광목에 구호를 쓸 건지, 굴뚝에 어떻게 걸 건지 의논했다. 또 구호를 저고리 등에다 붙이고 다니자는 의견도 나왔다.

"남자들은 등에다 붙이고 여자들은 머리 뒤에다 따로 만들어 묶고 다니자."

"좋아."

모닥불 모임에서 광목을 수천 장으로 잘라 구호를 쓴 뒤 여러 모임에 몰래 나누어 주었다.

다음 날부터 남자들은 아예 옷 등판에 띠를 꿰매고 다니고 여자들은 머리에 질끈 동이고 다녔다. 강일매가 나타나면 여공들은 우우우우 야유를 보냈다.

근무가 끝나면 삼삼오오 짝을 지어 조선방직 노조 탄압에 대한 내용을 적은 전단지를 부산 시내 구석구석에 뿌렸다.

사장은 또다시 위원회 간부들을 해고했다.

"무옥아, 21일 날 국회의사당 앞에 가서 항의를 할 거 같다."

순자가 말했다.

"국회의사당? 그게 어디에 있는데?"

"원래 서울 있었는데 난리통에 여기저기 옮겨 다니는 것 같더라. 요즘은 뭐 무덕전을 쓴다 하더라. 경남도청에 있는."

"그래?"

"야간 끝난 사람들은 국회의사당으로 항의하러 가고 주간반 사람들은 공장에서 하기로 했다. 무옥아, 너는 어떻게 할래? 무서우면 안 가도 돼."

"아냐. 나도 갈래. 괜찮아, 무섭지 않아."

순자는 무옥이 손을 잡고 웃었다.

야간을 마친 사람들은 정문 앞에 모여 네 명이 한 줄로 나란히 서서 무덕전 쪽으로 걸어갔다. 등 뒤에 구호를 붙이고 길을 가면서도 간간이 외치니 지나가던 사람들은 발걸음을 멈추고 자세히 들여다보기도 했다. 사실 이 부산 바닥에서 조방 일을 모르는 사람은 없었다. 그만큼 조선방직은 부산에서 중요하고도 중심적인 공장이었다. 아니, 나라 전체에서 가장 큰 공장이기도 했다.

길거리 엿장수한테 엿을 사고 있던 미군들도 호기심 가득한 눈으로 조선방직 노동자들을 지켜봤다. 시내에는 백인 흑인 다른 나라

군인들이 많았다. 그 사람들을 보면 잊고 있다가도 전쟁 중이라는
게 떠올랐다.

"히안하기도 생깄다. 사람 같지가 않네. 그자?"

영분이가 무옥이와 순자에게 미군을 가리키며 쿡쿡 웃었다.

할머니 손을 잡고 지나가던 다섯 살 가량의 꼬마가 손을 치켜들
고 소리를 질렀다.

"물러가아."

시위대는 모두 와아 하고 웃었다. 어른들이 한꺼번에 웃자 아이
는 놀라 할머니 치마꼬리를 잡고 숨어 고개만 빼꼼 내밀고 밀려가는
시위대를 바라봤다. 사람들이 지나가며 머리를 쓰다듬어 주고 볼을
만져 주었다. 아이는 천진난만하게 웃었다.

임시 국회의사당 앞에 가니 정문은 굳게 닫혀 있었다.

"폭군 강일매는 물러가라."

조방 직공들은 국회의사당 건물을 빙 둘러싸고 구호를 외쳤다.

"조방을 직공들 손에 불하하라."

"노조활동 보장하라."

무옥이는 처음에는 구호를 외치는 것도 쑥스러워 그냥 팔만 올렸
다 내렸다 했다. 꼭 누군가 자기를 지켜보는 것 같아 어색하기만 했
다. 순자를 보니 목에 힘줄을 잔뜩 세우고 구호를 외치고 있었다. 자
신과는 달리 무척 자연스러웠다.

지나가던 사람들이 모두 서서 구경을 했다. 국회의사당 안에는

누가 있는지 없는지 문도 열지 않고 개미새끼 한 마리 나오지 않았
다.

한 시간 정도 꽹과리를 치며 구호를 외치자 그제야 국회의사당
건물에서 사람이 나왔다. 하긴 국회에서 사람이 안 나왔으면 그 앞
에서 밤이라도 새울 것처럼 조방 사람들의 기세는 등등했다.

"쉿! 조용히들 합시다. 말 좀 들어 봅시다."

사람들이 조용해지자 그 사람이 손나팔을 하고 이야기를 했다.

"국회를 개원하자마자 조선방직 사건을 첫 번째 안건으로 상정하
기로 약속을 했습니다."

"와아아아아!"

"강일매 사장과 그 친인척들은 공장에 출근을 못하도록 조치하겠
습니다."

"와아아아아!"

지나가던 사람들까지 합세해 힘차게 만세를 부르고 또 불렀다.

"자, 이제 공장으로 돌아가 이 기쁜 소식을 알립시다."

"그럽시다."

"갑시다."

올 때와 달리 갈 때는 마음이 가벼워서 그런지 다들 하나도 힘든
줄 모르고 날아갈 듯이 걸어갔다. 시위대는 조방에 가까워질수록 점
점 인원이 불어났다. 지나가던 사람들이 자꾸 뒤에 붙어 함께 걸어
갔기 때문이다. 지나가는 시민들은 고개를 끄떡이며 같이 구호를 외

처 주기도 했다.

조방 정문이 보였다. 철 대문 위에 현수막 수십 개가 휘날리고 있었다.

공장 안에서는 오전반, 오후반 직공들 4000여 명이 공장 안에서 일을 하며 교대로 기계를 끄고 집회를 하고 있었다.

"상공부에서 강일매 사장과 그 친인척 관리자들의 공장 출입을 막겠다고 약속했습니다."

"와아아아아."

"국회가 개원하는 대로 조선방직 건을 상정하기로 했습니다."

"와, 만세 만세."

꽹깨깨갱깨개개갱.

"조선방직 만세!"

징과 꽹과리 소리가 조선방직에 울려 퍼졌다. 기계 앞에 앉은 사람도 교대를 한 사람도 모두 싱글벙글했다.

국회의사당 집회를 한 이튿날.

상공부의 철석같은 약속과 달리 이튿날에도 강일매 사장은 아무런 제재도 없이 조선방직에 출근했다. 이번에는 작전을 바꿨는지 여공들에게는 여전히 욕을 퍼부었지만 일부 남자 노동자들은 회유하기 시작했다.

"새로 결성된 노조 집행부 남자 직공들을 불러서 어제 함께 술을 먹었다는 거야."

"남자들만 임금을 올려 주겠다고 약속했다는 소문이 파다해."

"어쩐지 노조 간부들 중에 몇몇은 슬슬 우리를 피하는 거 같더라니."

직공들이 불만을 이야기할 때마다 사장은 폭언과 폭행으로 일관했다. 늘 무장한 경찰을 데리고 공장 안을 돌아다녔다. 사장의 처남도 나서서 삿대질을 하며 소리를 질렀다.

"절 싫으면 중이 떠나는 거지. 뭔 말이 많아, 이년들아? 조방이 느들 공장인 줄 알아? 분수도 모르고 날뛰는 무식한 빨갱이 년들 같으니라구."

굴러 들어온 돌이 박힌 돌 빼내는 경우라 조방 사람들은 어이가 없었다.

어느 날 또 그렇게 빈정거렸을 때 순자가 나서서 한마디했다.

"절이 망가졌으면 고쳐서 살아야지 고장 났다고 만날 절을 떠나면 노동자들은 어디서 산답니까?"

사장은 순자를 매섭게 노려봤다. 그 눈빛이 얼음처럼 차가워 무옥이는 진저리를 치며 순자가 얼른 공장 안으로 들어가기만 바랐다.

사장의 처남이 튀어나와 순자 뺨이라도 올려칠 기세로 눈을 부라렸다. 하지만 순자는 물러서지 않았다.

"그리고, 이 절이 우리 절이 아니랴뇨? 조선방직은 우리 조선방직 노동자들의 것입니다. 불하받기 불과 사흘 전에⋯⋯"

"시끄러, 이 빨갱이 년이 어디서 함부로 주둥아릴 놀려?"

사장은 싸늘하게 순자를 노려봤다. 총무부장이 사람들을 향해 고함을 쳤다.

"빨리 안 들어가? 다들 근무태만으로 짤리고 싶어? 엉?"

무옥이는 사장의 뱀 같은 눈초리가 내내 마음에 걸렸다.

점심시간에 5공장에서 일하는 사람들이 술렁거렸다. 무옥이는 괜히 가슴이 내려앉았다. 사람들에게 물어보니 점심시간 직전에 경찰이 와서 순자를 잡아갔다는 거였다. 순자는 경찰서 유치장에서 오일 있다가 바로 구속되었다. 죄명은 폭언, 명예훼손, 유언비어 유포였다.

6

　야간 근무를 마치고 무옥이는 영분이와 함께 순자를 면회하러 갔
다. 면회하러 온 사람들이 많아 두 시간을 넘게 대기실에서 기다려
야 했다.

　"저기 순자 나온다."

　영분이 가리키는 면회실 유리창을 보니 순자가 천천히 걸어오고
있었다. 순자는 가까이 다가와 영분이와 무옥이를 보고 창살을 잡고
소리 없이 웃었다.

　"순자야."

　갇혀 있는 순자 앞에서 울면 안 된다고 수십 번 다짐하고 왔지만
순자 얼굴을 보는 순간, 무옥이는 울음이 터져 나와 참을 수가 없었

다. 누렇게 뜬 순자 얼굴은 가까이에서 보니 불과 보름 만에 엄청나
게 말라 광대뼈가 툭 불거져 있었다.

"무옥아, 야간 했니?"

"응."

"피곤한데 가서 자지 뭐 하러 왔어? 면회하고 가면 오후 될 텐데."

"지금 우리가 문제니?"

"나야 여기서 주는 밥 먹고 가만히 있는데 뭐. 공장 식구들이 고
생이지."

영분이가 눈물을 훔치며 말했다.

"사장한테 대들었다꼬 이래 잡아 가두는 게 어딨노? 참말로 유치
하구로."

"언니, 경찰에 잡혀가 들었는데, 전부터 나를 구속시키려고 별렀
대. '너 같은 년이 꼭 나중에 노조 간부 되더라. 그래서 미리 싹을 잘
라 버리려고 집어 처넣었지.' 이러더라구."

"하이구마, 니를 진즉부터 찍어 부렀구마. 문딩이 자슥들. 우야노
우리 순자, 고생이 많제?"

"아냐, 언니. 각오한 일인데 뭐. 공장에 남은 사람들이 걱정이지."

"순자야, 불은 잘 넣어 주니?"

"감방은 한겨울에도 불을 넣어 주지 않아."

"뭐? 벌써 12월이 다 되어 가는데?"

"괜찮아. 그래서 벌써 솜바지 저고리를 입었잖아. 노조에서 넣어

줬어. 한겨울을 무명 수의로 나는 사람들이 거의 대부분인데 뭘. 솜바지 저고리 입고 있기도 미안하다."

구멍이 송송 나고 아래쪽은 동그랗게 뚫어진 유리창 사이로 잡을 수 없는 손을 철창에 마주 대고 무옥이와 영분이는 눈물만 흘렸다.

"울지 마. 난 괜찮아. 밖에 사람들 다들 잘 있지?"

말하는 중간중간 순자는 기침을 심하게 했다.

곰곰이 생각해 보니 순자가 기침을 한 지 벌써 몇 달이 된 것 같았다. 그때 병원에 한번 가볼 것 그랬다는 후회가 물밀듯이 밀려왔다. 무옥이는 가슴이 아팠다.

"그래. 잘 지내는데 강일매가 점점 더 발광을 한다."

순자 옆에서 간수가 대화 내용을 적고 있었다. 자세한 공장 이야기는 안 하는 게 낫겠다고 생각하고 무옥이는 영분이 얼굴을 보았다. 영분이 역시 고개를 끄떡였다.

순자에게 영치금과 먹을 걸 넣어 준 뒤 집으로 돌아오는 내내 무옥이도, 영분이도 말을 할 수가 없었다. 순자가 기침을 많이 하는 것이 무옥이는 께름칙했다.

'아버지도 돌아가시기 전에 기침을 많이 하고 나중에는 각혈까지 했다고 하던데. 형무소 안에서 먹을 것도 제대로 먹지 못할 텐데……'

무옥이는 순자에게 미안한 마음이 들었다. 자기는 나서지도 못하는 일을 하다가 저렇게 감옥까지 간 걸 생각하면 자꾸만 마음이 편치 않았다.

집에 돌아와 무옥이는 서근리 순자네 집으로 편지를 썼다. 지금
쯤은 피란에서 돌아온 가족이 있을 것 같아 무작정 쓴 것이다. 순자
가 감옥에 갔으니 그리 알고 있으라고 썼다. 통행이 자유롭지 않으
니 안다고 하더라도 아무 힘도 없는 순자 엄마가 부산까지 오기는
힘들 것이다. 하지만 가족이니 알고라도 있어야 할 것 같아 간단하
게 편지를 쓴 것이다.

며칠 뒤 야간 일을 끝내고 집으로 가려고 나오는데 누군가 무옥
이를 불렀다. 소리 나는 곳을 돌아보고 무옥이는 눈이 휘둥그레져
뛰어갔다. 순자 엄마와 정수였다.

"아줌마! 오빠!"

그런데 정수는 목발을 짚고 있었고 왼쪽 바지 아랫부분이 휑했
다. 바람에 바지 끝이 날렸다.

"이게 어찌 된 일이야, 오빠?"

"무옥아. 오랜만이다."

정수는 무옥이를 보고 환하게 웃었다.

"오빠 다리가……. 어쩌다가?"

"으응. 철원 전투에서… 포탄에 다쳐서 의병제대 했다. 뭐 죽은
사람들도 많은데. 죽지 않고 산 것만 해도 다행이지 뭐."

요즘은 상이군인이 제일 대접 받는다고 하더니 정수 덕분에 부산
까지 무사 통과한 듯싶었다. 만약 그렇지 않았다면 순자 엄마와 정

수가 부산까지 오기는 불가능했을 것이다.

"무옥아. 우리 순자는 어디 있니?"

순자 엄마는 쓰러질 듯이 무옥이에게 기댔다.

"아줌마. 죄송해요."

"니가 죄송할 게 뭐 있니?"

순자 엄마는 긴 한숨을 쉬었다.

"순자나 정수나 지 앞가림 잘하고 살기를 그렇게나 바랐는데 정수는 다리 빙신이 되고 순자는 가막소에 갇혔다고 하니 앞이 캄캄허다. 내 전생에 뭔 죄를 그리 많이 지어 이런 신세가 되었는지……."

순자 엄마는 땅바닥에 주저앉아 버렸다. 정수도 고개를 돌리고 아무 말도 안 했다.

"어서 저희 집으로 가세요."

무옥이는 얼른 순자 엄마를 부축하고 집으로 갔다. 다리가 불편한 정수와 곧 쓰러질 것처럼 비틀거리는 순자 엄마 때문에 천천히 걸어야 했다.

얼른 저녁을 지어 먹고 일찌감치 잠자리에 들었다.

다음 날 무옥이는 공장에 가서 조퇴를 하고 순자 엄마와 정수와 함께 부산형무소로 갔다. 면회를 기다리는 동안 순자 엄마는 기진맥진해서 의자에 기대 눈을 감고 있었다.

이윽고 순자가 나왔다. 지난번 영분이와 면회를 올 때보다 더 몸이 상해 보였다. 살이 더 많이 빠졌고 기침을 심하게 했다.

"엄마, 오빠!"

목발을 짚은 정수를 보고 순자는 울음을 터뜨렸다. 순자가 우는 건 처음 봤다.

"순자야. 나는 괜찮아. 죽은 사람들이 얼마나 많은데. 다리 하나 없다고 못 살겠니? 니가 고생이 많구나, 나 때문에."

"아니야 오빠. 오빠 때문이 아니야. 그런 소리 하지 마."

순자 엄마는 말도 못하고 창살만 잡고 통곡을 했다.

"순자야, 이것아. 아이고, 이게 웬일이냐 그래."

"어, 엄니."

십 분 면회 시간이 순식간에 지나갔다. 자꾸만 뒤를 돌아보는 순자 팔을 잡고 간수가 면회실 문을 나갔다. 무옥이와 순자 엄마는 순자가 나가고 나서도 한참이나 창살 앞에 그대로 서 있었다.

"다음 사람 면회하게 그만 나가세요."

간수의 말에 그제야 세 사람은 천천히 면회실을 나왔다. 순자 엄마가 의자에 털썩 주저앉았다.

"엄니, 여기 잠깐 계세요."

정수는 무옥이를 데리고 밖으로 나왔다.

"아무래도 쟤, ⋯⋯폐병인 것 같다."

"폐병?"

무옥이는 아버지 얼굴이 떠올랐다. 감옥에서 폐병을 얻어 각혈을 하다 나온 아버지는 결국 무옥이 얼굴도 보지 못하고 세상을 떠나지 않았던가.

"그, 그럼 오빠, 어떡하면 좋아?"

"흑."

갑자기 정수 눈에서 굵은 눈물방울이 흘러내렸다.

"정수 오빠……"

담배를 꺼내 든 정수의 손이 부들부들 떨렸다. 불을 붙이지 못하고 떨어뜨릴 것만 같았다. 하나밖에 없는 동생 순자가 감옥에 갇힌 것도 모자라 폐병까지 얻었으니, 정수의 마음은 어떨까? 무옥이는 가만히 정수의 팔을 토닥였다.

"휴. 재판은 언제냐?"

"다음 달이라고 하던데. 노조에서 조합비로 변호사를 산대. 이번에 다섯 명이 들어갔거든."

"그래? 무옥아, 너라도 몸 건강하게 잘 지내라. 노조 일에 앞장서서 나서지 말구. 찬성하더라도 뒤에서 살살 동조만 해. 알았지? 앞장서다 다치면 너만 손해다."

무옥이는 아무 말 없이 씁쓸하게 웃기만 했다. 그렇게 다들 뒤에만 선다면 누가 조선방직을 위해 일을 할 것인가. 똑똑하고 정의로운 사람들은 하나 둘 감옥에 가고 혹은 두려워 숨어 버리고 자신처럼 아무것도 모르고 용기도 없는 사람들만 남는 것 같아 걱정이 되었다.

일주일 뒤 다시 면회를 갔을 때 순자는 몸이 더 나빠져 오래 서 있

지도 못했다. 노조에서 보석을 신청했다고 하는데 아직 결정이 안
난 모양이었다.

"내 얼굴 못쓰게 변했지?"

순자 말에 무옥이는 고개를 저었다.

"아, 아니. 괜찮아. 그대로야."

무옥이도 면회실로 들어오는 순자를 보고 속으로 억하고 놀랐지
만 뭐라고 위로할 말도 없었다. 순자는 이상하리만치 급속하게 나빠
졌다. 짧은 면회 시간이 끝나기도 전에 순자는 힘든지 들어가겠다고
했다.

"그래. 다시 올게."

"미안하다. 갑자기 다리 힘이 풀리네."

교도관이 양 겨드랑이에 손을 찔러 순자를 부축하고 나갔다.

무옥이는 면회실을 나와 길기만 한 형무소 마당을 걸어 나왔다.
형무소 담 밑에 쑥부쟁이가 말라 비틀어져 있었다. 형무소 쪽문 옆
에 헌병이 총을 들고 지키고 서 있었다. 쪽문으로 나온 무옥이는 담
에 기대 주저앉았다.

"흑."

간신히 참았던 눈물이 통곡과 함께 쏟아져 내렸다. 그치려고 해
도 그칠 수 없었다. 순자가 아무래도 심상치 않았다. 무옥이는 어찌
해야 할지 마음의 갈피를 잡을 수 없었다.

며칠 뒤 점심시간이었다.

"무옥아."

돌아보니 조반장이었다.

"순자가 가석방으로 나오는데 아무래도 병원에 입원시켜야 될 것
같대."

"정말요? 언제 나온대요?"

"오늘 오후에. 조방병원에 입원시키는 게 낫겠지?"

"네. 그럼 일하는 틈틈이 자주 가 볼 수도 있고."

"순자 나오면 다시 연락해 줄게."

"고마워요."

"저기……."

"예?"

"아, 아니야. 괜히 걱정이나 하지."

"뭔데요?"

"저기, 우리 애가…… 좀 아프다."

"네? 어디가요?"

"아, 아니다. 얼른 가 봐. 지금 우리 애가 문제가 아니지."

궁금했지만 순자가 걱정돼 자세히 듣고 있을 여유가 없었다.

무옥이는 벌써 눈물이 핑 돌았다. 순자의 몸이 건강해져 석방된
거라면 얼마나 좋을까?

일 끝나자마자 무옥이는 병원으로 달려갔다. 같은 울타리 안에

있는 병원이지만 이때껏 들어가 본 적은 없었다. 톡 쏘는 약 냄새가 진동했다. 웬 사람들이 그렇게 많은지 이리저리 뛰어다니는 사람들 때문에 정신이 없었다. 순자는 자고 있었다. 파란 광목 환자복을 입어서 그런지 더 핼쑥해 보였다. 순자가 자는 동안 무옥이는 범일 시장에 가서 순자가 먹을 깨죽과 복숭아 통조림을 사왔다.

"으음."

"순자야."

"무옥아. 언제 왔어? 일 끝났어?"

"응. 일어나 봐. 이것 좀 먹어 봐. 복숭아 통조림이야."

"비싸게 이런 거 왜 사왔어. 먹고 싶지도 않은데. 앞으로는 절대 사오지 마. 먹고 싶으면 내가 말할게."

순자가 낫는다면 이 세상 그 무엇이라도 사올 수 있을 것 같았다. 머리카락으로 신도 삼을 수 있을 텐데.

뚜껑을 따니 뽀얀 복숭아가 먹음직스러워 보였다. 평상시에는 비싸서 꿈도 못 꿔 보는 통조림인데 순자는 입이 소태처럼 쓰다고 마다하며 복숭아 반 조각도 다 먹지 못했다. 어떻게 해서라도 순자를 붙잡고 싶은데 꼭 움켜쥐고 있어도 자꾸 손가락 사이로 빠져나가는 모래처럼 순자는 위태로워 보였다.

순자는 병원에 와서 주사를 맞아서 그런지 형무소에 있을 때보다는 혈색이 조금 좋아지는 것 같았다. 조금만 얼굴이 좋아 보여도 무옥이 가슴에는 희망이 몽글몽글 샘솟았다.

"무옥아. 부탁이 있는데."

"뭔데?"

"나한테 책 좀 읽어 줄래?"

"책?"

순자는 고개만 끄덕였다.

"니가 읽어 주는 책 듣고 싶어. 니가 시댁에서 아줌마들한테 읽어 줬던 것처럼 그렇게 나한테도 읽어 줘."

"그래."

무옥이는 일이 끝나자 범일동 서점을 찾아갔다. 모닥불 모임 때 읽어야 하는 책을 사러 간 적이 많아 주인을 잘 알았다.

"아저씨. 새로 나온 책 중에서 좋은 것 두 권만 골라 주세요."

서점 주인은 황순원의 '목넘이 마을의 개'와 윤동주의 '하늘과 바람과 별과 시'라는 시집을 추천해 줬다.

병원에 와서 무옥이는 순자에게 '목넘이 마을의 개'를 읽어 주었다. 새끼를 지키려는 신둥이의 몸부림이 애처로우면서도 존경스러웠다. 자기 것을 지키기 위해서는 싸워야 한다. 누가 자신의 권리를 거저 주지는 않는다고 무옥이는 책을 덮으며 생각했다.

이 소설을 읽으니 순자와 함께 학교에 다녔던 가마솥골의 어린 시절이 생각났다. 불과 몇 달뿐이었지만 지금도 그때를 생각하면 마음이 따뜻해졌다.

"우리 마을 느티나무. 생각나지? 무옥아."

"응. 우리들이 다섯 명쯤 팔 벌려야 안아졌지."

"한 번만 보고 싶다."

"그, 그래. 너 나으면 꼭 보, 보러 가자, 우리 둘이."

순자는 웃기만 했다.

소설을 다 읽었는데도 순자가 잠이 들지 않아 이번에는 윤동주의 시를 읽어 줬다. 순자는 윤동주의 시 중에서 '서시'를 가장 좋아했다.

"어쩜 이렇게 맑고 깨끗한 시가 다 있을까? 아마 이 시인 성품이 이렇게 깨끗한가 보다."

몇 번이나 다시 읽어 달라고 했다. 무옥이는 책 겉표지 안쪽에서 윤동주가 서른도 안 되어 요절했으며 그가 죽고 난 뒤에 그의 가족과 친구들이 시집을 냈다는 약력을 보았다. 하지만 순자에게 그 사연을 말하지는 않았다.

일을 끝낸 재유가 찾아와 함께 윤동주의 시를 들었다. 순자가 나으면 어떤 어려움이 있더라도 꼭 한 번 서근리에 가야겠다고 무옥이가 말하자 재유는 함께 가겠다고 했다. 무옥이는 재유 옆얼굴만 바라봤다.

병원에 온 지 일주일째 되던 날이었다.

"무옥아, 미안하지만 나 세수 좀 시켜 줄래?"

"으응? 그으래."

병원 침대에 앉혀 놓고 순자 목에 수건을 둘렀다. 물을 떠와 얼굴을 깨끗이 닦아 주었다. 손가락 두 개에 광목천을 감고 입 안과 아래위 이를 싹싹 닦아 주고 혀도 내밀게 해 닦은 뒤 물로 입을 헹궈 뱉어내게 했다. 수건을 빨아 꼭 짜서 이번에는 손과 발을 닦았다. 환자복을 걷어 올려 팔뚝과 종아리까지 닦아 주니 순자는 개운한 듯 눈을 감았다.

"고맙다. 무옥아, 나 한숨 잘래. '서시' 한 번만 더 읽어 줘."

"그래. 한숨 자."

병원 창문 밖으로 단풍잎이 우수수 떨어져 내리고 있었다.

죽는 날까지 하늘을 우러러

한 점 부끄럼이 없기를,

잎새에 이는 바람에도

나는 괴로워했다.

별을 노래하는 마음으로

모든 죽어가는 것을 사랑해야지

그리고 나한테 주어진 길을

걸어가야겠다.

오늘밤에도 별이 바람에 스치운다.

시를 다 읽고 고개를 들어 순자를 봤다. 순자의 고개가 왼쪽으로

뚝 떨어져 있었다. 꼭 감은 두 눈에서 굵은 눈물방울이 천천히 볼을 타고 흘러내리고 있었다. 무옥이는 멍하니 순자를 바라보다 천천히 책을 내려놓고 순자에게 다가갔다.

"수, 순자야."

무옥이는 순자의 야윈 몸을 껴안았다. 따뜻했다. 하지만 목은 힘없이 뒤로 꺾였다. 무옥이는 얼른 손을 순자 목 뒤로 돌려 감싸 안았다. 가슴 한쪽이 무너져 내리는 것처럼 온몸이 저려 왔다.

"수, 순자야. 순자야."

목숨이 떨어져도 한두 시간 동안 귀는 열려 있다는 말을 언젠가 들은 기억이 났다.

"순자야, 고마워. …… 내 친구로 살아 줘서 고마워. 어려울 때마다 가장 먼저 네가 떠올랐어."

"……"

"나에게 용기를 줘서…… 고마워. 너는 나의 영원한 친구야."

"……"

"다 잘될 거야. 마음 편히 먹고 먼저 가 있어. 걱정 마, 걱정 마……."

무옥이는 순자 귀에 대고 소곤소곤 이야기를 했다.

아마도 무옥이 인생의 첫 번째 친구가 순자였을 것이다. 언제 처음 만났는지 기억할 수도 없지만 무옥이의 가장 먼 기억 속에도 늘 순자가 있었다. 십구 년을 만나면서 단 한 번도 싸우고 서운해 토라진 적이 없었다. 두 사람 중 하나라도 안락하고 부유한 삶을 살게 되었다면 서로 시기하고 무시했을까? 질투하고 헐뜯었을까? 둘 다 몸이 부서질 것 같은 고통스러운 삶을 살았기에 그렇게 살뜰하게 서로를 생각할 수 있었던 게 아닐까?

잠자는 듯 고요한 순자의 얼굴을 보며 죽음도 끝은 아니라고, 이 세상 그 무엇도 끝은 아니라고 무옥이는 생각했다.

간호사가 와서 두 사람을 강제로 떼어 놓을 때까지 무옥이는 순자를 꼬옥 안고 있었다.

전보를 받고 온 정수와 함께 무옥이는 순자를 화장해 해운대 바다에 뿌렸다. 무심한 갈매기들이 해운대 바다 위를 한가롭게 날아다니는 따뜻한 가을날이었다. 재유도 함께였다.

무옥이는 은행에 가서 저금을 모두 찾았다. 기와집 할머니가 책을 볼 때마다 줬던 돈과 월급을 탈 때마다 쓰기 전에 먼저 저금해 놓았던 돈이 꽤 됐다. 그중 삼분의 일은 시골 어머니에게 부쳤다. 순자의 짐도 정리해 저금통장과 함께 순자네로 부쳤다. 나머지 돈을 가지고 재유를 만나러 갔다.

"무옥아. 어서 와."

재유가 청혼을 하는 바람에 서먹해졌던 두 사람은 겉으로는 다시 예전 사이로 돌아왔다. 하지만 재유도 무옥이도 옛날같이 순수한 오누이 같은 감정이 아닌 것만은 사실이었다.

"이 돈, 필요할 때 쓰세요."

"……."

"싸우려면 돈이 필요할 거 아녜요? 이것두 보태 주세요."

재유는 돈을 꺼내 세어 보았다.

"이렇게 많이?"

"예전에 어떤 분이 꼭 필요할 때 쓰라고 주신 돈이랑 내가 일하면서 지금까지 모은 돈이에요."

기와집 할머니가 생각났다. 당신이 준 돈을 이렇게 쓰는 것을 알게 된다고 해도 크게 역정을 내지는 않을 거다. 전쟁통에 이미 이 세상 사람이 아닐지도 모른다. 기와집 할머니네 안방 풍경이 아스라이 떠올랐다. 사람들 머리 위로 밝은 빛이 떠오르던 그날의 기억 속에 어린 무옥이가 낭랑한 목소리로 책을 읽고 있었다. 콧등이 시큰해지도록 그곳이 그리웠다.

"그래."

재유는 사양하지 않고 받아 넣으며 무옥이 손을 잡았다. 손이 따뜻했다. 온몸이 다 녹아내리는 것 같았다.

"저, 지난번……."

"지난번?"

"지난번에 저한테……."

"……?"

"혼인하고 싶다고……."

"으응? 응, 그래."

재유는 두 손으로 썩썩 자기 얼굴을 문질렀다.

"그거 아직도……."

"응? 으응. 아, 그거 뭐?"

재유는 무슨 소린지 몰라 어리둥절했다.

"그거 아직도, 저, 아직도…… 여전히 그런 마음인가…요?"

"그럼 아직도, 아니 영원히."

재유는 고개까지 크게 끄덕이며 몇 번이나 반복했다.

"네. 그럼 진지하게 생각해 볼게요."

"……."

무옥이 손을 꼬옥 잡는 재유의 손은 뜨겁고 굳셌다.

며칠 뒤 늦은 밤이었다.

"무옥아."

누군가 방문 앞에서 무옥이를 불렀다. 문을 열고 나가 보니 재유
였다.

"……."

"좀 들어가도 되겠니?"

무옥이는 말없이 비켜섰다. 둘이 있으면 한없이 좋으면서도 마음
이 편하지 않았다. 온몸이 긴장되고 눈을 어디에 둬야 할지 모르겠
고 또 두 손을 마주 잡고 있어야 할지 그냥 내려뜨리고 있어야 할
지…… 평상시에는 도대체 손을 어떻게 하고 있었던 건지 알 수 없
었다. 앉아 있어야 되는지 어쩐지. 방이 이렇게 좁았던가 새삼스러
웠다. 어떻게 해도 어색하기만 했다. 자꾸만 꼴깍 침을 삼키게 되어
그것도 거슬렸다. 또 심장은 왜 그렇게 뛰는지 아무래도 재유가 눈
치챌 것만 같아 신경이 온통 그리로만 쓰였다. 재유가 어디 아프냐
고, 왜 그렇게 네 가슴이 뛰냐고 물어볼 것만 같았다.

"내일이, 네 생일이지?"

"네? 생일……?"

"음력 시월 이십육 일. 저번에 순자가… 기억하고 있었어."

"아."

무옥이는 생일도 잊고 있었다.

"이제 너도 스물이 되는구나."

"그렇네요."

"너에게 줄 게 있어."

"……?"

재유는 작은 주머니를 꺼냈다. 그 속에서 무언가를 꺼내며 무옥이 손을 끌어당겼다. 반지였다.

"서울 떠날 때 우리 어머니가 끼고 있던 반지를 빼 주셨어. 급한 일 있을 때 팔아서 쓰라고."

"……."

"아무리 급할 때에도 안 쓰고 있었다, 너 주려고. 내가 언제 너에게 패물 해줄 형편이 될 거 같지도 않고."

"……."

재유는 무옥이 손가락에 반지를 끼워 주었다.

"무옥아, 나랑 같이 가는 길은 아마도…… 가시밭길일 거야. 너를 아프고 고통스럽게 할지도 몰라. 그래서…… 오랫동안 망설였다."

그런 건 상관없다고 무옥이는 생각했다.

"하지만 이것만은 약속할게. …… 내 숨이 끊어지는 그 순간까지…… 너만을 생각할게. 나하고…… 결혼해 줘."

무옥이는 천천히 고개를 끄덕였다. 재유의 입술이 무옥이 입술 위로 다가왔다. 재유의 뜨거운 입술도 몹시 떨리고 있었다.

7

1951년 12월 12일.

무옥이는 새벽에 일어나 머리를 감고 세수를 하고 어머니가 보내
준 노란 솜저고리와 까만 치마를 꺼내 입었다.

'순자야. 오늘 싸움이 헛되지 않게 하늘에서 지켜봐 줘.'

마음속으로 빌고 고개를 들어 하늘을 쳐다봤다. 하늘은 눈이라도
내릴 듯 온통 잿빛이었다. 한 해를 지내 보니 겨울이라도 부산에 눈
이 오는 날은 거의 없었다. 하지만 오늘만큼은 눈이 펑펑 내리면 좋
겠다고 생각하며 공장을 향해 바삐 뛰어갔다. 정문에 들어서니 재유
가 있었다. 재유는 얼른 무옥이 손을 잡고 사람들이 별로 없는 건물
뒤로 갔다.

“…….”

“…….”

재유는 말없이 무옥이 뒷머리를 부드럽게 쓰다듬어 주었다. 무옥이는 왼손을 들어 재유에게 반지를 보여 줬다. 무옥이와 재유는 서로 마주 보며 활짝 웃었다. 둘 다 아무 말도 하지 않았지만 마음이 따뜻해졌다. 그뿐, 두 사람은 다른 사람들을 맞으러 서둘러 정문 쪽으로 갔다.

“무옥아.”

영분이였다. 무옥이는 얼른 달려가 손을 잡았다. 1공장 문 뒤에 얼핏 조반장 모습이 보였다. 무옥이는 반가워 얼른 뛰어가며 큰소리로 불렀다.

“반장님.”

그런데 조반장은 서둘러 담배를 끄고 몇몇 관리자들과 함께 1공장 안으로 쑥 들어갔다. 마치 피하는 것 같았다.

“어?”

“와? 조반장 때매 그르나?”

무옥이는 영분이를 돌아봤다.

“조반장은 파업에 참가 안 한다카더라.”

“네? 왜요?”

“모리지. 과장 자리라도 하나 준다 켔는지. 강일매가 남자들 파업에 참가 못하게 할라꼬 을매나 지랄을 떨었노. 거기에 몇 사람이 꼴

딱 넘어간기지. 꼴난 반장이라꼬 출세하고 싶은 갚제?"

"……며칠 전에 애기가 아프다고 했는데……. 아무래도 조방병원
에 입원시켜야겠다고……."

"사정 없는 사람이 어딨노? 다 핑계다. 가시나들은 한 사람도 빠
진 사람이 없는데 사내새끼들이 빠진다는 기 말이 되노. 그라잖아도
남자들은 벨로 없는데. 에구, 퍼뜩 가자."

무옥이가 얼마쯤 걸어가다 뒤돌아보니 그때까지 문틈으로 무옥
이를 보고 있었던지 조반장이 황급히 고개를 돌려 안으로 들어가고
있었다.

정문 앞에서부터 공장 안 빈 곳에 사람들이 모여 줄지어 섰다. 기
계를 세우고 오전반, 오후반, 야간반 모두 모여 있으니 그야말로 조
선방직은 사람들로 발 디딜 틈이 없었다. 6천 명이 넘는 사람들이
있으니 조금도 두려울 게 없었다. 행렬은 끝이 보이지 않았다.

정문은 굳게 닫혀 있었다. 조선방직 노조원들은 줄을 맞춰 정문
안쪽에 차례대로 앉기 시작했다.

위원장이 없으니 이상옥 부위원장이 대신 나와 진행을 했다. 그
동안의 조선방직 싸움 일지를 간추려 보고한 뒤 오늘부터 조선방직
자주관리위원회에 공장 불하가 재결정될 때까지 무기한 파업에 들
어간다고 선언했다.

열 시가 되자 노조 간부들이 앞장을 서 정문을 열었다.

"자, 범일동 사거리를 향해 나갑시다."

"국회의사당으로 갑시다."

"대통령을 만납시다."

이상옥 부위원장과 문화선전부장이 앞장을 섰다.

"폭군 강일매 물러가라."

"인사문제를 원상복구하라."

사람들 함성은 온 부산을 흔들 것처럼 우렁찼다.

"자유 노동운동을 보장하라."

"노동자의 인권을 옹호하라."

조방 노동자들은 차례차례 줄을 맞춰 정문을 빠져나가 범일동 사
거리를 향해 걸어갔다. 나이가 어린 여공들은 마치 소풍이라도 온
것처럼 들떠서 재잘댔다.

"경찰이다."

범일동 사거리 쪽에서 경찰들이 몰려오기 시작했다. 공장의 기계
까지 세웠으니 경찰도 가만있지는 않을 거라 짐작하고 있었다. 어디
서 대기하고 있다 오는지 몰라도 그렇게 많은 수는 아니었다. 조방
직공들에 견주면 얼마 되지 않는 수였다.

잠시 후 경찰 측에서 확성기로 대통령 담화문을 방송했다.

"조선방직 회사에 대해서 아직도 다소간 시비가 있는 모양이나
이 문제에 대해서는 시비가 있어도 다 소용이 없을 것이다. 정부의
방침은 공업과 정당 운동을 갈라놓으려는 것이니, 만일 정당에서 각
공장과 생산기관을 붙잡아 가지면 거기서 나오는 돈을 가져다가 정

당 운동하기에 바빠 공업을 다 결딴내 놓고 말 것이다. 그래서 어떤 생산 기관도 또 정부 소관인 공장일지라도 정당에서 이용할 수는 없는 것이다."

대통령 담화문이라며 몇 번이나 반복해서 들려줬다.

"우우우우우우."

"자기가 꿀꺽하려고 하는 거 아닌가?"

"남 말 하고 있네."

"대통령이 속이 시커멓다."

조방 노동자들이 야유하기 시작했다. 경찰 측 스피커 소리는 수천 명이 지르는 함성에 묻혀 더 이상 들리지 않았다.

경찰들은 열을 지어선 채 움직이지 않았다.

"조방은 강일매 개인 공장이 아니다."

"조방은 이승만 개인 공장도 아니다."

조방 노동자들은 경찰을 몇 미터 앞에 두고 멈춰 섰다.

"조방을 조방 노동자에게 돌려줘라."

윗도리 앞뒤로 구호를 쓴 광목천을 박은 조방 노동자들이 노조 지도부의 선창에 맞춰 구호를 외쳤다.

"여러분의 쟁의는 불법입니다. 공장 안으로 들어가십시오. 오 분 안에 모두들 공장 안으로 들어가십시오. 대한노총에서도 파업을 중단하라고 명령을 내리지 않았습니까? 어서 공장으로 들어가 일하세요."

경찰이 확성기로 고함을 질렀다.

부위원장이 확성기를 들고 조방 사람들을 보며 소리쳤다.

"우리는 물러설 수 없습니다. 조방은 우리 노동자들의 것입니다. 정부도 그렇게 약속을 해놓고 이제 와서 조방 노조를 탄압하고 있습니다. 그건 무엇을 뜻합니까? 바로 대통령이 강일매를 앞세워 조방을 혼자 독차지하겠다는 것 아닙니까? 그래서 조방에서 나오는 이익금을 정치자금으로 쓰겠다는 심보가 아니고 무엇이겠습니까?"

"와아아. 옳소."

노동자들이 부산 전체를, 아니 대한민국 전체를 들썩거릴 정도로 힘차게 함성을 질렀다.

쾌괭쾌괭캥캥캥!

노조 선전대 사람들이 꽹과리를 쳤다. 그 소리는 마치 잔칫집처럼 사람들 마음을 들뜨게 했다.

"마 우리가 안 이기겠나? 이레 한맘으루 뭉쳤는데 질 리가 읎다."

영분이는 어깨춤이 절로 나는지 무옥이 귀에 대고 큰 소리로 고함을 쳤다. 무옥이도 고개를 끄덕였다. 암, 질 리가 없다.

조방 정문 앞은 떠나갈 것처럼 들썩였다. 승리가 눈앞에 있었다. 점점 함성이 커졌다.

바로 그때, 부동자세로 있던 경찰이 움직이기 시작했다. 시위대를 위협해서 공장 안으로 밀어 넣으려는 의도 같았다.

"앞으로!"

단순한 위협이라고 생각했는데 명령이 떨어짐과 동시에 경찰들은 조방 노동자들에게 달려들었다. 6, 7천 명이라고 해도 거의 다 어린 여자들이었다. 더구나 그렇게 갑자기 폭력을 쓸 거라고는 생각도 못하고 있던 터였다. 조방 노동자들은 당황했다. 경찰들은 미친 듯이 달려들어 직공들의 머리를 곤봉으로 내려쳤다. 머리를 맞은 사람들의 신음 소리가 조방 정문 앞을 가득 메웠다. 사람들이 우왕좌왕 흩어지는 사이 경찰들은 앞장섰던 조방 집행부 사람들만 집중적으로 공격했다. 제일 먼저 부위원장과 문화부장, 선전대 꽹과리를 든 사람들이 쓰러졌다. 쓰러지면서도 그들은 구호를 외쳤는데 순식간에 경찰에게 붙잡혀 트럭 위로 끌려 올라갔다. 원체 수가 많으니 경찰이 일방적으로 해산시키지는 못했지만 조방 노동자들이 앞으로 나가는 것도 힘들었다.

한 시간 정도 경찰과 시위대가 몸싸움을 하다가 서로 십 미터쯤 거리를 두고 마주 보고 섰다. 경찰들은 지도부 사람들만 잡아가면 시위대도 곧 힘을 잃을 거라고 판단한 듯했다. 앞장섰던 사람들을 모두 잡아 싣고 트럭이 출발한 뒤에는 조방 노조원들과 거리를 두고 대치하고만 서 있었다.

"경찰이 집행부 사람들을 몽땅 잡아갔는데 우야노? 다른 사람이 나서야 할 낀데."

지도자를 잃은 노동자들은 웅성거리며 주춤거리고 있었다.

"오늘은 그냥 공장으로 돌아가는 게 어떻겠나?"

"안 된다. 그럼 끝이다. 우리 공장은 그럼 강일매 손에 넘어가고 만다."

"그럼 경찰하고 붙어서 어쩌자는 거야?"

"그래 말이다. 답답하네."

경찰 측 확성기에서 자꾸 들어가라는 방송이 나왔다.

"조방 노동자 여러분, 어서 공장으로 돌아가 기계를 돌리십시오. 순진한 여러분을 선동해 이렇게 파업을 하게 꼬드긴 노조 지도부는 모두 빨갱이들입니다. 거기에 동조했다가 신세 망치지 말고 빨리 공장으로 돌아가세요."

밀고 당기고 몇 시간이 지났다. 조방 노동자들은 점점 지쳐 갔다.

그때였다. 재유가 붉은 삼각뿔 모양 확성기를 들고 조방 노동자들을 향해 섰다. 지금까지 재유는 앞에 나서는 일은 되도록 삼가하고 주로 학습만 담당했다. 그런데 이제 시위대 맨 앞에 선 것이다.

무옥이는 재유를 바라봤다. 믿음직스럽고 자랑스러웠다. 세상을 재유와 함께 간다면 힘들 때마다 서로 기대고 위로하며 갈 수 있을 거라는 확신이 들었다. 무옥이는 왼손가락에 있는 반지를 살짝 돌려 봤다.

"적산불하 하기로 한 약속을 지키라는 것이 빨갱이입니까? 그럼 저는 기꺼이 빨갱이가 되겠습니다."

"오, 옳소."

누군가 그렇게 외치자 많은 사람들이 박수를 치며 따라서 외쳤다.

"여직공들에게 입에 담을 수 없는 욕을 퍼붓고 군홧발로 정강이를 걷어차는 사장에게 항의하는 것이 좌익입니까? 그렇다면 저는 당연히 좌익이 되겠습니다."

"옳소."

이번에는 더 많은 사람들이 따라서 외쳤다.

"뭐든지 빨갱이다 좌익이다 한마디만 하면 우리는 그 말에 엎드려 복종해야 합니까?"

"아니요."

"좀 전에 곤봉에 맞고 개처럼 끌려간 사람들은 우리 옆에서 어제도 그제도 광목을 짜고 기계를 돌리던 우리 동료들일 뿐입니다."

"옳소."

"그 사람들이 공장에 불을 질렀습니까, 살인을 했습니까?"

"아니다."

"빨갱이든 검둥이든 흰둥이든 저는 그 사람들을 믿습니다."

"맞다. 우리 친구들이다. 우리 동료들이다."

사람들은 재유 말에 맞장구를 치며 환호했다.

"우리는 약속을 지키라고 하는 것뿐입니다. 그게 잘못입니까?"

"아니요."

"노동자들이 주인이 되는 방직공장을 세우겠다는 우리들의 꿈을 물거품으로 사라지게 할 수는 없습니다."

"옳소."

무옥이는 목청껏 따라했다.

"강일매 사장과 그를 뒤에서 부추기는 검은 세력과 맞서 싸워야 합니다. 조선방직을 우리 노동자들의 터전으로 만들어야 합니다. 그 것이 전평 때부터 줄기차게 싸워 온 우리 선배 노동자들의 뜻을 지 키는 길입니다. 선배들이 피와 땀으로 이루어 놓은 고귀한 탑을 부 숴 버리지 않는 길입니다. 우리 다 함께 나아갑시다. 여기서 물러설 수는 없습니다. 경찰이 더 이상 우리 노조 지도자를 잡아가지 못하 게 대열 가운데에 보호하면서 경찰 저지선을 뚫고 국회의사당으로 갑시다. 우리는 충분히 뚫고 나갈 수 있습니다."

앞에 있던 남자가 크게 구호를 외쳤다.

"폭군 강일매는 물러가라."

"폭군 강일매는 물러가라."

모두 함께 따라 외쳤다. 경찰 쪽에서도 긴장한 빛이 역력했다. 구 령에 맞춰 발을 굴러 제자리 걷기를 하며 시위대를 위협했다.

"와아아!"

그때 범일동 사거리 저 앞쪽에서 함성이 울렸다.

'부산부두노동조합'이라고 씌인 현수막을 들고 건장한 남자들이 달려왔다. '만국의 노동자여 단결하라'는 현수막이 펄럭였다. 조선 방직을 응원하기 위해 뛰어오는 연대의 깃발이었다. 다른 쪽에서도 '부산방직노동조합'과 '부일방적노동조합' 깃발을 앞세운 노동자들이 달려오고 있었다.

"와아아아!"

조방 노동자들도 마주 함성을 질렀다. 그 숫자가 많은 것은 아니었지만 조방 노동자들은 건장한 남성 노동자들을 보자 천군만마를 얻은 듯 든든했다. 깃발이 춤을 추듯 흥겹게 나부꼈다.

"노동인권 보장하라."

"조선방직 노조탄압 중단하라."

"와아아아!"

경찰들은 노동자들의 기세에 눌렸는지 조금씩 뒷걸음질을 쳤다.

조선방직 노동자를 선두로 다른 공장 노동자들도 뒤를 따라 범일동 사거리를 향해 전진하기 시작했다. 사람들이 지르는 함성에 산도 흔들릴 지경이었다.

"힘내라, 조선방직."

거리에서 만나는 부산 시민들도 모두 박수와 환호성으로 응원해 주었다. 조방 노동자들의 시위 행렬이 정문 앞에서 시작해 범일동 사거리에 도착했을 때였다.

다가닥 다가닥!

요란한 말발굽 소리가 들려왔다. 말을 탄 경찰이 새까맣게 달려오고 있었다.

"기마대다!"

"개새끼들!"

사람들이 술렁거렸다. 설마 기마대가 올 거라고는 상상조차 하지 못했다.

재유는 맨 앞에 서서 뒤로 물러서려는 사람들을 제지하며 경찰 기마대를 향해 한 발을 내딛었다.

"설마 저들도 인간이라면 우리를 어쩌지는 못할 겁니다. 크게 우리의 요구 사항을 외쳐 봅시다. 노동인권 보장하라!"

조방 노동자들이 구호를 따라 외쳤다.

"노동인권 보장하라!"

"조선방직을 노동자에게 불하하라!"

"조선방직을 노동자에게 불하하라!"

재유를 따라 노동자들은 한발 한발 조심스레 앞으로 내딛기 시작했다. 하지만 재유의 예상과 달리 경찰들은 노동자들을 향해 속도를 늦추지 않고 곧장 달려왔다.

말에 탄 경찰이 몸을 구부려 재유의 머리를 곤봉으로 내리쳤다.

"악!"

무옥이가 비명을 지른 것과 동시에 머리에서 피를 흘리며 재유가 쓰러졌다. 무옥이는 재유에게 달려가고 싶으나 사람들 속을 뚫고 갈 수가 없었다. 재유는 피가 흐르는 곳을 손바닥으로 꽉 누르고 힘겹게 자기는 괜찮다는 손짓을 했다. 무옥이와 눈이 마주치지는 않았지만 어디선가 자신을 보고 있을 무옥이를 안심시키기 위한 몸짓임이 분명했다. 무옥이가 미처 재유 곁에 도달하기도 전에 경찰 둘이 달려들어 재유의 겨드랑이를 끼고 경찰차 쪽으로 끌고 갔다. 이번에는 재유가 표적이었던 것이다. 재유를 끌고 간 기마대는 다시 몇 걸음 뒤로 가 시위대와 마주 본 채 멈춰 섰다. 다시 경찰 측에서 대통령의 담화문을 방송하기 시작했다.

'이건 말도 안 돼. 이대로 멈출 수는 없어. 그럼 순자의 죽음은 헛되이 되는 것이다. 선생님은 어떻게 될까? 감옥에서 설마 순자처럼 되지는 않겠지?'

무옥이는 더 이상 참을 수 없었다. 가슴에서 뜨거운 불덩어리가 자꾸 치받쳐 올라오는 것처럼 숨이 가빠 왔다. 간절히 나서고 싶으나 엄두가 나지 않아 발바닥이 땅에 붙은 듯 떨어지지 않았다.

단순히 다치는 게 두려운 것만은 아니었다. 무슨 말을 어떻게 해야 할지 막막했다. 무옥이 몸이 와들와들 떨려 왔고 입이 바짝바짝 타들어 갔다.

무옥이는 떨어지지 않는 다리에 힘을 주고 천천히 앞으로 나가 길바닥에 떨어져 있는 확성기를 내려다봤다.

'나는 할 수 있다. 샘골에서 책을 읽어 주던 그때처럼 하면 된다. 잘할 수 있을 거다. 잘할 수 있을 거야. 무옥아, 너는 정말 잘할 수 있어. 겁먹지 마 제발. 아유타 국의 허황후가 너에게 용기를 줄 거야.'

아버지 얼굴과 기와집 할머니 얼굴 너머로 순자 얼굴이 떠올랐다.

'무옥이 너는 강한 사람이야! 너 자신을 믿어.'

사람들을 둘러봤다.

'조금 더 용기를 낼 수 있다면.'

무옥이는 마침내 허리를 굽혀 확성기를 집어 들었다. 발밑의 땅
이 꿈틀꿈틀 움직이는 것처럼 어지러웠다.

'이제 더 이상 물러설 곳이 없다. 여기서 빠져나갈 수도 없다. 어
쩌면 나는 여기서 죽을지도 모른다.'

하지만 죽어도 물러서지 않아야 할 때가 있다. 무옥이는 지금이
바로 그때라고 생각했다. 이제 경찰과의 거리는 채 다섯 발자국도
떨어지지 않았다.

"조선방직 동지 여러분."

몹시 떨렸다. 무옥이 귀에 낯선 소리가 들렸다. 자신의 목소리라
고는 믿어지지 않았다. 먼 곳에서 누군가 웅웅거리는 소리 같았다.

"우리는 기계가 아닙니다."

여전히 남의 목소리처럼 떨려 나왔다.

"우리도 사람입니다."

무옥이는 천천히 사람들을 둘러봤다.

"사람은 누구나 다 똑같이 귀한 것입니다."

"맞다."

"우리도 감정이 있고 판단할 수 있는 능력이 있습니다. 무엇이 옳
은지 그른지 따져 생각할 수 있습니다. 시키는 대로 하고, 주는 대로

먹는 개돼지가 아닙니다. 조선방직이라는 거대한 공장을 돌려 따뜻한 옷을 만드는 위대한 노동자들입니다."

무슨 말을 하고 있는 건지 자신 없었지만 아주 천천히 마음이 안정되어 갔다.

"그리고, 집에 가면 식구들을 먹여 살리는 누군가의 아버지, 딸, 오빠, 누나입니다."

무옥이는 찬찬히 사람들을 둘러봤다. 1공장 선이, 3공장 여옥 언니, 경비조장 김씨 아저씨, 5공장 막내 이쁜이. 모두들 두 눈을 말똥말똥 뜨고 무옥이 입만 바라보고 있었다. 조방 사람들 옆에 서 있는, 해고된 김씨 아저씨의 구부정한 모습이 눈에 들어왔다. 삼십 년, 조선방직에 청춘을 바친 늙은 노동자를 강일매 사장은 하루아침에 잘라 버렸다. 노동자들이 죽든 말든, 그 사람들의 삶은 자신과는 아무런 상관이 없다고 생각하는 정부나 새로운 사장단의 행동을 무옥이는 같은 인간으로서 도저히 이해할 수 없었다. 그들은 인간이 아니라 악마란 말인가.

무옥이와 눈이 마주친 김씨 아저씨 눈이 순식간에 빨개졌다. 김씨 아저씨의 눈을 바라보던 무옥이 눈에서 자기도 모르게 눈물이 나오기 시작했다. 무옥이 바로 앞에 있는 어린 여자아이도 무옥이 눈을 보고 눈물을 흘리기 시작했다.

"우리를 곤봉으로, 기마대로 박살낼 수는 있습니다. 아니, 이 자리에서 우리를 죽일 수도 있습니다."

무옥이는 찬찬히 사람들을 둘러봤다. 모두들 무옥이 얼굴만 바라 보고 있었다. 몇 초밖에 되지 않은 짧은 순간이었지만 서로 바라보 는 동안 하나 둘 눈물을 흘리기 시작했다.

"그러나 우리 마음까지 굴복시킬 수는 없습니다. 우리 의지마저 꺾어 버릴 수는 없습니다."

조방 노동자들은 하나 둘 전염이라도 되듯 울고 있었지만 자신들 은 그런 줄도 몰랐다. 다 큰 어른들이 그렇게 많이 한꺼번에 울고 있 는 모습은 처연했다.

"지금 여기서 우리가 넘어진다 해도 우리는 다시 일어날 것입니 다. 쓰러뜨려도 쓰러뜨려도 다시 일어나 외칠 겁니다. 조선방직을 노동자에게 불하하라고."

"조선방직을 노동자에게 불하하라."

구호 소리가 범일동 사거리를 가득 메우자 멈춰 있던 기마대가 다시 움직이기 시작했다.

"돌격!"

달려오는 기마대 모습은 꼭 저승사자 같았다. 이번에는 확성기를 잡은 무옥이만이 아니라 조방 노동자 전체를 향해 달려왔다. 마치 거기 사람이 하나도 없는 것처럼 그대로 짓밟고 달려갔다가 말을 돌 려 다시 달려왔다. 말에 밟힌 사람들의 갈비뼈 부러지는 소리가 우 두둑 우두둑 들려왔고 여공들의 비명이 범일동을 가득 채웠다.

'한밤중 꿈은 아닐 거야. 지금의 이 고통이 지난 후에, 우리들의

눈물과 한숨과 상처 위에 밝은 빛이 비칠 날이 올 거야, 꼭. 언젠가
는.'

무옥이는 확신했다.

입을 앙다문 경찰관 한 명이 무옥이 왼쪽 어깨를 곤봉으로 후려
쳤다. 휘청, 바닥으로 쓰러지는 그 순간까지 무옥이는 목이 터져라
구호를 외쳤다.

흐릿해지는 무옥이 눈에 조방 정문 쪽에서 달려 나오는 사람들이
보였다. 파업에 참석하지 않았던 회사 관리자들 중 일부였다. 그 맨
앞에 선 사람은 조반장이었다. 조반장 얼굴은 온통 눈물범벅이었다.
입을 크게 벌리고 뭐라고 쉴 새 없이 외치고 있었다. 아마도 조선방
직을 노동자에게 불하하라는 외침일 것이다. 하지만 무옥이에게는
아무 소리도 들리지 않았다. 멀리 공장 정문 위에 붙여 놓은 조선방
직이라는 네 글자가 흐릿하게 보였다.

범일동 사거리 여기저기에 아무렇게나 쓰러져 신음하는 노동자
들의 고단한 몸뚱이 위로 눈물 같은 겨울비가 내리기 시작했다.

1951년 12월 15일부터 1952년 3월 12일까지 6000여 명이 참가한 조선방직 노동쟁의는 기마대를 앞세운 경찰 수천 명의 무자비한 폭력으로 진압되었다. 파업 후 주동자라는 이유로 26명이 투옥되어 심한 고문을 받았다. 또 파업 참여 노동자 1000여 명이 해고되었으며 회사 측의 시달림으로 500여 명의 노동자가 추가로 강제 퇴직했다. 파업 직후 조선방직은 이승만의 주도하에 개인 소유가 되고 말았다.

하지만 조선방직 쟁의는 이후 다른 공장 노동자들의 가슴에 들불처럼 번져 갔다. 조선방직 파업 후 전국 노동자들의 항쟁이 끊이지 않았으며, 이승만 정권은 전쟁 중이라는 급박한 상황 속에서도 1953년 3월 8일에 노동조합법, 노동위원회법, 노동쟁의조정법을, 5월 10일에는 근로기준법을 제정하고 공표할 수밖에 없었다.

어느 시대에 태어나 살았으면 한평생 편안하게 살 수 있었을까요. 원시 시대? 조선 시대? 해방 무렵? 아니면 현재? 어느 시대에 태어나도 살아가기 만만치 않기는 마찬가지 아니었을까요?

웃으며 한세상을 보낼 수 있는 사람은 아마 없을 겁니다. 옛날이나 지금이나 힘겹고 고통스러운 하루하루를 견뎌 나가야 하는 것은 똑같겠지요. 더구나 청소년기는 어두운 터널을 지나듯 정신적으로나 육체적으로 두렵고 힘든 시기임이 분명합니다. 아프게 그 시기를 통과하고 있는 청소년들에게 힘내라고 말하고 싶습니다. 어른의 한 사람으로서 미안한 마음, 말할 수 없이 큽니다.

이 글을 쓰면서 무옥이가 살았던 50년대나 지금이나 사람 살이는 마찬가지라는 생각이 들었습니다. 그때나 지금이나 좋은 사람도 있고 나쁜 사람도 있는 것이지요. 자기 것을 지키려는 사람과 남의 것을 빼앗아서라도 더 많은 것을 누리려는 사람으로 나눌 수도 있겠네요. 고통 속에서도 인간다운 길을 위해 한발 한발 조심스레 나아갔던 사람도 있을 것이고 등을 보이며 도망갔던 사람도 있겠지요. 전진하는 사람들을 쓰러뜨리며 시간을 거꾸로 돌리던 사람도 있고요. 배고프긴 마찬가지면서도 자신의 손에 들린 보잘것없는 떡을 다른 이에게 나눠 준 사람도 있을 겁니다. 반대로 먹을 걸 한없이 쌓아 놓고서도 굶어 죽어 가는 사람의 약점을 이용해 더 많은 부를 쌓은 사람도 있겠지요.

과연 이 세상을 끌고 밀고 가는 사람은 누구일까요? 당연히 노동하는 사람, 남과 나눌 수 있는 사람이라고 생각하면서 살았는데, 언제부턴가 우리 사회는 많이 배우고 돈 잘 버는 사람만이 이 세상의 주인이라고 하네요. 여전히 쌀 한 톨 양말 한 짝 만들지 못하는 사람이 자신만이 이 세상의 주인이어야 한다고 하네요. 정말로 이 세상의 주인은 누구일까요? 우리는 무엇을 두려워하며 어떻게 살아야 할까요?

먼 옛날 언제인지 모를 그때부터 '상상의힘'이라는 출판사에서 이 책을 펴내기로 약속이 되어 있었던 듯한 착각이 듭니다. 이 세상 모든 일이 그렇듯 이 책도 저 혼자 쓴 것이 아님을 알고 있습니다. 특히 조선방직 이야기는 여러 책과 자료의 도움을 많이 받았습니다. 고맙습니다.

어머니가 3개월밖에 살지 못한다는 선고를 받았을 때 더 이상 미룰 수 없을 것 같아 이 글을 쓰기 시작했습니다. 생사를 오가는 와중에도 마지막 날까지 1940~50년 대 상황을 힘겹게 들려준 나의 어머니에게 이 책을 바칩니다.

가뭄과 폭염이 몹시 심한 2012년 여름

이창숙

사ㅇ사ㅇ의**힘** 청소년문고 01

무옥이

1판 1쇄 2012년 9월 7일
1판 4쇄 2017년 7월 28일

글쓴이 이창숙
그린이 김재홍
펴낸이 김두레
펴낸 곳 상상의힘
등록 제 2010−000312호(2010년 10월 19일)
편집 김찬곤
디자인 박효정
인쇄 천일문화사
주소 150−866 서울시 영등포구 선유로 49길 23 IS비즈타워 2차 1503호
전화 070−4129−4505 **팩스** 02−2051−1618
홈페이지 www.sseh.net
전자우편 iobob@hanmail.net

ⓒ이창숙 · 김재홍, 2012

ISBN 978−89−97381−14−2 43810

잘못된 책은 사신 곳에서 바꾸어 드립니다.

값 12,000원